罗尔 著

亲爱的爱

海天出版社
·深圳·

图书在版编目（CIP）数据

亲爱的爱 / 罗尔著. — 深圳 ：海天出版社，
2021.5

ISBN 978-7-5507-3127-1

Ⅰ. ①亲… Ⅱ. ①罗… Ⅲ. ①短篇小说－中国－当代
Ⅳ. ①I247.7

中国版本图书馆CIP数据核字(2021)第026560号

亲爱的爱
QIN'AI DE AI

出 品 人　聂雄前
策划编辑　韩海彬
封面题字　施　晗
责任编辑　熊　星　杨跃进
责任技编　郑　欢
装帧设计　知行格致

出版发行　海天出版社
地　　址　深圳市彩田南路海天综合大厦7—8层（518033）
网　　址　http：//www.htph.com.cn
订购电话　0755-83460239（邮购、团购）
设计制作　深圳市知行格致文化传播有限公司
印　　刷　深圳市希望印务有限公司
开　　本　787mm×1092mm　1/16
印　　张　19.25
字　　数　251千
版　　次　2021年5月第1版
印　　次　2021年5月第1次
定　　价　45.00元

C O N T E N T S 目 录

1. 深圳，夜未眠

　　我老婆天生多情，十二岁读《红楼梦》，就读得一把眼泪一把鼻涕，心潮起伏，感慨万千，好像她就是寄人篱下孤苦伶仃的林妹妹似的。其实，我老婆出身于书香门第，爸妈都是大学教授，丰衣足食，无忧无虑。老婆学的是酒店管理，大学毕业后来到深圳，在华侨城一家酒店做总经理助理。想娶我老婆做老婆的男人很多，他们花样百出，或送鲜花，或请吃饭，一个款爷甚至还要送给我老婆一辆宝马，但全被我轻描淡写地击退了。

　　那时，我只是一个小报记者，没什么笑傲江湖的本领，只会玩玩文字游戏，我每天给老婆写一首打油诗，"太阳出来喜洋洋，探头探脑美人窗。美人春眠不觉晓，半梦半醒见春光"之类，没技术含量可言，我早上起床，蹲在马桶上，信手就能用手机完成一首。我没敢指望因此俘获美人心，美人能回复我一个笑脸表情，我也就喜气洋洋知足了。没想到，那些不伦不类的打油诗，竟让她把我误当成怀才不遇的才子，一激动，一糊涂，前后不过半年，就高高兴兴嫁给了我。

　　老婆和我结婚后，曾不止一次向我表示，她不求大富大贵，只要两个人能一辈子手拉着手，真真切切、平平淡淡过一生，就足够了。可是我一个男人，怎能自甘平淡呢，哪怕只为了糊里糊涂嫁给我的老婆不后悔，我也该努力奋斗、自强不息！于是，我辞去小报记者的工作，捣鼓了一家广告公司。

经过五年的拼搏，我的广告公司蒸蒸日上，我成了深圳广告界的知名人物，时常作为策划大师被大老板们奉为上宾，胡言乱语一通，也能得到数以万计的策划费。我老婆不时给我泼冷水，说我是个信口雌黄的江湖骗子。

应该说，我的努力还是有成绩的，我有三套房、两辆车，还有一家前程无限的广告公司。在我的老家，我是有志青年的好榜样。有时候，我老婆与同学聚会，面对慧眼识珠的奉承，也难免沾沾自喜，但我很清楚，她对我越来越不满意，因为，我不再给她写打油诗，不再叫她宝贝，也不再与她手拉手游山玩水，借景抒情，我甚至连笑话也懒得跟她说了。

我原来以为，写打油诗很简单。当年，我蹲在马桶上都能写一首，就充分证明了这的确只是简单劳动。两个月前，我和老婆结婚五周年的纪念日，老婆明确提出，让我赋诗一首。我眉头皱了又皱，念了两句"结婚五周年，多少苦与甜"，就觉得酸溜溜的，索然无味，再也不愿意续下去了。这时，我才发现，写打油诗也是需要兴致、需要激情的，还有，你得不怕酸。

五年如一日，天天一睁眼就看见老婆那张一成不变的脸，我要是天天兴致勃勃，只怕早就兴奋过度，衰竭而死了。其实，虽然已是两岁儿子的妈妈，我老婆依然漂亮，走在大街上，依然是风情万千的美女。只是，我熟视无睹，老婆令无数人怦然心动的美色，于我就像是早已吃厌的山珍海味，吃不出非同一般的感受来，面对老婆，我连打油诗都写不出来了。

我甚至觉得不可思议，我老婆，为什么对无聊的打油诗念念不忘呢？

对老婆没有激情，最多写不出打油诗，对生活没有激情，则意味着山穷水尽，尤其是我这种广告策划人，没有激情就没有创造力，没有创造力则必然惨遭淘汰。为了维持必要的激情，我时常呼朋唤友，对酒当歌，没有聚会也无须加班的时候，我也不愿意按时回家，我宁愿待在办公室，捧着手机刷微信朋友圈，或者和女网友说说笑话调调情。

老在网上混，总会混出点故事来。最近，我聊上了一个网名叫"我爱一夜情"的女孩，天上地下，山南水北，聊了好几天，越聊越有感觉。昨夜，我们就相约见面了。

昨夜，我本来是要赶做一个楼盘销售方案的。我老婆知道这是我今年上半年最大的一个单，我必须全力以赴，所以对于我的不回家，她表示理解和支持。可昨夜，我并没有把这个至关重要的策划方案放在心上，我一心一意，只想和"我爱一夜情"发生点什么。

来到约定的西餐厅，我喝着咖啡等待"我爱一夜情"的时候，大致想象了一下她的真实面目以及今夜可能发生的事。基本不出所料。我断定她会迟到五分钟，她果然就迟到了五分钟；我感觉她不会是个美女，她果然就像路边的野花一般不起眼，可有可无；我预料她不会太聪明，她果然脑子不利索，说一句笑话，她好半天才恍然大悟，咯咯地傻笑。我唯一失算的是，我本来以为她所谓的"我爱一夜情"，只是说着玩玩，骗吃骗喝的，没想到，她竟然说得出做得到。聊到八点半，我觉得再聊下去也没啥意思了，就想送她回家。"我爱一夜情"支支吾吾地说"不想回家"，我试探着问："要不，我们去开房？"她咯咯地笑了一阵，说："开就开吧。"

开了房，上了床，我却没能如愿以偿，"我爱一夜情"死死攥住裤头不松手，说她还是个处女。我说处女你玩啥一夜情呀，她说是从连岳的书上看来的，《我爱问连岳》里就有一个热爱一夜情的处女，常常跟顺眼的男人上床，但坚决不做爱，只是枕着男人宽厚的肩膀睡一晚。接着，她就滔滔不绝地说起了连岳，说连岳很逗很有趣，她喜欢得要死。我读过连岳几篇专栏文章，知道他会掉书袋会说俏皮话，深受情场失意者的爱戴。我没有因为爱情而受伤，也不想伤害爱情，所以，我不爱问连岳，也不爱听人絮絮叨叨跟我说连岳。我穿好衣服，下楼去买酒，我说良宵不能没有美酒。其实，我是想把她灌醉，然后，开始真正的一夜情。

在酒吧里要了一瓶威士忌，我却突然不想上楼了。直觉告诉我，这种神道道的女孩惹不得，她要是觉得吃了男人的亏，说不定会到网上大肆宣扬，说自己如何惨遭色狼网友摧残。网络江湖太凶险，一不小心我就可能遭遇闷棍，遗臭万年。但一夜情就这样不了了之，我多少有些郁闷，就打开那瓶威士忌，自个儿一杯接一杯喝起来，期望浇灭心头已开始熊熊燃烧的激情之火。

一声不响喝完那瓶威士忌，已是九点半，"我爱一夜情"给我发短信："帅哥，我还在等着你坚实的肩膀哩。"我懒得回复，直接就酒后开车回家了。

我住在松坪山，顺着北环大道，开到沙河公园时，我感觉装满威士忌的胃在沸腾，就把车拐进公园，抱着一棵树吐了一阵。

大沙河对面，就是我居住的小区。两年前，我老婆还怀着我儿子的时候，我时常陪着老婆来沙河公园散步。那时候，沙河公园还只是初具规模，没有花香，没有树高，遍地都是无人知道的小草。两年不来，沙河公园已是鲜花盛开，树木葱茏，月朦胧，鸟朦胧，还有成双成对的男女在情深意浓。

"我爱一夜情"撩拨起来的兴致依然未退，我突然想在公园里寻找艳遇。据说，只要你愿意，只要你用心，深圳的公园是能寻找到艳遇的。

公园里依稀能见到落单的女孩，有的在跑步，有的在闲逛。我东张西望，没看到一个顺眼的。公园的一角，摆放着一些健身器材，远远地，我就看上了一个在太空漫步器上漫步的女孩，身材修长，曲线适度，沐浴着月光的脸，散发着神圣的光。我的心顿时乱蹦乱跳，好久没有这种心跳的感觉了。我向女孩走过去，顺手在路边摘了一朵栀子花。

我来到女孩身边，她竟然朝我莞尔一笑。我立刻晕乎乎热血沸腾，我把手中的栀子花献给她说："小姐，你是今晚最美丽的天使。沙河公园最美丽的花属于你。"

女孩笑吟吟地接过花说："路边的野花不能采，公园的花更不能采，要罚款的。"

我说："为了心爱的人，要是知道王母娘娘的后花园在哪，我还可以做采花大盗。"

女孩说："男人是不是都想做采花大盗？"

"哪能呢。万紫千红我不爱，只爱这颗小白菜。"瞧瞧，兴致一来，我顺口说出来就是诗，说着我在女孩脸颊上轻轻一吻。

女孩没有生气，只说："有人看着呢。"

我心中暗喜，有门儿了："那我们去找个二人世界吧。"

就这样三言两语，我泡上了沙河公园最漂亮的女孩。我带她上车，直接开到了松坪山的一家酒店。

这一夜，我兴高采烈，直达快乐顶峰。

第二天我醒来，身边依偎着我老婆。

老婆含情脉脉地抱着我说："老公，我爱你。夫妻感情，需要这样调剂，才能和谐呀。"

我隐约还记得昨夜的细节。我醉酒来到沙河公园，只想寻找艳遇，公园里美女来来往往，我一眼看上了在公园健身的老婆。老婆只以为我是特意去接她的，只以为我借酒与她开玩笑（从前，我们常玩类似游戏），就顺水推舟，成就了我的"艳遇"。

老婆，这下你放心了吧。我神志不清之时，你依然是我心中最美的美人呀。

老婆不是可以吃腻的山珍海味，而是生活中必不可少的米饭和馒头，天天吃也吃不厌。有一天，你要是感觉吃厌了，那一定是你有病了。

2. 不要偷看美女的肚脐眼

我供职于一家外资企业，因为工作需要，经常使用英语，习惯了，连偶尔说梦话，讲的也是英语。我并不觉得，会说英语是如何了不起的本事，这就像桃红柳绿一般平常。没想到，会说英语，竟成就了我的一段爱情。

我曾经热恋过一个女孩，漂亮、时尚，也会说英语，我们相亲相爱了半年。我以为，我们会一辈子相亲相爱下去。直到有一天，她突然对我说，她要去美国了。认识我之前，她就和一个美国人在网上恩爱上了，那美国人虽然老了点，可是有钱，每个月都给她寄来一千美元零花。和我谈情说爱，只是她的一条退路，万一她去不成美国，她就和我将就了。但美国人终于办好了她去美国的手续，她就不再需要退路，一往无前地走了。

她去美国的那一夜，我失眠了，直到天亮还睡不着，就干脆起床了。刚刚六点钟，离上班还有两三个小时，我不知道干啥好，就出门跑步，跑上了莲花山，就像阿甘一样，围着山顶的邓小平铜像，不断地跑、跑、跑。似乎，所有的郁闷都随着汗水流淌而去，两个小时后，我跑回梅林三村的住处，心情就像初升的太阳一般亮堂。

后来，我不再郁闷，跑步却一发不可收，每天早上六点就准时醒来，跑上莲花山。

一段恋情在跑步中结束，另一段恋情却又在跑步中开始了。

　　从梅林到莲花山，要经过北环路的人行天桥，几乎每天早上六点半，我由北向南跑上天桥时，都会有一个女孩由南向北向我跑来，小脸红彤彤的，扎成马尾的头发在背后一甩一甩，是个寻常女孩。所以，每次我们擦肩而过时，我并没有特别的感觉。

　　莲花山公园里，有一些简易的健身器材，每天跑完一圈后，我都会去玩玩双杠。一个星期天，我跑完步照例又去玩双杠，双杠却被人占领了。是那个天桥女孩！她在双杠上做仰卧起坐，她坐在一根杠子上，脚钩住另一根杠子，身子往后一倒，几乎弯成九十度，发梢在塑胶地板上蜻蜓点水一下，身子又轻巧地弹起来，接着又倒下去。寻常仰卧起坐，我只能勉强做十几个，如此高难度的仰卧起坐，天桥女孩一口气做了三十多个，却依然身轻如燕。我忍不住叫一声"好！"女孩再弹身起来时，看了我一眼，没说话，再倒下去时，手不再抱头，而是拉扯住运动衫下摆，不让肚脐眼露出来。在这种炎热的天气，清凉、暴露的穿着司空见惯，这名羞于露出肚脐眼的女孩，不能不让人心里一动。

　　女孩又做了几个仰卧起坐，跳下双杠，也不看我一眼，走了。女孩身着已经褪色、后背印着"韶关高等职业技术学校"的蓝色校服，大大方方，走在一身名牌运动衣的晨练者中间，犹如鹤立鸡群。

　　星期一早上六点半，在北环天桥上，我再次与那女孩迎面相逢。如今我们也算是老相识，在交错之际，我对女孩一笑："嗨，早！"女孩没笑，也没说话，一跑而过。我有点尴尬，心里自我解嘲：搭讪陌生女孩，多少有点像是好色之徒，活该讨没趣！跑到桥头，我回过头去看那女孩，她也正好回过头来看我。

　　星期二早上，我跑上北环天桥时，一个印度籍同事给我打电话，问个紧急事儿。桥下车来车往，有点喧嚣，我不得不大声对着手机喊。女孩跑过来了，我一边打电话，一边对她点点头。女孩也点点头，跑过去几步，又跑回来。听我打完电话，她说："你会讲英语？好厉害哦！"说完，不等我回答，又掉头跑了。这女孩，就以这种方式，对昨天的不理我，表达了歉意。

我和文蕙，就这样认识了。

文蕙，二十三岁，来自韶关，中专学历，十九岁来深圳，一直在上梅林的一家外资企业做普工。文蕙爱好运动，因为工厂上班时间早，她只能早上五点就起床，等我起床跑上北环天桥，她已经运动完从莲花山下来了。星期天，她休息，可以晚一点起来，正好与我同步，因此占领了我的双杠。文蕙英语没学好，只能听得懂"I love you"（我爱你）之类的简单英语。而她认识的会说英语的人，都是工厂的管理人员，工资至少是她的五倍。那天早上，在北环天桥上，她停下来称赞我厉害，一是表达歉意，二是向懂英语的人表示由衷的敬佩。

认识文蕙一个月，周一到周六，早上六点半，我们天天在北环天桥上相遇，点头，一笑。星期天，我们则前后跑上莲花山，各自运动，然后，在双杠边会合。她依然在双杠上做仰卧起坐，后仰下去时，依然拉扯着校服下摆，以防露出肚脐眼。

慢慢地，我对文蕙动了心思。面对如此清纯的女孩，我要不动心，肯定是伪君子。

我也改在早上五点起床了，跑上北环天桥，等文蕙。第一次提前一小时见到我，文蕙并没有觉得意外，依然是一笑一点头。她的不动声色，深深地打动了我；后来，还是她的不动声色，深深地伤害了我。

一起上山下山十多天，铺垫了无数废话，一个星期天，从山上下来，我对文蕙说："我请你喝早茶吧。"文蕙犹豫了一会儿，说："我们吃麦当劳吧。"

后来我才知道，吃麦当劳是文蕙的一个心愿。文蕙每个月工资两千块，还得寄回家一千块供弟弟读书，自己留下的一千块，穿衣吃饭全靠它，她必须紧巴巴地算计着花。麦当劳，这种传说中的美食就成了文蕙心中的奢侈品。她在心里许愿：将来有了男朋友，第一次吃饭就去吃麦当劳。

那是文蕙第一次吃麦当劳。看着文蕙心满意足地吃着我不屑一顾的垃圾食品，我心酸不已，心中发誓，一定要好好待这个女孩一辈子。

吃完麦当劳，文蕙看我的眼神，就有了几分掩饰不住的柔情蜜意。

不久，文蕙正式成了我的女朋友。我送了文蕙一套阿迪达斯运动服，换下了她的旧校服。这样，我们一起在莲花山跑上跑下，就显得般配、和谐了。

我没有想到，我努力制造的和谐，永远也无法填补文蕙心中的鸿沟。

文蕙家在粤北山区，家贫，自己没有高学历，没有好工作，长得又不是如花似玉，这些于我来说，其实都不算什么，我并不在意。但文蕙在意，很在意，因此她对自己失去信心，总是一遍又一遍地问我："你真的爱我吗？""到底爱我什么呢？"

爱不爱是道简单的选择题，选择"是"或"否"即可。爱什么？却很复杂，甚至根本说不清楚。在我说不清楚的时候，文蕙就幽幽地一声叹息："就算你在骗我，我也心甘情愿。"

我们就这样爱着，恋着，有点酸，有点甜。

一年半之后，我们的爱情即将进入谈婚论嫁阶段时，却戛然而止。

因为我会说英语，文蕙对我刮目相看；也因为我会说英语，我们的爱情无疾而终。

怕文蕙有压力，我们在一起的时候，我能不说英语尽量不说。只有说英语的同事或客户来电话时，我才不得不说英语。每当此时，文蕙就一脸虔诚、一脸敬仰地看着我，一边把玩我的小胡子。她说，虽然她听不懂我在说些啥，但她喜欢看我说英语的样子，很帅。

那一天，我正在宿舍里和文蕙下五子棋，来电话了。我说了几句中文，又说起了英语。文蕙依旧是一副敬仰的样子看着我。

来电话的是我前女友。和我在一起的时候，为了练英语口语，她就一直和我说英语。到了美国，说惯了英语，中文说起来可能反而不习惯了，说了几句，她还是说起了英语，我也只好跟着说英语。通话时间半小时，也没说什么见不得人的话，无非是她到了美国如何痛苦不堪，如何后悔不已——她之所以给我打电话，是因为那美国老牛仔刚刚揍了她一顿。我这人心软，听说自己曾经爱过的人在美国受苦受难，就好言抚慰了一顿。当然，如果文蕙听得懂英语，有些话还是不说为好，就因为她听不懂，我无所顾忌，有话就说。

挂了电话，我发现文蕙正在收拾她的东西，我问她干啥，文蕙抬起头，泪流满面地说："周天成，你知道我跟你这一年半，都在干什么吗？我一直在自学英语，我就怕自己有一天给你卖掉还傻呵呵的，两三个月前，我就能听懂你说的每一句英语了！你到美国和你的老情人恩爱去吧，再见！"说罢，摔门而去。

我目瞪口呆，不寒而栗。呆愣半晌，我给文蕙打了几个电话，不接，发了几条短信，不回。

如果我坚持把电话打下去，把短信发下去，我相信，我有可能让文蕙回心转意，毕竟，我犯的还不是不可饶恕的罪行。我是没坦白交代和前女友的故事，那是因为往事不堪回首，还因为女孩子多爱算旧账，我觉得，能不交代的还是不交代好。这是完全可以理解，可以原谅的。但我突然间心灰意冷，一个不动声色，老想证明爱人在骗自己的人，就算回到身边，也会因为太冷，让人受不了的。这就好像一个好朋友，有你家的钥匙不用，偏要偷偷从窗户爬进你家里，让人感觉很不爽的。于是，我放弃了努力。

这一回失恋，我没有失眠，一觉睡到早上五六点，甚至都不想起来跑上莲花山。因为，文蕙也不去莲花山了。

让我无比欣慰的是，听说，因为文蕙突然开窍，会说英语了，老板惊喜之余，对她青睐有加，把她调到了重要岗位上，月薪是原来的五六倍。

3. 穿过幽暗岁月来看你

二十三年前，我二十三岁，我在一场爱情争夺战中惨败。

那时候，我和周洪波都是县水泥厂的工人，我们同时看上了皮革厂的杨秋红。

经过几个回合明争暗斗的较量，我彻头彻尾地输了，杨秋红亲手给周洪波做了一双猪皮鞋，并喜滋滋地穿上了周洪波买给她的尼龙大衣。

痛定思痛，我认真总结经验教训，发现我失败的根本原因是，周洪波的老爸是个养猪致富的万元户，而我的老爸只是一个寻常石匠。

恋爱如同做生意，运气不好，难免失恋或亏本，我本来不是特别介意，但杨秋红的临别赠言却不能不让我耿耿于怀。她说："小李，爱情和钱没有关系，一个人有没有钱其实并不重要，可怕的是，他太在意自己有没有钱。"

这话说得太虚伪，爱情与钱没关系，你为什么跟了周洪波，除了他老爸是个万元户，他周洪波哪一点比我强？

在周洪波和杨秋红结婚的第二天，我成了水泥厂第一个辞职下海的人。

日后有许多人佩服我的胆识，我也笑微微地默认了。其实，我丢下"铁饭碗"甘做个体户，只是因为我受不了周洪波和杨秋红幸福得心满意足的样子。一看他们当众卿卿我我，我就不爽，要是我一直在水泥厂当工人，我肯定会终生不爽，郁闷而死。我必须杀出一条血路，找回男人的尊严，重振雄风。

下海第一年，我做的是服装生意。从广州买来衣服，卖到我们的小县城。都是些漂洋过海来到中国的旧衣服，也就是后来人们所说的洋垃圾。我一件几元钱、十多元钱买下来，运到我们的小县城，一般都能卖到一百多元钱一件。那一年，我从广州贩来的旧衣服，成了我们县城最亮丽的风景，连我们县长在大会上做报告，穿的都是从我手上买的旧西装。

我的情敌周洪波，也找我买了一套旧西装，我狠狠敲了他一笔，两百块！他穿上笔挺的西装，越发显得精神抖擞。而杨秋红，这时已经怀孕了，她挺着大肚子，挽着周洪波，骄傲地在大街上走过来走过去，走过我的摊档时，就笑着微微地向我点头，偶尔也会停下来，翻看一下衣服。周洪波的西装，就是她拍板买下的。我像所有的生意人一样，笑对来来往往的路人，当然也笑对杨秋红，但我的心里，热血在翻涌。杨秋红，本来应该是我的女人啊！

这一年，卖旧衣服让我也成了万元户，连一向不把我放在眼里的水泥厂厂长，抽着我的万宝路香烟，也不得不对我刮目相看。我因此有了一个比杨秋红还漂亮三分的女朋友，但我一点也没有扬眉吐气的感觉。每当杨秋红向我笑微微地点头，我就感觉自己要崩溃，在杨秋红面前，我此生注定是个一败涂地的男人。

当杨秋红的孩子瓜熟蒂落，来到人间，我丢下所有的心烦意乱，包括比杨秋红漂亮三分的女朋友，离开家乡的县城，来到了深圳。

商海浮沉二十多年，我熬成了资产过亿的企业家。我的父母，我所有的亲朋好友，都陆续投奔我。在家乡，我了无牵挂，就很少回去了。

成功人士聚会，偶尔会说起从前如何如何，这时，杨秋红的微笑就会一闪而过。但杨秋红现在如何，我不好向人打听，知道我与杨秋红故事的人，更不会向我提及，所以，杨秋红的现状，我一无所知。

前年春天，我们县的招商团来到深圳，王县长登门拜访我，特别客气，特别热情，一再邀我回家看看，为家乡的发展献计献策。盛情难却，我就回去了。

县里主要领导一直陪着我打哈哈，我信口开河，胡言乱语，他们也一个劲点头。闲话少说，总之，我不想在我们县投资，那些装模作样的领导我太熟悉了。我知道，他们哈哈笑开的大口，随时准备吞噬我的血汗钱。这里只说我和杨秋红的故事。

那一晚，和几个乡镇企业家打完麻将回到宾馆已是半夜。我顺手推开窗户，长出了几口闷气。这几天的吃喝玩乐、阳奉阴违，让我厌倦不已，深圳大把的钱正等着我回去赚。我想，明天一早，就和司机悄悄溜回深圳算了。

午夜的县城街头，依然一派繁华景象。我一直想不明白，我们县没有像样的企业，也不是旅游、商贸重镇，在岗在职者月收入也就一两千元钱，怎么看着比深圳的人花钱还大手大脚？宾馆楼下的街边是一溜烧烤摊，兴致勃勃的人们，一堆挨一堆坐在小马扎上，吵吵闹闹地吃烤羊肉串、喝啤酒。突然，一个熟悉的身影一晃！即使过去二十多年，在昏黄的路灯下，在烧烤摊的缭绕烟雾中，我还是一眼认出了她。没错，正是杨秋红，她似乎是一家烧烤摊的女主人，正笑嘻嘻地为客人起开一瓶又一瓶啤酒。

我即刻下楼，来到杨秋红的烧烤摊，说："杨秋红，还认识我吗？"

蹲在地上洗碗、洗碟子的杨秋红一抬头："哎呀，炮打鬼李祥明，你咋还是老样子呀！"

很长时间以来，我一直被人尊敬地称作"李总"，蓦然间被人呼为"炮打鬼李祥明"——在我们县，老朋友都互称"炮打鬼"，我顿觉亲切，杨秋红心里还是把我当朋友的。

杨秋红又向烧烤炉那边吆喝："周洪波，李祥明李大老板来照顾咱的生意了。"

在烤烧炉边手持硬纸板扇炭火的周洪波，笑呵呵过来和我握手，递给我一根白沙烟，说："李祥明，好久没抽白沙烟了吧？"我也笑呵呵，点上这五元钱一包的白沙烟，说："这烟抽着有情有义，味道就是不一样。"

杨秋红一捅周洪波，说："嫁给你后悔死了，当年我要是嫁给李祥明，如今也是阔太太，就不用在这里摆烧烤摊了。"

"呵呵，你要嫁给李祥明，说不定如今我是大老板，李祥明要在这里摆烧烤摊。"周洪波说着朝我一扬手，"你们聊，我去给你烤羊肉串。"

杨秋红收拾好一张桌子，让我坐在小马扎上，"砰"地起开一瓶啤酒，说："尽管喝，尽管吃，我们请客。"

这一年，杨秋红四十三岁。下岗的烦恼，生活的艰辛，让杨秋红的容颜不再。头发是染成的淡黄色，发根处新长出的是亮闪闪的白发；眼角的鱼尾纹，不笑也条理分明。但莫名其妙的，面对杨秋红的白发和皱纹，我竟然心慌意乱，怦然心动，就像当年初次见到她一样。我知道，杨秋红一直是我未了的心愿。多年来，我有过多个酷似或神似杨秋红的女朋友，但到底不是原版杨秋红，谁也没能点燃我当年的激情。

我突然决定，明天不走了。我必须了却自己的心愿。

那天晚上，我在杨秋红的烧烤摊上一直坐到凌晨一点钟。言谈间，我不断暗示，我依然对杨秋红一往情深，同时表示，我对县领导没信心，但对杨秋红绝对有信心，我可以在县城投资开一家"秋红酒楼"，她从此不必摆烧烤摊。这是实话，为了却心愿，我不惜一掷千金。杨秋红默默地听着，不时瞟一眼在烧烤炉边忙碌的周洪波。

临走时，我递给杨秋红一张名片，告诉她我就住在楼上的 308 房，明天，一整天我都会在房间等她。

第二天，我推掉所有的考察活动，一心一意在宾馆客房里等候杨秋红。为了制造气氛，我让司机买来九百九十九朵玫瑰，把客房装饰成花的海洋。我和太太结婚时，对新婚洞房我都没有如此用心过。

整整一天，我在玫瑰花的包围中做着玫瑰梦。但杨秋红没有来，也没有来电话。我坐立不安，杨秋红会不会出了意外？

夜幕降临，楼下的烧烤摊又开始出现了。我从客房窗口望出去，远远地看见杨秋红和周洪波肩并着肩，推着他们的烧烤炉过来了。

那一刻，我突然想起当年杨秋红对我说过的话："小李，爱情和钱没有关系……"

我叫上司机，直接从电梯下到地下停车场，悄悄溜回了深圳。

去年春天，一天早上，上班时分，骤降暴雨，马路上匆匆来去的深圳上班族被淋了个措手不及。我开着我的奔驰，奔驰在深南大道上。路过一个公交站台时，因公交车占道，车流有点滞塞。站台上，十几双手胡乱挥舞，在召唤的士，但的士都没有空的，没有一辆靠过去。突然，人群中一张湿漉漉的脸让我心中一动，又是一个酷似杨秋红的女孩！我驱车靠近站台，靠近那个女孩，探身打开右前门，向女孩招手。暴雨哗哗地下，说话听不见。女孩愣一愣，看看左右，点一点自己的鼻子，我点点头。女孩又一愣，上了我的车。

"我不是英雄，可我喜欢救美。"我驱车继续前进说，"美女有难不出手，我会终生良心不安的。"

女孩看看手表，说："谢谢大哥。我急着去面试。"

"面试第一印象最重要，你这样子去面试，肯定没戏，并不是每一个人都像我一般怜香惜玉的。"我看一眼已全身湿透狼狈不堪的女孩说，"先去换套衣服吧。"

女孩面露难色，说："我来深圳只带了两套衣服，另一套昨晚刚洗，没得换。"

我建议女孩买一套新衣服，新工作就应该配新衣服。女孩犹豫片刻，说："好吧。"

我带着女孩来到万象城，随便选了一套衣服，女孩争着要买单，一看标价，五千八百元钱，就住了手，任我买了单。女孩换上新衣服，越发有杨秋红的韵味，对着镜子美滋滋左右打量着，突然她打了一个优美的喷嚏。于是，我又建议女孩，赶紧洗个热水澡，身体是工作的本钱。

附近一家酒店，有我长包的一个套间。女孩又是一番犹豫，在我保证她的工作肯定没问题之后，她跟我到了酒店。

商场练就了我花言巧语的本领，对女孩子几乎所向无敌。我路上顺手"捡"来的女孩，就这样落入了我的手中。

事毕之后，风停雨歇。我要过女孩的简历，看能安排她干点啥。

周杨，宁波大学应届毕业生，二十二岁，××省××县人。和我竟是同乡，我就此寒暄了起来，说我们是同乡，你的名字真好听。女孩笑着说是父亲的姓和母亲的姓合成的。我来了兴趣，随口问道："你父母叫什么？说不定我认识呢。"女孩说道："父亲周洪波，母亲杨秋红。"……

我傻眼了，杨秋红当年让我无限心酸的大肚子，怀的就是这个孩子。

4. 摇摇摆摆女儿心

去年十一月，我去阳澄湖吃大闸蟹，晚上回深圳时，飞机不知道出了啥状况，盘旋了一圈又一圈，就是不降落。一些见过世面的乘客，开始躁动，怎么回事？空姐广播道：因为空中管制，飞机还需要在空中盘旋，等待降落指令。

我心中一寒，已近深夜，还空中管制啥！八成是飞机故障，比如起落架放不下来，盘旋耗尽油料，然后，强行迫降，九死一生！有点飞行常识的乘客，心知大难临头，纷纷面露慌乱之色，窃窃私语。我的左边，坐着一个美女，一上飞机，就在埋头读书。这会儿，死神在机舱里嘿嘿冷笑，她还在读书。我的右边是窗口，关键时刻，我需要有人说说话，就对美女说："美女，飞机只怕出问题了，你还有心看书？"

美女抬起头，看看我，看看四周惶惶不安的乘客说："哦，是吗？那我得抓紧把这本书看完才好。"说完又埋头读书。

那一刻，我怦然心动，也一下子坦然了，就算飞机真掉下去，有这么一个不慌不忙的美女相伴，也没什么好遗憾的。

飞机盘旋一个小时后，平安落地。

美女名叫叶莉亚。下了飞机，我一直和她走在一起，这种非同一般的女孩子，我希望能一生一世和她在一起。走出大厅，叶莉亚准备排队等的士，我说："太晚了，女孩子孤身一人搭的士，不安全，你要是觉得我不像坏人，就和我一起坐车走吧，一个朋友开了车来接我。"我没有说那是我的车，一直等在机场的是我的司机。

叶莉亚没怎么犹豫，大大方方，坐上了我的奔驰，还大大方方给了我名片，原来是个时装模特，怪不得光彩四射。我没给她我的名片，以一个房地产公司老板的身份，去追求一个单纯的女孩子，我觉得有点仗势欺人，追不上面子挂不住，追上了也不会有任何快感。所以，我只说我是个普通业务员，司机是我多年的哥们，偶尔偷开老板的车来为我服务。把叶莉亚送回南山她的住处，我给她留了一个手机号码。

此后的大半年里，我一直以业务员的身份和叶莉亚交往。和叶莉亚约会，我从来不开奔驰，坚持打的来去；吃喝玩乐，我严格遵循寻常白领的规矩，吃饭只进物美价廉的中档酒楼（有时候还吃大排档），买衣服只买打五折以下的二线品牌，偶尔看电影、K 歌。

叶莉亚和我玩得高高兴兴，也坦然接受我买给她的衣服，但对我热烈的追求短信，她一直不正面回应，只是不着边际地敷衍。

我有些迫不及待，毕竟，我管着一大摊子事，偶尔玩玩白领追美女的游戏，还有点意思，天长地久地玩，则索然无味，我必须尽快结束这场似乎没完没了的持久战，回归正常的老板生活。

当然，我还是不能亮出我的真实身份，"威逼"叶莉亚"就范"，如此这般，就算叶莉亚激动万分地投进我的怀抱，我也会觉得很失败。我只是授意我的策划总监，替我给叶莉亚写一封三千字以上的情书，然后，由我亲笔抄下来。我的策划总监不愧为北大才子，情书写得比他的策划方案更专业。情书里的业务员，正直善良，敢做敢当，爱憎分明，前途无量，正是我要表达的意思。我一高兴，就给策划总监发了一万元奖金。

　　一笔一画十几页的正宗情书，深深地打动了叶莉亚。收到情书，她就给我打电话说："其实，我是个传统的女孩，婚姻大事，必须经得我爸我妈的同意。今晚，我正好没有演出，带你去看看他们吧。"

　　我赶紧让手下买来两盒脑白金、两盒花旗参、两瓶茅台酒，拎着这不轻不重的白领级礼物，我打的直奔叶莉亚老家而去。

　　和叶莉亚交往大半年，我只知道她是江西景德镇人，父母身体健康，至于他们是做什么的，我一直不知道。马上就要去拜见老人，我自然得知道些基本情况，就问叶莉亚："叔叔阿姨他们是做什么工作的？来深圳多久了？"

　　叶莉亚哼了一声，说："现在你才想起问他们是做什么的！知道我为什么一直对你没感觉了吧。他们是捡破烂的，捡了七八年了，我读大学就是他们捡破烂供养的。你要嫌他们捡破烂丢人，现在后悔还来得及。"

　　我当然不会嫌弃叶莉亚父母捡破烂，当即检讨："对不起，我对叔叔阿姨的关心的确不够。也是我太多心，我想，你的家庭状况，合适的时候，你自然会主动告诉我，我要是刻意追问，倒显得有些唐突。我爱的是你，你爸你妈是捡破烂的还是富豪高官，一点也不影响我对你的爱。至于捡破烂丢人的话，我觉得你说都不应该说，捡破烂抚养子女，那是世界上最伟大的父母呀！"

　　对叶莉亚的父母不闻不问，本是我的疏忽，我一番强辩，倒显得有理了，叶莉亚挽住了我的手，说："除了能说会道，你还会些啥？"

　　我说："我还能让叶莉亚成为世界上最幸福的老婆。"

　　叶莉亚说："能不能成为你老婆，得我爸妈说了算。"

　　叶莉亚父母住在一片荔枝林中的铁皮棚里。知道叶莉亚要带男朋友来，他们买了鸡鸭鱼肉，正在蜂窝煤炉上忙碌，我上前握住叶莉亚爸爸黑乎乎、油腻腻的手说："叔叔阿姨你们辛苦了。"

含辛茹苦的叔叔阿姨，上下打量着我，只是嘿嘿地笑。

他们背着蛇皮袋，在垃圾堆里扒拉易拉罐、饮料瓶的时候，谁也想不到，他们有一个如花似玉、冰雪聪明的女儿吧，而且，他们马上就要有一个身家上亿的女婿，叔叔阿姨的苦日子熬到头了。

那天晚上，在荔枝林中的铁皮棚子里，我打开茅台酒，频频向两位老人敬酒，直喝得酩酊大醉。我高兴，我真的很高兴，我从心底里对叔叔阿姨充满敬意，想着叶家马上就要因为我而发生翻天覆地的变化，我更是高兴得呵呵傻笑。我从小就喜欢灰姑娘的故事，当然，叶莉亚算不得灰姑娘，我也算不得白马王子，但无论如何，我们的故事还算是有点戏剧性，我就喜欢生活中不时来点儿戏剧性。

我顺利地通过了叶莉亚父母的面试。叶莉亚说，虽然我只是一个普通打工仔，但有种骨子里透出来的自信，阳光灿烂，有一股天高任我飞的霸气，正是这一股霸气，折服了她的父母。

我和叶莉亚开始谈婚论嫁，我暗中筹划，准备用一个盛大的婚礼，给叶莉亚和她的父母一个百分百的惊喜。

眼看就要水到渠成，出了件很恶心的事儿。

那天晚上，叶莉亚去广州演出了，有个女人打我的手机，问我是不是李成钢。我说一声"对不起，你打错了"，就挂了电话。那女人马上又打过来，说我的手机号码和她叔叔李成钢的号码很相似，她一时心慌，拨错了号，很抱歉打扰了我。接着，她又说，她是一个来深圳找工作的大学生，工作没找到，叔叔也找不到了，而她的钱花完了，连回家的路费也没有了，如果我能借给她一百元钱，她一辈子感恩戴德。

那会儿我正好没啥事，就想英雄救美。如果她的确是个落难女大学生，我可以借给她回家的路费，她要是聪明伶俐的话，我甚至可以考虑在我的公司给她安排一个位置；如果她是个骗子，也没啥，见识一下骗子的真面目也好。我就约她在肯德基见了面。

她叫林云丽，高挑、漂亮、风情万千，一副路边的野花任你采的样子。我在叶莉亚面前一直表现得像个坐怀不乱的正人君子，事实上，像部分男人一样，有机会的话，我偶尔也拈花惹草。今天晚上，一见林云丽，我就有点三心二意，盘算着待会儿到哪里去开房（林云丽的每一根毛孔都透露出可以和我上床的信息），明天要不要给她安排工作。相谈甚欢，我上了一趟洗手间，准备出来就带林云丽去开房。

从洗手间出来，我一眼看到，林云丽食指伸进鼻孔，正有滋有味地挖鼻屎！我顿时兴致全无，掏出一百元钱，摆在桌上，说一声"林小姐一路走好"，掉头就要走。

林云丽叫住我，羞答答地说："今晚，我还没地方住……"

我又掏出一百元钱说："你去找个招待所吧。"

林云丽突然哈哈大笑说："恭喜你通过了莉莉姐的最后一关考验。"

林云丽，不是走投无路的女大学生，她是叶莉亚的模特同事，受叶莉亚之托，考验我是否有爱心、是不是乘人之危的好色之徒。还有，捡垃圾的叔叔阿姨，也不是叶莉亚的爸爸妈妈，他们是叶莉亚花钱雇来的，考验我是不是势利之人。叶莉亚她爸是一个县长，作为县长千金，她不得不小心谨慎，对男朋友做全面考察。

我很生气，县长算什么，我讨厌装腔作势的县长，更讨厌装腔作势的县长女儿！我当着林云丽的面，给叶莉亚打电话："叶莉亚，我们结束了。"

我在酒桌上说完以上故事，总结道："我最受不了谈个恋爱还考验来考验去的。"

一个朋友说："你刻意隐瞒老板身份，难道就没有考验叶莉亚的意思？"

我愣了一愣，笑了一笑说："也是这么回事。"

5．相亲二三事

我叫杨帆，比较好吃。九年前，我听一个广东男人说，深圳的红烧天鹅肉，馋坏了全世界的癞蛤蟆，我就跟着那个广东男人从沈阳来到了深圳。结果，我没有吃到红烧天鹅肉，倒让癞蛤蟆把我这天鹅肉给吃掉了，我嫁给了那个广东人。

不到三年，因为那个广东人太花心，不断地偷吃天鹅肉，我离婚了。

离了婚，我不再好吃，在华强北开了一家服装店。辛苦几年，没赚什么钱，大好的青春年华，却不知不觉地消耗掉了。我爸我妈急，每次给我打电话都叹息不已，说赚多少钱都不如嫁个好男人。

深圳美女层出不穷，90后美女如狼似虎，00后美女初生牛犊不怕虎，而我这种80后资深美女，那是前怕狼后怕虎呀。像我们这个年纪的还有过失败的婚恋史，伤痕累累，再也经不起折腾，不得不小心翼翼，宁可错过三千，不敢错嫁一个。可老爸老妈一天天逼债似的，我不得不正视嫁人的问题了。于是，一个寂寞的春夜，我到"鹏城之约"交友网站注册，想马马虎虎找一个男人嫁掉算了。

"鹏城之约"是深圳数一数二的交友网站，据说，许多有情人在这里喜结良缘。网站人气果然很旺，我注册不到五分钟，就有一个男人在微信上加我为好友。是一个会计师，河南人，三十九岁，也是离婚的，有一个男孩，正上初一。看了会计师的照片，不算帅哥，也不难看，只是，他有一个孩子，让我犹豫。我妈在电话里跟我说："孩子不是问题，你不用操心劳神，就白得一个儿子，好事呀。"我妈就这样，好像只要我能嫁出去，一切都不是问题。我决定先与会计师交往着试试。

在微信上聊了几回，感觉还不错，我就和会计师在一家西餐厅见了面。会计师很会说话，一见面，他就献给我一束玫瑰花，说："你的美丽让玫瑰花黯然失色，我都不好意思拿出手了。"他还会讲很多我闻所未闻的段子，逗得我笑个不停。我很长时间没有这样开怀大笑了，对他就有了几分好感。虽然他还不如我有钱，没有房子，也没有车子，但这些我并不太在乎，一个能给人带来快乐的男人，其他方面我可以不计较。

吃完饭我开车送会计师回家，会计师说："本来应该是男人送女人回家，现在却反过来了，我这种没出息的男人，你看得上吗？"我套用一句广告词说："不看出息看缘分。"

车到会计师租住的小区，他支支吾吾不下车，两眼贼亮贼亮地看着我，边说："咦，你脸上贴着什么？"边向我脸上吻过来。我一闪，因为系着安全带，没躲开。会计师得手，得寸进尺，竟突然抱住我，吻住了我的嘴，同时，左手在后，解开了我的胸罩扣子，右手在前，探进我的内衣揉捏。我气坏了，这男人，没出息也就罢了，咋还如此没廉耻呀！就狠狠唾了他一口，大吼一声："滚！"

会计师悻悻住手，说："对不起，你太漂亮了，我太冲动了。"

我又大吼一声："滚！"同时，把会计师送的玫瑰从车窗里扔了出去。

回到家我就把会计师踢出了微信朋友圈。

我认识的第二个男人，是证券公司的股票操盘手。上海人，四十三岁，因为精通养生之道，看起来倒像三十四岁。操盘手在去年的牛市里发了横财，在东海花园买了房，一百五十八平方米。东海花园开盘的时候，我去看过房，喜欢，可当时我手头紧，就在八卦岭买了一间单身公寓暂时容身，想有了钱再买到东海花园去。所以，一看操盘手住在东海花园，没见面我就对他有了三分喜欢，我甚至想，我与东海花园是不是有缘分？

操盘手有着上海人的精明，第一次见面，操盘手开着他的捷达，为省十元钱停车费，他把车停在画黄线的马路边。结果，我们吃完麦当劳出来，操盘手的捷达车雨刷上，夹上了一张违章停车处罚通知单。操盘手拿着处罚通知单，脸像崩盘的股市一般绿，说："这麦当劳吃得也太贵了，早知如此，请你到东海酒楼吃海鲜好了。"他以为我没车，一看我开着宝来，又说："早知你有车，我不该开车来的。以后我们见面，就开一辆车好了，省停车费省汽油费。你的车好，就开你的好了，过日子，能省就省，是吧？"

后来我们约会，他果然就不再开车，而是先坐地铁到我的服装店，然后，开我的车一起出去。再后来，我们比较熟悉以后，每次见面，他就让我开车接送他了。对此，我一点也没在意，反而觉得，过日子，就需要这样会算计的男人。两个人约会，一辆车当然就可以了，坐在一辆车里，更容易有感觉；而宝来的确比捷达体面一些，开我的车也无可厚非，让我坐他的捷达，我还未必愿意。

操盘手去年离的婚，带着一个九岁的女儿。交往了一个多月，操盘手请我到他家做客，见见他的女儿，顺便见识一下他的厨艺。

操盘手没来接我，说反正是到家，他就没必要来回跑了。我开车来到东海花园，偏偏我分不清东南西北，结果，转了好半天才找到他住的

18栋。操盘手在楼下等我，我一到，他就坐上车来说："走，去梅林农批市场，那儿买菜便宜。"我略有不爽，我刚从梅林那边转过来的呀。可我还是高高兴兴掉头开往梅林。

来到农批市场，操盘手问我想吃什么："我要让你好好地吃一顿！"我喜欢吃鱼，就顺口说："吃桂花鱼吧。"操盘手说："好！烧鱼我最拿手。"可一看桂花鱼的价格，操盘手犹豫了，说："我最会烧的还是福寿鱼。"桂花鱼比福寿鱼贵好几倍，我说过我已不再好吃，当然不在乎吃什么鱼，就说："啥都行，你看着办。"操盘手就买了一条福寿鱼、一块豆腐、几个西红柿，也就十来块钱吧。我以为，操盘手家里应该还有别的菜。结果，他在厨房里忙碌好半天，端出来的就只有红烧福寿鱼、小葱拌豆腐、凉拌西红柿。我还是没有不高兴，在家里吃家常菜，说明他没把我当外人。

操盘手的女儿不在家（我后来推测，应该是他有意让女儿回避出去的），操盘手说："我们边吃边等吧。"公允地说，操盘手的福寿鱼做得的确不错，我吃得很满意，可吃到一半，操盘手把福寿鱼撤了下去："我女儿喜欢吃鱼，这一半留给她吧。小孩子多吃鱼，对智力发育有好处。"接着从冰箱里端出一碟泡菜："尝尝我做的上海酸菜，绝对正宗。"酸菜果然酸得正宗，我吃得还是很高兴。

吃完饭，我主动去洗碗。洗着洗着，操盘手突然从背后抱住了我，两手扣住我的腰，嘴吻上我的脸，一嘴福寿鱼的腥味和上海酸菜的酸味。

我把抹布抹在操盘手脸上，说："因为东海花园，我喜欢上了你；因为你，我不再喜欢东海花园了。"说完掉头而去。

后来，我又见过几个男人，竟然全都是那种全无情调、想方设法要跟我上床的人！我跟一个女友哭诉："男人为什么总这样呀！"

女友骂我："傻妞，饿慌了的老男人，面对你这资深美女，要是不冲动那是有病，知道吗！"

仔细想想，女友骂得有道理，会计师也好，操盘手也好，也不见得就是如何恶心的坏男人。或许，只是我自己放不开而已。

在我想彻底放开自己的时候，我却碰到了一个放不开的男人。

男人是个中学语文老师，只比我大一岁，谈过恋爱，未婚。语文老师斯斯文文，能从头到尾背下《唐诗三百首》，还不时有心灵鸡汤之类的小文章在报刊上发表，备受学生崇拜。我对舞文弄墨的斯文人也挺喜欢，第一次见面，就觉得这正是我一直在等待的人。

语文老师也挺喜欢我，还给我写过一首七绝，暗藏"我爱杨帆"四个字。但语文老师太腼腆，我假称看不懂，他就不说什么了，也不再给我写诗。但他继续与我交往着，每个周末都给我送玫瑰花，陪我逛街、爬山、看电影，别人都以为他是我男朋友，可交往三四个月，他连我的手都没牵过。

我忍无可忍。有一个周末，我们在本色酒吧喝完酒听完歌出来已是半夜，我谎称钥匙丢了，进不了门，说："到你的宿舍将就一晚吧。"语文老师说："行，你睡床我睡沙发。"

我准备今晚把自己奉献给语文老师了。可到了他的宿舍（单身公寓），他和我谈音乐、谈文学、谈电影，就是不谈情说爱。我歪躺在他的床上（他真的老老实实睡在沙发上），试着把他引上"正题"，问他有过几个女朋友。他想了一会儿说："三个吧。"我又问："有没有那个。"他脸红了道："没有，绝对没有。"我步步紧逼："三十多年，你怎么能忍得住呢？"他吞吞吐吐说："没什么忍不住的，我看书、看碟、写作……"

　　我真的想不通，世界上怎么竟会有如此能忍的男人。说累了，想睡了，我就睡着了。如此压抑自己的男人，太没趣了。

　　第二天一早，我当即就掉头回家了。

6. 浪子的浪漫

二十世纪九十年代，手机还叫大哥大，只有大哥级人物才用得起，吃饭喝酒时摆放在显眼处，很有面子，走在大街上，边走边对着大哥大发号施令非常威风。欧阳斌就有这么一部大哥大。

欧阳斌不是大哥级人物，他是一个大哥的司机兼保镖，爱好泡妞。有一次，因为泡妞误了大哥的事儿，大哥很生气，抄起大哥大就向欧阳斌砸过去。大哥大砸在欧阳斌头上，又摔在地板上，摔出了一点毛病，大哥用着不爽，就把它赏给了欧阳斌，算是对他被大哥大砸破头的补偿。欧阳斌接过大哥大，摆弄了一阵，发现用橡皮筋绑紧电池板，即可正常使用，使用时，手正好握着橡皮筋，旁人也看不出是部伤残大哥大，欧阳斌被打破头的郁闷也就顿时烟消云散。

从此，大哥大成了欧阳斌的泡妞神器。

欧阳斌面皮白净，一表人才，是个标准帅哥，开着大哥的雪铁龙，握着大哥淘汰的大哥大，俨然成功人士。帅哥 + 成功 = 白马王子，欧阳斌在泡妞的道路上一帆风顺。直到碰到严安琪，欧阳斌用尽了自己泡妞的手段，也未能如愿以偿。

那一年，严安琪大学刚毕业，在一家房地产公司做文员。欧阳斌给大哥跑腿送一份文件时，认识了严安琪，当时正是午饭时分，严安琪正在吃盒饭。欧阳斌办完事，非常诚恳地说："严小姐，我求你帮个小忙行不行？"严安琪以为客户碰到了什么难处，说："没问题，能帮我尽量帮。"欧阳斌说："看到美女吃盒饭，我就心疼，我想请你去外面吃个便饭，可以吗？"严安琪嘻嘻一笑，感觉眼前这个帅哥还有点意思，指着正吃盒饭的另外两个女孩说："好呀，我也不好意思让帅哥心疼。不过，还有两个美女也在吃盒饭呢，要请就一起请吧。"另外两个女孩长得很一般，一起吃饭，只会增加泡妞成本和难度，但为了能和严安琪进一步发展，欧阳斌不得不把她们一并请上。

一顿饭，吃掉欧阳斌三百多块。吃饭时，欧阳斌掏出大哥大，拨了个不存在的电话号码，自言自语谈定了一笔上千万的"生意"。搭车吃饭的两个女孩见了大哥大，很兴奋，要过大哥大，轮流给千里之外的亲朋好友打电话嘘寒问暖，又花掉欧阳斌一百多块电话费（那时候，手机话费一分钟一块多）。欧阳斌心疼不已，严安琪的手都不曾拉一拉，就花掉了五百多！

更让欧阳斌痛不欲生的是，后来的一个月里，他请严安琪吃饭、泡酒吧、唱卡拉 OK，还送花、送 Hello Kitty，花掉了五千多块，约等于他两个月工资，严安琪对他依然若即若离，依然不给他拉手。最后，欧阳斌当着严安琪的面，咬破右手食指，写下六个血淋淋的大字："严安琪，我爱你！"还是没能感动严安琪，反而吓得她"妈呀"一声惨叫，捂着眼睛跑了。

下足血本都没能搞定严安琪，欧阳斌感觉很吃亏，很失败。欧阳斌当过三年兵，当兵的人，不屈不挠，永不言败。欧阳斌认真研读古今中外求爱秘籍，灵光一闪，定下了一条出奇制胜的妙计。

寻常女孩，欧阳斌不惜血本地追求，可能早就让她"就范"了，但严安琪太不寻常，她父亲严南山是一个成功的房地产开发商，身家过亿，作为亿万富翁的独生女儿，严安琪到其他房地产公司打工，只是为了历练，为将来接手家族企业做准备。严安琪心目中的白马王子，比欧阳斌高好几个层次，他应该风度翩翩、俊朗儒雅、机智幽默、无所不能，但这样的白马王子一直没有出现。

欧阳斌，严安琪初看感觉他是个小混混，再看以为他是个收废品赚了几个小钱的暴发户，一试探一调查，才发现他不过是个小司机。这样的人，严安琪当然不会放在眼里。她之所以没有断然拒绝欧阳斌，只是出于年轻女孩本能的虚荣，她时刻需要身边有男人围着她团团转，尤其是欧阳斌这样看上去顺眼还有点小聪明的帅哥。严安琪甚至想，等有一天她找到了自己的真命天子，有忠心耿耿的欧阳斌做司机和保镖也好。

最初的日子里，严安琪如同耍猴人一般，玩弄欧阳斌于股掌之间，感觉煞是好玩，直到欧阳斌写下血书，她才感觉局面有些失控。她晕血，一见了血就心慌意乱，严重的时候，还会当场晕倒。所以，她掉头就跑，跑回家心儿还乱蹦乱跳，心里直嘀咕，要是这小子持刀自残，"严安琪你要不爱我，我就死给你看！"然后一刀抹断脖子，血如泉涌，那该如何是好？她好玩，但并不想玩出人命来。

怕什么，真就来了什么。

严安琪家在华强北的一个小区里。一个星期天上午，严安琪正歪在床上睡懒觉，妈妈喊她接电话。

是欧阳斌打来的，他说："安琪，你站到窗边来。"严安琪拖着电话线，走到窗口。窗外是商业街，像往常一样熙熙攘攘，并没有什么特别之处。严安琪很不耐烦地说："欧阳斌，你醒目点好不好，我正在睡觉呢。"

欧阳斌说："安琪，我现在是深圳最醒目的人，你抬头往上看。"

严安琪抬头往上看。一幢刚刚竣工的高楼最顶层站着欧阳斌，正一手持大哥大，一手朝这边挥动。这时，商业街上来来往往的人们，也看见了高楼上的欧阳斌。"有人要跳楼！"众人纷纷停下脚步，一直朝上看，有人着急，有人焦躁，有人不急不躁。严安琪只觉得脑子里"嗡"的一声，惊慌失措，对着电话喊道："欧阳斌你不要乱来！我晕血，你要跳楼死了，我看都不看你一眼！"

严安琪父母听到女儿喊，也来到窗口。严南山看一眼就知道是怎么回事了，说："琪琪，你接着睡觉去，一个男人，为了女人跳楼，不是疯子就是傻子，靠这种行为给人压力，太不爷们了。"

严安琪早乱了方寸，无论如何，自己欠下一条人命，不是好事儿。她几乎哭喊着哀求："欧阳斌，你快下来呀，下来了什么都好说，你一跳，什么都没得说了呀！"

欧阳斌很冷静，一直很冷静，他说："安琪，我跳楼，只为了向全深圳证明，我爱严安琪。"

严安琪说："不不不，我不要你证明，我相信你爱我！"

商业街上人越聚越多，有人鼓噪："怎么还不跳呀！"

警车呼啸而至，谈判专家手持扬声器，开始喊话："楼上的先生，请不要冲动……"

欧阳斌突然大喊："严安琪，我爱你！"喊完，纵身一跃！

严安琪"啊"的一声尖叫，扔下电话，紧紧闭上眼睛，只怕闭得不紧，又用双手紧紧捂住眼睛。却听严南山轻轻一笑，说："好！臭小子，这一招玩得漂亮！"严安琪听父亲笑得怪异，睁开眼来，只见欧阳斌拖着一顶降落伞，漂漂亮亮飘在空中，降落伞上拴着一挂条幅，上写斗大的六个字："严安琪，我爱你！"

欧阳斌操纵降落伞，直接落在严安琪的院子里，除了落地时彻底摔烂了大哥大，他毫发未伤。他在部队是伞兵，定点降落，小儿科而已。

欧阳斌一举粉碎了严安琪的择偶标准，千好万好，为爱人不惜粉身碎骨的男人最好（严安琪后来才知道欧阳斌是伞兵）。

让欧阳斌喜出望外的是，严安琪还有个亿万富翁的父亲，而那个亿万富翁，对欧阳斌有勇有谋的壮举赞赏不已，乐呵呵地把女儿嫁给了他。

去年，严南山死于一场不清不楚的车祸，欧阳斌接管严氏企业；不久，严安琪不明不白地疯掉。疯狂的严安琪，爬上欧阳斌十多年前跳伞的高楼，举着一把雨伞，从欧阳斌当年跳伞的地方一跃而下，雨伞即刻翻卷，顶端拖着一挂条幅，上书六个大字："欧阳斌，我爱你！"但条幅还没来得及完全展开，严安琪就轰然落地。

7．亲爱的，这并不是爱情

刘中林想给杨芳琳一个惊喜，也没打个电话，就从北京飞到了深圳。打的来到杨芳琳租住的单身公寓，门却紧闭着，一敲再敲，敲不开，手机也关掉了。

刘中林抬头看了看深圳的白云，点了一支烟，看值班室的保安不时瞄着他，一笑，也给了保安一支烟，顺便借了半截粉笔头，在杨芳琳的门上大书三个字："我来了。"

单身公寓旁边是一家宾馆，刘中林住了进去。给深圳的老友打了一通电话，嘻嘻哈哈一阵，约定了晚上的饭局。再打杨芳琳的手机，还是关机。刘中林就给她发了一条短信，还是三个字："我来了。"

"我来了"，有来历。

那是五年前的事。其时，刘中林和杨芳琳同在北京上大学，都上大二。那一天，像多数爱情故事一样，他们偶然相遇，彼此怦然心动，约好晚上一起去打羽毛球。六点钟，刘中林兴冲冲地来到女生宿舍，朝门卫老太太笑了又笑，老太太也不放他进去。刘中林只好打电话，可杨芳琳手机占线，宿舍电话也占线。刘中林心中郁闷，蓦然看见，草坪上一个五六岁的小男孩也在郁闷，小男孩在放风筝，风筝老飞不起来，正郁闷地朝风筝吐口水！刘中林走上前，对小男孩说："你忘了写起飞口令呀，小朋友。"小男孩一脸惊奇："放风筝还要写起飞口令？"刘中林呵呵一笑："当然要的。"于是，他掏出水彩笔在风筝上写下"我来了"

三个字，把风筝朝上一扔，风筝果然就起飞了，在刘中林的操纵下，朝六楼的某扇窗户飞过去。小男孩高兴得拍手直乐："我来了！我来了！"

风筝在杨芳琳的宿舍窗口盘旋。杨芳琳探身窗外，一手持手机打电话，一手朝楼下的刘中林惊喜地挥。爱情就在那一刻，随着在空中飘舞的风筝弥漫开来。

大学毕业后，杨芳琳去了深圳，刘中林则留在北京读研。爱情犹如多年前的风筝，还在风中飘呀飘。

晚上七点，杨芳琳还是没有消息，约好的三个老友倒是陆续来了。三个老友混得都还马马虎虎，谢清风在一家报社做广告部副主任，伍明理在电视台做编导，赵百顺在一家物流公司做主管。

寒暄一阵，谢清风"咦"了一声："那谁，杨芳琳呢？"

刘中林就说起了杨芳琳不见了的事："打电话到她单位问，说是请假了，昨天就没上班，人去了哪里，不知道。"

"要不要我给你登个寻人启事？"谢清风说，"正好有家讨债公司被查封，广告临时撤下了，那广告位就免费送给你吧。"

伍明理插嘴道："就你那破报纸，尽登些春药、迷药、牛皮癣、白癜风之类的破广告，别埋汰了杨大美人。寻找杨大美人的启事，还是在电视台上播发好。老刘，我也给你免费。"

"靠！"谢清风针锋相对，反驳道，"就你们整的那些疯疯癫癫神道道的节目，还寻人，丢人吧你！"

几个人连吃带喝，彼此笑骂。最后，大家一致认为，玩一回寻人游戏也好，同时在报纸和电视上寻找杨芳琳，也让杨芳琳感动一回。内容还是那三个字："我来了。"字由刘中林亲笔书写，他的字特别，杨芳琳一眼就能认出来，就知道是怎么回事。

赵百顺一拍桌子说:"我也为老刘出一把力,要玩就轰轰烈烈玩一把。报纸和电视只有深圳能看到,我们公司明天要发出九十八个货柜,发往全国各地,还有发往芝加哥的,要是每一个货柜上都喷上'我来了',如此一来,杨芳琳就算到了美国,也能一眼看到是吧?"

　　用这办法找人,有点笨,却绝对浪漫,绝对感人,大家又一致叫好。于是,四个人趁着酒兴,奔赴赵百顺的物流公司,买了几桶油漆,把明天将要发出的货柜,一一喷上"我来了"三个字。

　　忙碌完已是半夜,刘中林拨打杨芳琳的手机,依然关机。

　　第二天一早,印有"我来了"的报纸,不时推出"我来了"的电视,引起了成千上万人的疑惑。谁来了?什么意思?

　　喷有"我来了"次第驶向四面八方的货柜车,倒没有引起太大的关注,偶尔有人看到那不规不矩的三个字,只以为是某个神经病胡乱喷上的。

　　一天过去了,报社和电视台接到了许多疑惑的读者、观众来电,杨芳琳却依然没有消息,手机依然关机。

　　第三天下午,杨芳琳给刘中林来电话了,说着说着就激动起来,泣不成声。

　　杨芳琳在刘中林来深圳的前一天去漓江旅游了,因为忘情游玩,手机掉进了漓江。刚才,她坐在阳朔西街吃漓江鱼时,看到马路上驶过的货柜车上喷着"我来了",心中一震,就赶紧给刘中林打电话。

　　杨芳琳当晚就飞回了深圳。看到门上、报纸上、手机短信上一系列的"我来了",杨芳琳当着刘中林三个老友的面,紧抱着刘中林,哭得一塌糊涂。

　　几天后,刘、杨二人的浪漫爱情经谢清风演绎后,发表在他供职的报纸上，随即被各大网站转载，引起轰动，被广大爱情男女奉为"史上最浪漫的爱情经典"。

一个月后，刘、杨结为连理。

不到一年，刘中林和杨芳琳感情破裂，离婚。

其实，在刘中林来到深圳时，他们彼此都感觉到，他们的爱情跌跌撞撞，已走到了尽头。当时，刘中林已办好出国留学的手续，来深圳，只为了和杨芳琳做最后的告别；而杨芳琳去阳朔，则是准备和另一个男孩开始一段新的爱情。"我来了"事件，让他们误以为，至少对方很在乎自己，而报纸、电视台的炒作，更让他们觉得，这就是爱情。

结果，错了。

8. 只想你像傻子一样爱我

曾经，我和李大庆都是双泉井的著名人物。我，李伟国出名，是因为我太聪明，人人都知道我玩扑克牌搞鬼，但谁也看不出我怎样搞的鬼。李大庆出名，则是因为他太蠢，老是胡言乱语，而双泉井人最喜欢听的就是胡言乱语，所以他也就成了著名人物。

早已没了双亲的李大庆不知道他爸妈是谁，但他什么时候都知道我是李伟国，因为我为他做了一回主。李大庆酷爱在废纸片上画一百元面值的人民币，画的当然一文不值，但李大庆真的把它当成一百元钱，画完后就顺手慷慨送人。一般情况下，他不会追究，当你得罪他时，他就会叫嚷起来："你欠我一百元钱！"

有一天，李大庆因为刘友明不肯给他一支烟抽，一怒之下，就要刘友明还他的一百元钱，刘友明气极，就踢了他屁股一脚。

我早就想找机会教训刘友明，我玩扑克牌搞鬼的事，就是他最先嚷嚷出来的，坏了我许多好事。所以，我及时上前捏住了刘友明的细长脖子，打了他一个耳光，并勒令他赔偿李大庆一百元钱。刘友明很清楚我是不好惹的人，不敢不赔钱。那是李大庆第一次真正拥有一百元钱，他当场眉开眼笑，从此对我佩服得五体投地。尽管他已经三十岁了，比我大五岁，却口口声声叫我哥，而且逢人就说："李伟国是我哥。"

可以这么说，李大庆曾经是双泉井最热爱我的人，他好不容易向人讨到一支白沙王，一定会留给我，一定要我说过"你自己抽吧"，他才会美滋滋地抽起来；但后来，李大庆又成了双泉井最憎恨我的人，简直恨得咬牙切齿，因为我抢走了他"老婆"刘小玲。

双泉井的许多女孩子做过李大庆的"老婆"，尤其是茶场的女孩子，几乎个个做过他"老婆"。李大庆并不知道老婆是什么，但他知道男人都应该有一个老婆，所以，他做梦都想有一个漂漂亮亮的老婆。

茶场的女孩子一般都是在背着满满一篓茶叶走在山间小路上时成为李大庆"老婆"的。背着背着，见前面来了李大庆，女孩就甜甜地叫一声："大庆，过来，我嫁给你做'老婆'，你给我把茶叶背下去。"李大庆马上应声而至，兴冲冲背起茶叶就跑。此后，他就会每天给那个女孩画一百元钱（因为有人告诉他娶老婆得花很多钱），并屁颠屁颠地为她背茶叶篓。刘小玲也是这样成为李大庆"老婆"的。

我是在一次看电影时认识李大庆的"老婆"刘小玲的。双泉井的电影是在野外放的，说是看电影，实际上是男孩看女孩，女孩看男孩。那一晚的电影放的是什么，我已全忘了。当时，我正遗憾没什么女孩好看，李大庆来了，拉拉我的衣袖说："哥，你来看看吧，刘友明在欺负我老婆。"

我跟着李大庆来到一个草垛边。只见刘友明把一个女孩按在草垛上乱亲乱摸，丑态百出，我飞起一脚，就把他踢翻了。刘友明起来一看是我，灰溜溜地走掉了。那女孩就是外县来的刘小玲，李大庆走到她身边说："这是我哥，快说谢谢。"刘小玲泪光闪闪地对我说了一声："谢谢。"

我差不多有半年没到茶场去了。第一，半年前茶场还没有刘小玲；第二，马场长一见我到茶场就很不高兴。谁知道，半年不去，茶场竟出了刘小玲这么个人物。李大庆无论如何也不会想到，他"老婆"刚出狼窝，又入虎口，我已经把刘小玲看在眼里，看进心里了。

从那晚以后，我伙同李大庆，几乎天天出入茶场。马场长冷冷地看着我，当然很不高兴，而我，当然不在乎他高不高兴，也不在乎李大庆高不高兴。当有一天李大庆目睹我和刘小玲滚在一堆新鲜茶叶里接吻时，他愤怒而绝望地朝我掷了一块土坷垃，"呸"了一声，怒气冲冲掉头而去，从此不再理我。刘小玲抱着我笑得浑身乱抖，我也觉得好笑。我第一次发现，李大庆是一个如此可爱的傻瓜。

一认识刘小玲，我就一天也不想在双泉井待了，因为我不想她知道，李伟国原来是个赌棍。哪个漂漂亮亮的女孩子会对一个赌棍动心呢？说起来很好笑，现在，我很怕女孩子们跟我谈情说爱；从前，我却很怕很怕刘小玲不跟我谈情说爱。

从前，双泉井的许多人还知道，李伟国是个风流人物，同谁谁谁有过怎样的风流故事。我当然不想刘小玲知道我还是个风流人物，所以，一把她追上手，我立刻就想带着她远离双泉井，到一个谁也不知道我是个赌棍、是个风流人物的地方去。

与刘小玲动身去深圳的那一天，我只怕被对我知根知底的人碰到，说些不三不四的话，让刘小玲生疑，所以我们相约在火车站见面。我先到火车站，翘首盼望了十分钟，刘小玲就娉娉婷婷而来，想不到的是，刘小玲身后竟紧跟着李大庆。

那是一个夏天的早晨，初升的太阳把光着膀子的李大庆照得红通通的，他一左一右挎着刘小玲的两个大包，一路小跑，头上冒着臭烘烘的热气，幸福的热气。刘小玲提着两个包一出茶场就碰到了李大庆，他问她："你去哪呀？"刘小玲说："回家办嫁妆和你结婚呀。"李大庆立刻高高兴兴上前接过了她的包，刘小玲只想让他提一个，他还坚决不同意。四五里路，李大庆一直雄赳赳气昂昂，一副为心爱的人赴汤蹈火的样子。

来到火车站，李大庆一抬头看到我正对着刘小玲含情脉脉地笑，眼睛里的光彩顿时黯淡，犹如被摁灭的烟头。我想上前接过他肩上的包，他"哼"了一声，昂起头一甩，把一颗汗珠甩在我脸上。直到上火车，李大庆一直不让我碰刘小玲的包，等刘小玲上车坐定，他才把包从窗口塞进来。火车要开时，李大庆又塞给刘小玲一卷东西，我打开一看，是一卷他画的人民币，就随手抛了出去。李大庆眼看着他的"钱"从开动的火车里纷纷扬扬飘舞而出，即刻悲恸万分，长啸一声，满地找石子。等他终于找到一块，要向我投掷时，已找不到我在哪了。

我没想到刘小玲会生气，非常生气，我立即作痛心疾首状，检讨自己怎样一时手软，弄丢了李大庆的一片好心好意。刘小玲幽幽地叹一口气说："要是将来你对我有大庆对我一半那么好，我就心满意足了。"我立刻表示，我对她的爱已超过李大庆对她的爱，李大庆只是半个傻瓜，而我，已是一个彻头彻尾的傻瓜了，不然，我为什么连一个傻瓜的醋也要吃呢？刘小玲这才扑哧一笑，不生气了。

离开双泉井来到深圳的头三年，我苦不堪言，因为我没有钱。

那时，我送过牛奶，卖过报纸，当过保安，还踩着三轮车收过旧书、旧报纸，有一回我还差点做贼想偷一辆没锁好的自行车。三年来，我吃过无数的苦，受过无数的屈辱，但昨天，我想了又想，竟然发现，那三年是我最幸福的三年。因为刘小玲爱我，我也爱刘小玲。虽然整整三年，因为没有钱，我们只吃过一回麦当劳，只看过一回电影，从来没有买过一件一百元以上的衣服，但我们真的过得很开心。

我们住在笔架山下一间每月只要五十元钱的铁皮小屋里。刘小玲在八卦岭的一家制衣厂做车工。早上，我骑着一辆捡来的破自行车把她送过去；晚上，无论多晚，我都等在她的厂门口，等着用破自行车把她载回我们的铁皮小屋。她搂着我的腰，把头紧贴在我的背上，有时候我们一路说说笑笑，有时候我们一言不发，但无论说与不说，我们都能感觉到，快乐在我们中间流淌。

离开双泉井来到深圳的后三年，我也是苦不堪言，因为我太有钱。

在我很有钱以前，我一直以为，世界上最幸福的人就是有钱人。当我终于也变成有钱人之后，我才发现，世界上最不幸福的人是有钱人。你越有钱，欲望也就越强烈，幸福也就离你越远。许多人不知道，幸福其实就是简单的心满意足啊。

我还是说实话吧，我是因为玩扑克牌出老千起的家。来深圳以后，因为怕刘小玲不高兴，我一直不敢赌，赌瘾来了，我就拿出扑克牌来，自己跟自己赌。有一天，身为某公司保安员的我无所事事，忍不住在值班室里又玩起扑克牌来，玩着玩着，听得有人说一声"好"。我抬头一看，是老板，我吓得不知所措。老板却说："没想到我的保安员是个人才啊。"当即把我招到办公室里问寒问暖。

原来，老板也酷爱赌博，只恨赌技不精，一直在物色一个像我这样的高手。那一天，发现我是个"人才"的老板激动不已，把我带到西武商场，扒去我一身保安制服，给我里里外外换了一身名牌。

当晚，我跟着老板坐到了一家五星级酒店的牌桌上。老板悄悄对我说，我只管放心赌，输了算他的，赢了我们五五分。那天晚上，我第一次见到那么多的钱，我简直是坐在钱山里。一夜搏杀，我没有让老板失望，我赢了两百万！老板没有食言，痛痛快快给了我一百万，并告诉我三天之后还有一场大战。我深知江湖险恶，哪里还敢大战，连夜就拎着那一百万跑了。

这时，刘小玲已在服装厂干了三年，多少长了些见识，我就用那一百万到西乡盘下了一家小小的制衣厂。两年后，经过好几番起起落落，我的小制衣厂成了有模有样的服装公司，我成了有钱人。

离开双泉井五年后，我和刘小玲衣锦还乡，顺便结了婚。婚礼那天，我第一次看到，双泉井有那么多的笑脸对我绽放，连当年曾扬言要将我绳之以法的镇长也笑着来了，握着我的手一抖再抖，说他早就看出我是个有为青年。

全双泉井唯一不对我笑脸相迎的是李大庆，他看也不看我一眼，更对我递上的高档香烟嗤之以鼻。婚礼上人山人海，他谁也不看，只看刘小玲，只对刘小玲笑。刘小玲感动不已，对我说："我们不能不理大庆，村里好几年不给他救助款了，我们把他带到深圳去吧，好歹给他一口饭吃。"

我拍一拍李大庆的肩膀，说："大庆，再叫一声哥，我带你去深圳。"李大庆还是一声不吭。当然，我不能跟一个傻瓜计较，我和刘小玲回深圳的时候，许多人想跟我们来深圳发财，但我们只带了李大庆。

李大庆成了我公司的清洁工，与其他清洁工一样，包吃包住，每个月工资六百块，另外，还每天给他一包烟。双泉井人都说我对李大庆够意思，但李大庆一点也不领我的情，依然对我不理不睬，只对刘小玲点头哈腰。

傻瓜不把我放在眼里，却不断地有形形色色的女人对我刮目相看。

一个男人，被女人刮目相看，很有一种成就感，很容易飘飘然，我一糊涂，就做了些顺水推舟的事。这种事很多有点钱的人都在做，我并没有觉得怎样对不起刘小玲。我依然爱你，你依然是我老婆，我偶尔犯点小错误，有什么大不了的呢？

我神不知鬼不觉地犯了两年错误。那两年，刘小玲耳闻目睹了无数起由婚外情引起的悲剧，还不时充当和事佬调停朋友间的婚姻纠纷，却没想到，她自己的后院早已经浓烟滚滚了。

今年春天的某一天，一大早，我和刘小玲刚起床，门铃响了。一开门进来了我的秘书肖曼曼，我大惊失色，她却嫣然一笑，手里抖着一张化验单，对刘小玲说："李太，我有了，是李伟国的，你看怎么办吧？"那一刻，我恨得双手直抖，直想把对面的人掐死，或者把她嫁给李大庆做老婆。

我没有想到，我老婆刘小玲会那么冷静，就像她天天碰到这样的事一样。她边画眉毛边说："说吧，你要多少钱？"只跟我来了两三回的肖曼曼没想到李太这么好说话，犹豫了一下说："没有五万块钱，别想打发我。"我老婆二话没说，当场签了五万元支票，打电话叫来我的司机说："送肖小姐去医院。"

肖曼曼刚走，李大庆来打扫卫生了，刘小玲突然嘻嘻一笑，捧着李大庆的脸亲了一下说："大庆，当初我要是嫁给你就好了。"李大庆嘿嘿嘿地笑："那哪行，我是傻瓜呀。"刘小玲一下子抱着李大庆大哭起来，边哭边说："如果有来生，我一定嫁一个傻瓜啊。"搞得李大庆哭也不是，笑也不是。

这一天，刘小玲一句话也没同我说。如果没有晚上发生的事，我还是能够哄住她的。刘小玲不是一个不懂道理的人，不是一个哄不了的人。这天晚上，又来了两个女孩，都是曾经跟过我的人，她们说："李太，我们都怀过李伟国的孩子，难不成我们就不值五万块钱？"我老婆刘小玲又是二话没说，签了两张五万元的支票。

我们的幸福生活就到此为止了。

刘小玲当天晚上就收拾了她的几件衣服出了门，住进了公司对面的一家酒店。我最讨厌女人动不动就离家出走，所以，我没去找她，一直没找她。刘小玲的一个朋友来劝我，暗示我，只要我打个电话，她就会回来。但我懒得打电话，我甚至愚蠢地想，你永远不回来我也无所谓。李大庆倒是失魂落魄的，一直在东张西望地找她，他想不通刘小玲为什么突然就不见了，但他的傻瓜脑袋怎么能想得通如此复杂的问题呢？

5月18日中午，我正坐在办公室里胡思乱想，突然听到外面马路上吵吵嚷嚷，一群人都扯着脖子朝对面酒店的楼顶上看。我也朝那楼顶上看，大吃一惊，楼顶上站着我老婆刘小玲，正伸直双臂做出《泰坦尼克号》里露丝站在船头飞翔的动作。正在办公室里搞卫生的李大庆也看到了，怪叫一声，夺门而出。我冷静得简直像牲畜，先打了个"110"，才跑下楼去。还没跑出公司大门，刘小玲已经飞下来了！接着，又听得楼顶上一声大叫"老婆！"是李大庆，他也飞下来了。

那一刻，我才发觉，我真的不如一个傻瓜啊。

9. 野花看得采不得

我有两辆车，一辆是宝马，摆阔用的；一辆是自行车，休闲用的。

每到周末，我都会骑自行车闲逛，平日里，驱车呼啸来去，精神高度集中，不敢三心二意、东张西望。骑自行车，则可以随心所欲，看路边的野花也行，看街上的美女也行，可以健身，可以怡神。

又一个周末，早晨，我照例骑自行车出门闲逛。逛到了第五工业区，正是上班时分（深圳许多工厂周末也上班）。我混迹于上班的人流中，看着身边匆匆过往的女工，我心旷神怡，如鱼得水。在一个未装电子眼的十字路口，一辆货柜车无视红绿灯，恶狠狠奔突而来，我惊慌失措，往右一拐，与后面过来的一辆自行车撞上了，我的前额与对方的前额"咣"地撞在一起，直撞得星光灿烂。

和我相撞的是个姑娘，我们各自双腿点地稳住自行车，各自捂着额头揉搓。我揉了一会儿额头，笑着对女孩说："不是冤家不碰头，我上辈子是不是欠你啥了，妹子？"女孩看我一眼，"哼"地一声说："撞了我还想泡我是吗？告诉你，骑自行车追我，有点难度哦。"说完她骑上自行车就走。

我骑车追上女孩，与她并排，说："好像也不是很难嘛，我用力蹬几脚就追上来了。"

女孩一笑，说："追女孩，不是力气活，得用心才行的。"

我说："那我说不定还真行，从小我就是个读书用心的孩子。"

女孩是工业区一家米粉店的服务员，十九岁，叫陈淑华。那天早上，我骑车跟着陈淑华，一直跟进米粉店。

我要了一碗米粉，边吃边与陈淑华说笑。我说我是物流公司的一个司机，月工资两千块，刚够吃喝，所以，我业余时间"拐卖妇女"，专门"拐骗"像你这样的单纯女孩，卖给老单身汉做老婆，挣点零花钱。陈淑华说，我呸，我呸，我呸呸呸！说说笑笑，吃完米粉，我们熟络得就像是相亲相爱多年的小情人了。

临走时，我跨上自行车，对陈淑华做了个飞吻的手势。陈淑华咯咯一笑说："小心骑车，路边的姑娘别乱看，你还没娶老婆，要是给车撞死，哭都没人哭的。"

早就听说，深圳有的工业区因为男女比例严重失调，渴望爱情的工厂女孩众多，有心的男人，不需要太帅，不需要太有钱，只要脸皮厚一点，胆子大一点，基本上可以马到成功。从我碰巧撞上的陈淑华看来，这话不像是信口胡说的，我如果是个无耻的花花公子，要让陈淑华爱上我，不是很复杂的事。当然，我不可能干出如此恶心的事儿来。我大学毕业，我的服装公司正日益壮大，更重要的是，我是个正人君子，不想娶回家做老婆的女孩，我不可能和她玩感情游戏，更不可能打一个米粉店女孩的主意。

下一个周末，我接待一个客户，中午喝多了酒，睡了一下午。晚上，我骑着自行车，直接进了米粉店。没别的意思，我就想和陈淑华说说笑笑，紧张了一个星期，我需要无拘无束，彻底放松。

米粉店生意高峰期已过去，没几个人。陈淑华还记得我，迎着我灿烂一笑，说："哎呀，我的妈，要拐卖我的人又来了。我好怕哦！"

"来一碗烧肉粉。"我找个位子坐下,"也不需要太害怕啦,我的基本原则是'快乐拐卖',即必须让每一个被'拐卖'的女孩高高兴兴。"

陈淑华站在我身边,边写单边说:"呵呵,那你如何让我快乐呢?"

我在来的路上顺手摘了一朵栀子花,我递上花说:"第一步,给你送花。"

陈淑华接过栀子花,嗅一嗅,插在头上,对着镜子左右歪歪头地问:"像我这么漂亮的……"

我说:"看情况吧,比如,如果我今天没钱吃米粉,可能就把你换一碗米粉吃掉了。"

陈淑华"哑"地一声说:"你就不怕给米粉噎死!"

说笑间,米粉上来了,我随手挑动,竟挑出一只死蟑螂!我一阵恶心,指着死蟑螂对陈淑华说:"你是想把我恶心死吧。"

陈淑华向我眨眨眼,不动声色地把米粉端回厨房倒掉,又端出一碗来,悄悄对我说:"别嚷嚷,让老板知道,要扣我们钱的。"

我看一看坐在柜台后研究彩票的米粉店老板,又看一看厨房里一脸漠然的厨师,没有胃口再吃米粉,甚至连与陈淑华说笑的心情都没有了。我隐隐地觉得,这米粉店里弥漫着一种针对我的敌意。陈淑华插在头上的栀子花,似乎也在对我挤眉弄眼:这里,不是你的地盘!

买了单,我走出米粉店。陈淑华追出来说:"我下班了,你能不能送我回宿舍?"

陈淑华没骑她自己的自行车,而是坐在我的自行车后座上,手搂着我的腰。在深圳,我无数次开车载着美女兜风,像这样骑着自行车,后座上搭载着清纯女孩,行走在工业区灯光昏暗的马路上,却还是第一次。

蟑螂带来的不爽一扫而光，我的兴致再次高涨起来。路边一溜烧烤摊，洋溢着人间烟火。这些让城管们深恶痛绝的路边烧烤摊，我从来没有光顾过，今夜，忽然感觉很是亲切。我停住自行车，脚点在马路牙上，对陈淑华说："'快乐拐卖'第二步，请吃烧烤，你敢吃吗？"

陈淑华嘻嘻一笑："你咋知道我喜欢吃烤生蚝？"

坐在小马扎上，围着一张怎么也摆不平的小茶几，就着一打烤生蚝，一碟炒田螺，一盘炒河粉，两瓶金威啤酒，我和陈淑华吃喝起来，胡扯起来。在我们四周吃喝、胡扯的，都是附近工厂的兄弟姐妹，摆在茶几上的山寨手机，高声播放着流行歌曲。

那一夜，我突然想起好多聪明人一直没想明白的老问题：幸福是什么？何必冥思苦想呢，幸福无处不在，做一个普通打工仔，骑自行车载着女朋友，穿梭在人流、车流中，偶尔坐在马路边吃吃烧烤，就很幸福。

然而，我的幸福感稍纵即逝。

吃完烧烤，我载着陈淑华，送她回宿舍。经过横穿北环路的桥洞时，一辆自行车从后面超过我，突然往右一别，别住我的自行车前轮。我措手不及，自行车扭了几扭，倒了。好在速度不快，我和陈淑华都及时跳下了自行车，没事。但我很愤怒，对方显然是恶意挑衅，我冲对方吼了起来："你怎么骑的车！"

黑暗中又骑过来三辆自行车，围住我们："怎么回事？"

肇事者说："这家伙撬了我的女朋友，还想打我！"

我问陈淑华："他们是谁？"

陈淑华声音发抖："我不认识。"

我心中一寒：碰上歹人了！

我掏尽身上带着的两三百块零钱，又加上我的手机，低声下气地说："不好意思，我身上只有这么多，兄弟们先拿去喝茶，只要放过我们，给多少钱都可以，我一定亲自送上门。"

歹人劈手给我一耳光说："靠，钱是王八蛋！你居然敢用钱来侮辱我！你，滚远一点，你女朋友，留下，哥们只想劫个色。"

我心中一闪念，一公里外就有治安岗亭，我跑去报警，他们肯定也来不及把陈淑华怎么样。但我犹豫着没有走，此时，哪怕只撇下陈淑华一分钟，也有点不仁不义。我只好继续说软话："兄弟，第一，这女孩不是我的女朋友；第二……"我说不清楚，当时，我为什么急于说明陈淑华并不是我的女朋友。

歹人又踢我一脚，打断我的"第二"："不是你女朋友你还啰唆啥，赶紧滚！"

我正不知该不该滚，又一辆自行车奔驰而至，骑车人手持两把菜刀，"咣"地一撞，溅出火花来，大吼一声："谁要是敢动一动我女朋友，我他妈跟他拼了！"

为首的歹人说一声"算你狠"，率众歹人骑车仓皇而去。陈淑华扑进菜刀好汉的怀里，哇哇大哭。

这时我才突然明白，我遭遇的只是一场演技拙劣的"英雄救美"秀。我在商场上智勇双全，却被破绽百出的表演吓得原形毕露，成了一个可怜的小丑！

让我把故事理顺了说吧。菜刀好汉是米粉店的厨师，厨师和陈淑华是一对恋人，我出现在米粉店时，他俩正闹恋人间常见的小矛盾。陈淑华存心要气一气厨师，故意与我打情骂俏。厨师很不爽，就在我要的米粉里放了一只死蟑螂。陈淑华见厨师如此小气，越发生气，为表达对厨师的愤怒和对我的歉意，她跟我走了，还有滋有味和我吃了一回烧烤。跟踪而来的厨师怒火万丈，就找了几个老乡，导演了一出"英雄救美"。

今夜，陈淑华是幸福的，厨师的壮举，足以温暖她一辈子。厨师是幸福的，力克情敌，智取爱情，足以让每一个男人自豪得飘飘然。我，虽然吃了一耳光，挨了一脚，也还算幸福的。要是厨师晚来一步，我说不定会做出什么混账事，没有成为一个卑鄙的人而愧疚终生，我幸福无比。

10．别了，我的爱人

我上高中的时候，先是迷恋武侠小说，后是迷恋上了武功。我的学习成绩一塌糊涂，却慢慢练成了像模像样的硬气功，"嘿"地一声吼，就能用手掌劈断一块板砖。

有一天，三个小混混来到我们班，围着班花刘小青胡言乱语，还动手动脚，众男生女生敢怒不敢言。我从课桌里摸出一块练功的板砖，"啪"地往自己头上一拍，吼一声："欺负女生算啥好汉，有种的冲我来！"那是我第一次用头开板砖，板砖顺利断为两截，我的头也拍破了，血流满面。三个小混混吓傻了，抱拳道歉："大哥，对不起，我们不知道这小妞是你的人。"说完就灰溜溜走了。

我因一板砖成名，成了"大哥"。不可思议的是，因为小混混的一句话，班花刘小青似乎真成了我的人，暗恋她的一些小男生再不敢多看她一眼。其实，那时候，我对女生没什么兴趣，我一心一意只想成为身怀绝技的盖世英雄，并愚蠢地认为，人们津津乐道的男女私情，是练功之人的头号敌人。我参军到部队以后，回想从前，才觉得那段时间，刘小青看我的眼神是有一些柔情蜜意的，可惜我全没在意，我仍然乐此不疲地忙于开板砖。一掌能劈断两块板砖的那一天，是我最开心的一天。后来，我已经能随心所欲随时随地往头上拍板砖了，而且再也没有出现头破血流的情况。

我是高三上学期去当兵的，在中俄边境的一个哨所里，每天看武打片练功夫。练功之余，无所事事，我突然强烈地想念起刘小青来，就花了半个月时间，给她写了一封充满豪情壮志的信。一个月之后，我收到了刘小青的回信。其时，她正准备迎接高考，信写得很客气，很短，不满一页纸。我一向怕写作文，更不知道如何写讨女孩子欢心的信，何况，她正在迎高考的关键时刻，也不便打扰，就没再回信。高考之后，刘小青就离校了，我想给她写信也不知道寄到哪。我只从其他同学处得知，刘小青没有考上，好像到深圳打工去了。

两年后，我退伍了，也来到了深圳。因为我全身都是硬邦邦的肌肉，连头都硬邦邦的，拍板砖就像拍豆腐，一家健身会所的老板看中了我，让我做了健身教练。

找到工作后不久，我找到了刘小青。她在一家酒店做客房服务员。两年多不见，刘小青长成了让我心慌意乱的大美女。那一刻，我突然明白，有些一等一的武林高手，面对美女，为什么会不堪一击了。

我开始追求刘小青，我能想到的追求手段全都用上了，请她吃饭、看电影，给她送花、送女孩子喜欢的小玩意，骑自行车接送她上班、下班。可是，效果并不明显，她一直不冷不热，就像我天天把玩的哑铃一般，默默无言。

有一天晚上，我按时去接刘小青下班，却一直没有等到她。一问，才知道她辞工了。再问去哪了，谁也不知道。打她手机，号码已过期。

刘小青就这样消失在深圳的人海中，无影无踪。

在我对刘小青穷追不舍的同时，也有人在不断对我放电。

深圳的每一个健身会所，都集中了一批美女。大多数是良家妇女，已有幸福美满的归宿，来健身是为了让自己的幸福更持久更完美，她们对教练彬彬有礼、言听计从，但绝不会有不应有的想法。有一部分则是为寻找幸福美满的归宿来打基础的，不是太胖，就是太瘦，或者是眼睛从来不看脚下的姑娘，在健身会所喜结良缘（我还真见过好几对在健身房擦出火花的），也是她们所希望的，但四肢发达头脑简单的健身教练，不是她们的目标。有一小部分，主要是婚姻遭遇危机的妇女，又或是百无聊赖的暴富女，来健身会所则纯粹是为了消遣，身强力壮的健身教练，就是她们的消遣对象之一。

我所在的健身会所，有好几个教练，就成了"消遣对象"，并因此沾沾自喜。我一度很鄙视他们的所作所为，同时，一直不卑不亢抗拒着各种花样的诱惑。当刘小青突然消失以后，我的世界开始下雪，我只觉得透心凉，实在想不通，我那么真心真意地爱着一个人，为什么她一点感觉都没有。你可以对我没感觉，也可以不爱我，可你得对我说清楚说明白，就这样不声不响无情无义地消失，算啥呢？想不通我就很郁闷，很郁闷就很容易犯错误。结果，我很快也堕落成了"消遣对象"。

金卡会员丁亚玲，是对我放电最执着的女人。我来会所面试的时候，丁亚玲正与会所老板闲聊，她亲眼见识了我在头上拍板砖的壮举，当即就兴奋得拍手叫好，并鼓动老板说："健身教练并不一定非要体校毕业、健美先生之类的，又帅又有真本事就可以啦，收下他收下他！"老板也就笑呵呵地收下了我。我因此对丁亚玲心存感激，并打算日后请她吃饭以表谢意。

签完合同，老板发给我一件健美背心，我当场换上，就上班了。丁亚玲挑衅似的左右打量着我，媚笑着说："帅哥，长得这么帅，应该庆贺一下的，请姐姐我吃饭吧。"

丁亚玲二十八九岁，苗条、唇红齿白，正是大街上流行的那种美女，猛一看，能让人眼前一亮，但经不起细看。我本来对她有三分好感，她如此主动出击，顿时让我好感全无，打消了日后要请她吃饭的念头，就顺口搪塞说："好呀，等我发了工资再说吧。"

丁亚玲不罢休，说："那姐姐我请你吃饭吧，你记着姐姐我的心意就行。"

我知道丁亚玲是个什么样的人了，冷冷道："跟美女吃饭，得我女朋友批准才行的。"

我当然没有女朋友，当时，我甚至还没有找到刘小青。

丁亚玲讨了个没趣，但她并没有知难而退，在我后来追求刘小青的时候，她依然不屈不挠地借机挑逗我。故意做出错误的动作，让我手把手地纠正她，身为教练，我还不得不不厌其烦地将就她。

刘小青消失的第三天，我心灰意冷，放弃了对丁亚玲的抵抗。

那一天，我第一次领工资，丁亚玲立刻就知道了，要我兑现当初请她吃饭的承诺。我心中无限悲凉，我守身如玉为了谁呢？就答应了。

丁亚玲替我向老板请了假，开着她的宝马，把我带到了南澳一个背山面海风光无限的度假村。也不知道吃的啥，竟吃了五千八百元，丁亚玲当然没要我买单，掏出信用卡，一刷，就付了账。吃完饭，丁亚玲就让我教她游泳，她身穿三点式比基尼，一下海就惊声尖叫，像水蛇一样缠住了我。我心知肚明，其实，她是会游泳的。但此时我情难自禁，就揣着明白装糊涂了。

那一夜，丁亚玲疯狂地折腾我，我为神圣的爱情坚守的阵地，彻底崩溃。丁亚玲心满意足后，惊叹："哎呀呀，想不到你还真是个处男！"心花怒放，给了我一万元钱红包。

健身会所的会员，一般只留名字和手机号码，名字是否真实，也没人在意，所以，很少有人知道 ×× 会员是什么样的人。我当然也不知道丁亚玲是什么来头，也不想知道。我成了丁亚玲的"私人教练"后，经常为她提供贴身服务，还是不知道她是谁。最初那一阵子，丁亚玲给我买手表、衣服，给我钱花，我还有点不自在，慢慢地，也就心安理得了。后来，我甚至还不时装出心事重重的样子，迫使丁亚玲一掷千金，买我一笑。

　　这一天，丁亚玲带我乘游艇去公海兜风。一上船，找到我们的包间，丁亚玲就把我扑倒了。在波涛起伏的大海上，丁亚玲高声欢叫："啊，爱的海洋！"

　　畅游完"爱的海洋"，丁亚玲要和我去甲板上喝酒。打开包间门，对面的包间也打开了，出来一个五六十岁的老男人。丁亚玲一愣，对面的老男人，也是一愣。接着，丁亚玲嘻嘻一笑说："巧呀，真巧！"说着，挽着我的胳膊，向对方介绍："我男朋友，帅吧？"老男人也呵呵一笑，拉过身后的一个女孩说："我女朋友，漂亮吧？"

　　我只觉得"嗡"的一声，大脑一片空白，老男人的女朋友，是刘小青！

　　那一刻我才知道什么叫失魂落魄，我木然地与老男人握手，木然地接过他递上来的烟，木然地点上抽（其实我不抽烟）。

　　刘小青也完全傻了一般，目瞪口呆。

　　丁亚玲和那老男人没发现我和刘小青的失态，各自笑着说着。最后，老男人提议："我们四个，正好凑成一桌麻将，玩玩如何？"丁亚玲一拍手说："好主意！老东西你真是聪明！"

　　我正不知所措，刘小青说："对不起，我头晕，不玩了。"老男人惊讶道："哎呀宝贝，你脸咋这么苍白？晕船是吗？赶紧躺一会儿。"

丁亚玲拉着我的手说："真没劲！亲爱的，我们还是去喝酒吧。"

喝酒也好，此时，我只想把自己灌醉，最好醉得不知道我是谁。可是，我还没来得及喝醉，刘小青就"意外"坠海，游艇开出去好远，才有人发现，再开回去，连尸首都找不到了！

刘小青，试图以死为爱拉起一块遮羞布！跳海之前，她应该不知道，丁亚玲和老男人是一对合法夫妻，虽然受法律保护的婚姻早已名存实亡，可因为利益关系，他们不能离婚，懒得离婚，于是，各自寻欢作乐，互不干涉。如此不堪的丑剧，要什么样的遮羞布才能遮掩得住呢？

不说了，遮住一点算一点吧。

11．天生浪漫难自弃

玩微信公众号的最大乐趣是可以与读者直接交流。多数读者只是点评我的文章，或者发一些人生感悟之类的文字，也有些读者会给我寄文章，要求我帮助修改，推荐发表。这一天，我收到了家乡女子吕小梅的一篇稿子和短信，主要内容如下：

罗尔老乡你好：

我叫吕小梅，湖南祁东人，我想给你讲讲我亲身经历的故事。我的文字功底很一般，肯定会讲得语无伦次，希望你能整理一下，帮我写出来。

吕小梅的文字其实还算可以，我只在个别地方略为处理便发布了。

上篇：白马王子

我是一个心比天高，命比纸薄的农村女子。2007 年高考，我以优异的成绩被武汉大学录取。可是，我爸妈都是面朝黄土背朝天的农民，他们勤劳勇敢、艰苦奋斗，也只能勉强维持我们一家的温饱，根本没有余钱供我上大学，而且，父母的心思都放在我的两个弟弟身上，女儿无足轻重，儿子才是他们的命根子。于是，2007 年 9 月 8 日，我默默地把武大录取通知书揣在贴身的口袋里，踏上了南下深圳的火车。

当然，我无怨无悔，我已经长大了，理应为父母分忧解难，做父母的贴身小棉袄。

我长得还算漂亮，读高中时被男生暗中评为校花；也算聪明，作文常常被老师作为范文，张贴在教室后面的黑板上。可是，我来到深圳一个月，尝尽了人间的酸甜苦辣，却一直没能找到称心如意的工作。我需要工作，但我更需要尊严，有些老板一看到我，就当场拍板录用我，但我一看到他们色眯眯的眼睛，心中就不寒而栗，落荒而逃。

2007 年 10 月 12 日，我在红树林海滨公园看海看鸟。深圳什么都要钱，只有海和鸟，不要一分钱，随便看，所以，我几乎每天都要到红树林走一走、坐一坐，想象自己是一只鸟，在大海上自由飞翔。傍晚时分，我横穿滨海大道，准备回借住的老乡处。突然，一辆红色的奔驰跑车呼啸而来，我吓出一身冷汗，想加快脚步，赶紧跑到马路对面，却力不从心，竟一下子跌倒在马路中间。我是饿倒的，我身无分文，已经三天没吃饭了。

奔驰车紧贴着我停了下来。车上下来一位英俊的男士，急切地问我："小姐，你没事吧？"我说一声"对不起"，就晕了过去。

我醒过来时，已经躺在北京大学深圳医院的病房里。那位开奔驰的英俊男士坐在我的身边，手里拿着我的武汉大学录取通知书，见我醒来，男士说："对不起，我们想知道你是谁，就翻看了你的东西。你被武大录取了，为什么没去读书，却饿昏在深圳的马路上？"

我摇摇头，突然泪流满面。

"小姐，你别难过别着急，"男士说，"我会为你负责到底的，有什么困难需要我帮助的，我尽力而为。"

我摔倒在滨海大道上，没被车撞上，却崴伤了脚踝，至少需要卧床静养一个月。男士叫陈勇奇，他主动承担了我的全部医疗费，在接下来的一个月，还天天来医院看我，陪我说话，逗我开心。

　　陈勇奇先是把我当小妹妹一般呵护，慢慢地，他的眼睛里充满了柔情蜜意。半个月后的一天，陈勇奇抱来了九十九朵玫瑰，说："小梅，我爱你。"

　　我惊慌失措，我还差一个月才满十九岁，我还没有工作，爱情就像琼瑶阿姨一样，和我隔着千山万水呀！我说："哥，别，别，你别开玩笑。"

　　陈勇奇单腿跪在我的病床边，说："小梅，拿爱情开玩笑的人是可耻的，你觉得我像是可耻的人吗？"说着就俯下身吻住了我。

　　就这样，爱情在我脚上打着石膏、躺在床上不能动弹的时候，突然来临。

　　接下来的半个月，我畅游在爱情的海洋里，我的脚踝正慢慢康复，可以由勇奇搀扶着慢慢走动了。勇奇开始策划，等我出院后，循着怎样的线路，开始我们的爱情之旅。然而，就在我即将抵达爱情的彼岸时，却狠狠地呛了一口水。

　　我出院的那一天，来接我的不是勇奇，却是勇奇他爸！

　　勇奇他爸是一家房地产公司的老总，风度翩翩，儒雅随和。他先是好好夸了我一通，说我是个有情有义有骨气的好姑娘，宁可自己受苦受累受委屈，也不愿加重父母的负担，宁可饿死街头，也不肯低头干自己不乐意的工作，勇奇能爱上这样的好姑娘，是他的福气。然后，陈伯伯话锋一转："但勇奇是个没福气的孩子，一位副市长的女儿看上了他，最近就要结婚了。那女孩不如你，可她有个好爸爸，与她结婚，我们的家族企业会如虎添翼，更上一层楼；而如果不与她结婚，她爸只需要稍稍做点手脚，对陈氏企业都可能是一个致命的打击。我是个通情达理的人，不愿意对儿子的婚姻大事横加干涉，我要是在勇奇的年龄，也会选择不要事业要美人。可是，眼看自己奋斗半生打下的事业，即将付诸东流，我犹豫再三，还是决定找姑娘你谈谈。"

陈伯伯最后说，他可以把我当女儿待，给我一百万，另外，想办法让我立即到武大上学，我要是不喜欢上武大，上北大清华也没问题。

经过激烈的思想斗争，我没要一百万，也没选择去武大或北大清华读书，悄然离去。

我当然还爱着勇奇，可我不能因为爱我所爱而毁掉陈氏企业，所以，我强压着心头的酸楚，没给勇奇打电话——我当时还没有手机，一出医院勇奇就找不到我。但我又很想见勇奇一面，尤其是见一见新郎陈勇奇！

最后，我选择做清洁工，负责清扫同心路、同德路。因为我知道，讲究一点的深圳人，结婚时，婚车都要绕到同心路、同德路走一圈，讨同心同德的彩头。既然此生我注定不能和勇奇携手并肩同心同德，看一看他怎样和别人携手踏上同心路、同德路也好。

我在同心路、同德路做了九个多月清洁工，几乎每天都有婚车从这儿缓缓驶过，逢上大家公认的好日子，婚车更是排成长龙，从早过到晚。看着喜洋洋的新郎新娘，我心头也慢慢变得喜洋洋了，把马路也打扫得更干净了。

2008年8月8日，北京奥运会开幕的好日子，也是结婚的好日子。这一天，同心路、同德路空前热闹，因为想同心同德的新人太多，造成同心路、同德路大塞车，严重影响了主干道深南大道的正常交通，尽管交警早有准备，派出大批警力前来疏导，然而因为大部分新人不愿意放弃同心同德的美好愿望，交通压力仍然难以缓解。

上午 11 点，我突然在滞塞的车流中发现了一辆熟悉的红色奔驰跑车，我的心怦怦直跳，陈勇奇！新郎陈勇奇！

勇奇也几乎同时发现了我，他愣了一下，打开车门，大叫一声："小梅！"丢下他的新娘，向我飞奔而来！

勇奇奔过来，紧紧拉住我的手，说："小梅，我们走！"

那一天，勇奇拉着我的手走完同心路，又走同德路。坐在婚车上堵塞得不能动弹的新郎新娘，突然如梦方醒，纷纷下车。2008 年 8 月 8 日，上百对新郎新娘手拉着手，徒步走在同心同德的路上，走在最前面的是陈勇奇和我，我身穿清洁工工衣，格外引人注目，赢得了一路掌声。

手拉手走完同心同德路，陈勇奇又和我手拉着手回到了我的家乡——湖南祁东县官家嘴。我们承包了一座山，勇奇说，他要把这座山打造成中国最美的爱情世外桃源。

下篇：多情女子

家乡女子吕小梅的故事让我很感动，我把她的稿子润色之后，推荐给了一家刊物。那边回复说，故事很美，但有些疑点尚须澄清：2008 年的故事，为什么现在才写出来呢？为什么没有 2008 年至今的故事？吕小梅到底有没有把那座荒山打造成中国最美的爱情世外桃源呢？

吕小梅家所在的官家嘴，离我家不过十多公里。祁东盛产黄花菜，今年轰轰烈烈搞了个黄花节，诗人聂沛、聂泓借黄花节的东风，组织各地文朋诗友聚集祁东，弄了个诗歌采风活动，我也在被邀之列，就想趁机拜访一下吕小梅。

黄花节主会场就在官家嘴，自然是本次采风活动必到之处。中场休息之时，我向一个晒黄花菜的中年男人打听吕小梅。男人说："吕小梅，我知道，我知道，我带你去吧，骑摩托车几分钟就到。"于是，我脱离采风大部队，坐在男人的摩托车后面，去了吕小梅的家。

吕小梅上山采黄花菜去了，家中只有她的丈夫陈勇奇，还有一个十岁的小男孩，是她的儿子！我暗吃一惊，吕小梅的儿子十岁了？陈勇奇更让我吃惊，他四十多岁，黑黑糙糙，抽劣质香烟，随地吐痰，一点也没有富家子弟的富贵气，更不像白马王子！

我试探着问陈勇奇："陈先生，你离开深圳多久了？"

陈勇奇说："我只在东莞干过两年泥水工，没去过深圳。是吕小梅那憨货跟你吹的吧？你千万别当真，她整天神神道道瞎扯淡。"

接下来的闲聊，更让我瞠目结舌！

吕小梅，初中没毕业就辍学了，为了得到两万元钱彩礼，供两个弟弟上学，她十七岁就嫁给了大自己十八岁的泥水匠陈勇奇，十八岁就生下了儿子。因为生活一直窘迫，吕小梅连祁东县城都没有去过，更从未到过深圳！

吕小梅背着一竹篓黄花菜回来了，汗水在银盆大脸上哗哗地淌，一听我是深圳来的罗尔，她嘻嘻笑，塌鼻子挤成一粒肉丸，说："不好意思，不好意思，玩笑开大了！"

和吕小梅接下来的聊天，让我感慨万千。

吕小梅是个痴迷文学的青年，写作十年，很少发表，发给我的稿子，就是积压的旧稿之一（因真实性经不起推敲，投了几家都未能采用）。她把稿子发给我，只是因为我写的许多爱情都太阴冷、太残酷，她希望借此稿提醒我，多写一些温暖人心、美好浪漫的文字。

最后，并不美丽的老乡吕小梅说出了一句十分美丽的话："生活可能不美满，爱情也可能不美满，但我们不能放弃对美满的向往，是吧？"

我羞惭不已，只能说："是是是。"

12. 没有新郎的新婚夜

十八岁的黎乐萍 1985 年跟随她转业的舅舅来到深圳时，深圳还没有和北上广并列称为一线城市，就像脚穿平底布鞋、身着的确良衬衫的黎乐萍一样，不怎么起眼，但掩不住的蓬勃朝气已像雨后春笋，见风就长。

通过舅舅的关系，黎乐萍到当时很阔气的竹园宾馆做了服务员。

酸甜苦辣地做了两年，深圳日新月异，黎乐萍仍然是个服务员，不同的只是将平底布鞋换成了人造革高跟皮鞋，的确良衬衫换成了东门买来的冒牌连衣裙而已。"平平淡淡才是真"，黎乐萍唱是这么唱，但从来没这么想，她不甘心一辈子就这样俯首低眉侍候人。

不做服务员她又能做什么呢？舅舅只是建筑公司的小头头，战友托战友，才给黎乐萍谋到了成为一个普通服务员的机会；而她自己只是一个初中毕业生，除了年轻，别无长技，纵使心比天高，没有翅膀，她连一只小鸟都不如，不可能飞上天去。

黎乐萍选择了一条简单而直接的路，嫁个好老公。

老公孙长虹，是做水泥生意的，是舅舅通过长期考察之后，郑重向黎乐萍推荐的。孙长虹年龄是大了点（大黎乐萍十岁），且人长得像他买卖的水泥一般灰溜溜，与黎乐萍早年间梦想过的白马王子相去甚远，但他有深圳户口，有钱，还有个叔叔当局长。能嫁得此人，不说荣华富贵，起码也能丰衣足食。

所以，黎乐萍就嫁给了孙长虹，从此不再小心翼翼做服务员。

孙长虹的局长叔叔嘻嘻哈哈打了几个电话，黎乐萍就落户深圳，成了全职太太，每天打打麻将逛逛街，感觉很幸福。

两年之后，黎乐萍生下了儿子孙超。孙长虹是孙家独苗，在奉行"只生一个好"的年代，黎乐萍一举生下个儿子，就像打麻将自摸杠上开花清一色一般高兴。

这时已是 1989 年，黎乐萍欣喜之余，却偶然得知，孙长虹与他的狐朋狗友王大明，合伙承包了一个发廊妹！

大闹一场后，黎乐萍跑到了舅舅家（娘家远在江西，跑回去不方便），流着泪向舅舅哭诉了一个下午。舅舅好言劝慰，让她想开点，有钱的男人偶尔做下些荒唐事，也并不奇怪。

一句话点醒了黎乐萍，既然是钱多了作怪，那就把钱都撒了吧。黎乐萍冒出一个疯狂的想法，把家里她掌握的一百万取出来，从国贸大厦顶楼撒下去，让深圳下一场钞票雨，让该死的男人心疼而死。

黎乐萍揣着存折，用婴儿车推着孙超来到银行，取出一百万来，塞进婴儿车底下的尿布兜里。马上就要去国贸大厦撒掉一百万了，黎乐萍却舍不得打的士，过了好几辆公交车，人都塞得满满的，她怕挤着儿子，没上。

站在马路边犹豫之时，黎乐萍看到了银行隔壁的证券公司，就推着孩子和钱走了进去。

1989 年，大部分人还不知道股票为何物，那个时代读过《子夜》的人知道这是资产阶级玩的东西，玩得不好就血本无归，大多敬而远之。那天下午，黎乐萍因为没有坐上公交车，就丢下一百万，认购了当时还没有上市的发展银行的股票，她只想把这一百万打个水漂玩玩。

　　黎乐萍买入股票之后不久，冷落的股市突然火热起来，股价一个劲疯涨，人们大梦初醒般争先恐后投身股市狂潮。黎乐萍且惊且喜，等她终于明白股票是怎么回事时，她当时信手买下的股票已成为一马当先的龙头股，一路蹿升，看得黎乐萍眉开眼笑。

　　不出两年，黎乐萍糊里糊涂赚了一千多万，至此心满意足了，急流勇退，把一千万存进银行，只留下十万元炒着玩儿。长吁一口气，坐看孙长虹如何表现。

　　孙长虹全然不知黎乐萍已是千万富婆，心中仍把她看成被自己拯救的打工妹，并不对她特别在意，该怎么样还怎么样，包括偶尔到发廊偷吃。

　　磕磕碰碰又是几年，黎乐萍对孙长虹越看越不顺眼，手中有钱，心中有胆，自己凭什么就这么忍气吞声过一生，就请个私家侦探拍了几张孙长虹的不堪照片，二话不说，离了婚。孙长虹只以为家里就自己挣的那一两百万，算都懒得算，连房子带钱，全给了黎乐萍，自己带着儿子净身出户。

　　离婚半年之后，黎乐萍就动用自己积攒了几年的私房钱，三下五除二，鼓捣起规模巨大的贵人美容美发城。因为对发廊妹深恶痛绝，贵人从师傅到小工，聘用的全是清一色的帅哥靓仔，且打出旗帜鲜明的口号：贵人谢绝为男士服务。

　　贵人拒绝男人，老板黎乐萍却在寻找男人。美容美发城招工之时，黎老板亲自坐镇人才市场，为贵人选拔英才之时，也留意物色自己的第二任丈夫。

　　离婚时黎乐萍二十九岁，已近青春的终点。好长一段时光全在孙长虹身上浪费了，仅存的春色自然不愿虚掷，所以，一办完离婚手续，黎乐萍就收拾好散乱的心绪，用心寻找如意郎君，力争在三十岁之前，再嫁一次。

为了连本带利弥补自己失去的幸福，黎乐萍严格设定了第二任老公兼贵人总经理的标准：（一）年龄二十五岁以下；（二）身高一米七五以上，五官端正；（三）大学毕业；（四）未婚。其他细枝末节可以不计较，但此四点绝不能马虎，总之，这人必须比孙长虹强十倍百倍。

黎乐萍并不认为自己的要求过分，有钱的老头可以找小姑娘，有钱的黎乐萍还不到三十，还风韵犹存，为什么就不能挑一个年轻英俊的大学生作老公？

可是，虽然贵人红红火火地开起来了，老公兼总经理的合格人选却迟迟没有出现，适合做总经理的不适合做老公，适合做老公的又不适合做总经理，黎乐萍先后试用了十几个，没试到一个称心如意的。

黎乐萍三十九岁那一年，她期待十年的白马王子终于出现了。

那一天，黎乐萍坐在人才市场贵人的招聘台前，正惆怅找个好男人为什么那么难，忽然眼前一亮，人潮人海中一位高大挺拔的帅哥从容不迫，走到贵人美容美发城的招聘台前。

看着如刘德华一般有棱有角的脸，黎乐萍怦然心动，不觉便像小女孩般红了脸。

帅哥看完招聘启事，却一言不发，又往前游。黎乐萍连忙唤住："先生，请留步，你是来应聘的吗？"

帅哥应声停下，漫不经心掠了一眼黎乐萍，说："小姐，有什么事情吗？我不会美容也不会美发。"

那眼神，那声音，让黎乐萍进一步肯定，自己寻找、等待的就是他，当下手指着招聘启事的第一项说："不会美容美发没关系，你可以做总经理。"

帅哥吃了一惊，轻轻一笑："小姐，你不是开玩笑吧，我是学美术的，做广告策划什么的也许还行，可不敢奢望做总经理。"

黎乐萍说："我说行就行。"要过他的简历，粗粗浏览一遍：王斌，三十岁，身高一米八，中国美术学院油画系毕业，未婚。行，完全符合四项要求，只是比自己小九岁，有点超出预期，想一想孙长虹比自己大十岁，她又坦然了。略略问了几句，王斌对答无不让黎乐萍满心欢喜，就当场拍板，把王斌带回了贵人美容美发城。十年的磨砺，让黎乐萍明白了一个道理，总经理是可以培养的，老公也是可以培养的，最重要的是有没有感觉，而王斌身上正有她要找的感觉。

王斌大学毕业后，就来到了深圳，在大芬油画村混了几年。他不屑于画来钱快却没什么技术含量的行画，只是像梵高一样坚守自己的梦想。无奈，王斌没有梵高的激情和才气，却和梵高一样混得穷困潦倒，眼看房租都欠下好几个月了，只好来人才市场找工作。没料到柳暗花明，平白捡了一把总经理的交椅。不做白不做，过把瘾再说。

王斌不知道如何经营美容美发店，这不是问题，黎乐萍决定，和王斌先去欧洲考察。

王斌自小伶俐，家中兄妹三个，他独得父母欢心，哪能看不出黎乐萍的用意？只是，此时生活已磨去了王斌身上的书生意气，明知前面是陷阱，他也只能闭着眼睛朝前走了。

欧洲考察，实际上成了黎乐萍和王斌的蜜月之旅。一个月后回到深圳，黎乐萍就召集亲朋好友聚会，隆重推出王斌：这是我男朋友，请多多关照。

在自己的亲友圈亮相之后，黎乐萍又要会一会王斌的亲友，王斌不愿带着她去自己的生活圈子中显摆，推托说他在深圳除了黎乐萍，谁也不认识。黎乐萍听着高兴，也不在意，就说，那我们去你老家吧，顺便给你爸妈拜年。

王斌更不愿意，说他爸妈特封建，他们名不正言不顺地就在一起，只怕他们不高兴。

黎乐萍说，那我们就结婚吧。

两个多月来，王斌对黎乐萍有了深入的了解，对她并不是没有好感，比如，她性格直爽，爱憎分明，而且她真心喜欢他，爱他，宠他。无论一个多么无情无义的男人，面对一个热恋自己、宠爱自己的女人，不可能毫不动心，何况这女人还为自己铺设了锦绣前程，稍一低头，便可一步踏入自己奋斗一生也未必能到达的人间仙境。

想起几年来苦苦挣扎的辛酸，王斌心灰意冷，结就结吧。

婚宴设在凯旋大酒店，嘉宾、高朋满满坐了二十桌，新郎仪表堂堂，新娘仪态大方，一亮相，即赢得众人齐声喝彩。

婚礼仪式完毕之后，新娘黎乐萍被女友团团围住拉拉扯扯，说七说八。笑闹一阵，忽然想起来要与新郎一块给舅舅敬酒，就脱身去找王斌，却见他大呼小叫坐在一堆男人中间猜拳行令，已经喝得昏天黑地，尽说疯言疯语。黎乐萍知道王斌喝不得酒，心疼不已，上前抢下他又要往口中倒的一杯酒说："斌，不能喝你就不要充好汉。"

王斌坚持要喝，黎乐萍坚决不肯，争执一会儿，王斌突然号啕大哭起来："妈，你就让我充这一回好汉吧，过了今晚，我想做好汉也做不成了啊。"

突如其来的一声"妈"，让众人全都愣住了。黎乐萍变了脸，拂袖而去，进了预订的总统套间，他们的新房。

众人手忙脚乱，给王斌灌茶灌醋，好歹把他摆弄清醒过来，指望他去新房安抚一下新娘。他却只是哈哈大笑，走出酒店大门，摇摇晃晃而去。

这一去，王斌再无踪影，十年过去，还是没有消息。

后来，黎乐萍嫁了个因为经济问题被双开的县长，虽然没什么硬本事，但县长的架子还在，看上去很有派头。

13．只对你有感觉

五年前，我来深圳找工作。工作找不到，我就在下沙摆了个烧烤摊，保安、城管找我麻烦，我就满面笑容装孙子，顺手给他们烧个鸡翅、鸡腿，或者塞包烟什么的，他们也不好意思把我怎么样。不到一年，我赚了十几万，烧烤摊成了小排档；两年下来，我赚了几十万，小排档成了小酒楼。

从烧烤摊到小酒楼，我什么证都没办。我手下的一二十个员工，当然也没办用工手续、签劳动合同什么的，我只管每月按时给他们发工资，厨师三四千块，服务员一两千块，管吃管住。除此以外，诸事不管，我可以随时炒掉他们，他们也可以随时炒掉我，来去自由。

员工们来来去去，总有上百号人了吧，有些人来了又去，我连名字都没记住。我也没想记住谁，我只想赚钱。

十多天以前，我招了个女服务员，叫刘美红。不是很漂亮，但看着很顺眼，我就对她有了想法。深圳的酒楼小老板，对手下的漂亮女服务员有想法，说些甜言蜜语，给些小恩小惠，大多能心想事成。可我不行，我嘴笨，一旦对某个女孩有了想法，就越发嘴笨，前怕狼后怕虎，特别中意的，只怕对方不中意我，不怎么中意的，又怕沾上后不能全身而退，不明不白就被人改造成了老公。做了两三年小老板，我前后对四五个女服务员有过想法，最后全都不了了之。

总结以往的经验教训，我对刘美红采取了步步为营、稳扎稳打的战略方针：先是每天都在例会上大肆表扬她全心全意为顾客服务的优秀品质，号召全体员工向刘美红学习；一个星期后，我提拔刘美红做了领班。刘美红十九岁，考大学差 10 分，来深圳打工还不到一个月。我对她的赏识和栽培，让她受宠若惊。在她升为领班的那天晚上，刘美红来到我的办公室，对我表示了衷心感谢。她说得有点语无伦次，说她此生第一次得到别人的认可，第一次得到别人的尊重，第一次知道自己原来并不是一无是处。最后，她问我："老板，你为什么要对我这么好呢？"

我把自己对她的真实想法掩藏在心底，再一次言不由衷地表扬了刘美红一番，然后，我有点肉麻地说："我如此器重你，是因为你长得像我小妹。我的小妹，为了支持我的事业，放弃了上大学的机会，早早地把自己嫁给了一个跛腿老男人，为我换取了五十万启动资金。小妹她为我受尽了苦难，我不能让你再受苦。下一步，我准备把你提为经理，然后，送你读大学，读 MBA。"

听着我编的故事，刘美红泪水涟涟，哽咽着叫了我一声哥。其实，刘美红长得一点也不像我妹，我根本就没有妹妹。

前天晚上，酒楼包房里来了四个找茬的，吃完喝完，他们居然从火锅里捞出一只没长毛的老鼠崽！摆在桌面上，让我好好看清楚。老鼠崽显然是他们带来的，可我不敢声张，闹将起来，势必影响客人食欲，更麻烦的是，弄不好，这些混混会没完没了跟我过不去。我忍着恶心，赔着笑脸说："哥们，对不住，今晚算我请客了，就当交个朋友吧。"

一般的小混混，如此做手脚，也就图个免单。可今晚这些人不一般，一个光头"噗"的一声吐出叼着的牙签说："你以为你是谁？谁稀罕跟你交朋友？赔偿一万元恶心费！"

另一个光头打着酒嗝，把我和几个服务员、厨师指了一圈说："你们，谁要是把这小东西吃喽，我们也可以不收恶心费，还如数买单。"

我从小怕老鼠，吃下去那东西，只怕要恶心一辈子；我虽然不是个好老板，但也不会让我的员工吃老鼠，就算真赔一万块，也没啥大不了的。让我寒心的是，我的服务员，我的厨师，唯恐我让他们吃老鼠，竟纷纷低头弃我而去！

只有刘美红没走，两眼紧紧盯着那只没毛老鼠崽。

我给四个小混混发了一圈烟，正盘算着如何应对，只见刘美红拈起小老鼠，丢进口里，咕嘟一声吞了下去！

我蒙了。四个小混混也蒙了。

呆愣片刻，为首的光头一摆手，"撤"！

我松了一口气，却见刘美红亮出一把菜刀扔在地上，冷冷地说："买单！要不就把我砍了！"

冰冷的菜刀和刘美红比菜刀更冷的脸，把四个小混混镇住了，乖乖买了单。

事后，刘美红整整吐了一天。

看着刘美红吐得像脱水蔬菜一般的小脸，我对她任何不应有的想法都没有了，心中只剩怜惜，还有敬佩。

昨晚，我问刘美红："傻妹子，你为啥要对我这样好呢？"

刘美红说："那是因为你对我好呀，哥。"

我羞惭不已，我对刘美红好，只是因为我对她有想法呀！

昨天晚上，我突然明白了一个道理：你只有像对待兄弟姐妹一样对待你的手下，手下才可能死心塌地对你好，甚至，为你拼命。

我决定，从今天开始，做一个好老板，做一个好男人，不玩花招，不要耍流氓。如果我依然对刘美红有想法，就好好爱她，努力让她成为一个幸福的人。

14．心住在五楼的人

上个月，我不声不响就满了三十岁。我不是个想入非非不切实际的女孩，我知道，自己不是聪明绝顶无所不能的才女，也不是光彩照人人见人爱的美女。我从来没有梦想过要如何荣华富贵，三十岁的时候，我能有一个幸福美满的家、一个温柔体贴的丈夫、一个活泼可爱的孩子，我就知足了。我无论如何也没有想到，三十岁的时候，我依然住在已经住了三十年的家里，只是，我不再是父母的乖乖女，而成了一个郁闷的大龄姑娘。

三十岁生日的前几天，一个一直想讨我欢心的男人问我哪天生日，我没有告诉他。我也没有告诉我的朋友和同事我哪一天生日。我向来不喜过生日，但我爸我妈牢记着我的生日。那一天，没有鲜花，也没有生日蛋糕，我爸我妈、我哥我嫂、我姐还有我外甥，一家人围成一桌，参差不齐地对我说"生日快乐"，我就三十岁了。

小时候，这一套101平方米的三房一厅（父母单位分的），住着我爸我妈、我哥我姐还有我，我感觉房子就像天堂一样宽敞、快乐。现在，因为家里多了我嫂、我六岁的外甥嘟嘟，无忧无虑的天堂顿时变成了烟熏火燎的人间，清早上厕所得排队，晚上洗澡也得排队。

我很清楚，我爸我妈、我哥我姐都盼望我早点嫁出去，我自己也愿意早日离开这个充满温暖、充满人间烟火味的家。可是，我一直期待的另一半，我的真命天子，却一直没有出现。一个追过我的男人，给我说过一个段子，说的是女人和男人的择偶标准。一幢房子里，是女人可以选择的男人：一楼是帅哥，女人犹豫片刻，上了二楼；二楼是又帅又聪明的，女人还是犹豫，上了三楼；三楼是又帅又聪明又有钱的，这应该差不多了，但女人还想看看四楼是什么样的男人；四楼是又帅又聪明又有钱又对老婆忠心耿耿的，似乎无可挑剔，但女人好奇五楼还有怎样完美的男人，就又上了一层楼。结果，五楼什么男人都没有，女人想返身回去，却已经回不去了。另一幢房子里，是男人可以选择的女人：一楼是漂亮的，二楼是又漂亮又聪明的。我问，三楼、四楼是什么样的女人呢？他说不知道，没有人去看过，一半男人在一楼就不走了，另一半男人到二楼就止步了，有妻又漂亮又聪明，如此，还有什么不知足的呢？追我的那个男人，因为油腔滑调，被我拒绝了。但他说的这个段子，我却一直牢记着。三十岁生日那天，我无限感慨，又一次想起了这个段子，想起了不断被我修正的择偶标准。

我的家庭，对我的择偶标准有着根深蒂固的影响。最初，影响我的是我爸我妈。

我爸我妈是二十世纪六十年代的大学生，同班同学。我爸来自农村，祖祖辈辈都是农民；我妈出自大户人家，祖上世代为官，到我外祖父已经不怎么样了，但还是民国政府驻巴黎的一个外交官。出身的差异，似乎注定他们不可能有缘，但我爸一眼就看上了我妈，并勇敢地开始了不懈的追求。一年时间里，我爸给我妈写了一百封情书（每封情书都附有一首情诗），我妈至今还珍藏着那些宝贝，有一次还拿出来得意地向我展示。我读过几首诗，说实话，文采也就一般般，但那一份对爱情的执着和真诚，足以感动任何一个高傲的公主。我妈，正是这样被我爸感动的。如今，我爸我妈都已白发苍苍、老眼昏花，但他们的老花眼看着对方时，仍然不时流露出几分柔情。

我爸对爱情的执着和浪漫，成了我择偶的基本原则：嫁人要嫁真诚的人。

后来，我哥使我修改了择偶标准。

我哥不算太成功，开着一家过得去的外贸公司，开着一辆让人刮目相看的宝马，他应该有能力另买房子，构筑自己的爱巢。可他和漂亮的妻子却一直窝在旧房子里，和我们挤在一起。我没和我哥认真谈过这事，这话题有点敏感。也许我有点以小人之心度君子之腹，我揣摩，我哥可能是这样想的：他是家中唯一的儿子，爸妈的房子理应是他的，现在却被两个应该嫁出去的妹妹占据着，说不过去，所以，他有必要在家里住着，时刻提醒两个妹妹，房子是他的。

我哥的做法提醒了我，嫁人要嫁大气的人。关键时刻，他应该不怕牺牲，拿得起放得下！

我姐的悲剧则让我揪心，更让我的爱情之梦醒了过来，回到现实当中。

我爸我妈属于深圳第一代建设者，我爸退休前，是一家大型国有企业的总经理。许多人以为我爸无限风光，我姐因此成了众帅哥追逐的对象。一个东北帅哥最终在追逐中胜出，赢得了我姐的芳心。他们结婚后不到一个月，我爸光荣退休了。我姐夫没想到，我爸还真的是两袖清风的好干部，除了单位分给他的旧房子，啥也没攒下，我那一表人才的姐夫，也是啥也没挣下，只能和我姐住在租来的农民房里。我爸我妈不忍心看我姐受委屈，就把我姐接回了家。我的小外甥嘟嘟，是在我家出生的。如今，嘟嘟六岁了，我姐夫到我家次数却不足六次。

我姐的婚姻，已经名存实亡，只为了给嘟嘟一个完整的家，我姐才一直苦苦地支撑着。

我姐的遭遇让我明白，嫁人要嫁有本事的人，至少，他要有房子，让爱情有个立足之地。

就这样，寻寻觅觅，直到三十岁，我也没能找到称心如意的人把自己嫁出去。

真诚、大气、有本事，三十岁左右还未婚的男人，在深圳像连续涨停板的股票一样难得一见，偶尔惊现一两个，也早被蜂拥而至的美女们一抢而空。漫不经心跋涉在觅爱的征途中，蓦然抬头，发现自己已走到青春的尽头，满头青丝已悄悄出现白发，且层出不穷，拔去一根又有一根。我一向素面朝天，现在却开始频频出现在美容院，做面膜、染头发……

有一天，我在美容院与老同学李诗韵不期而遇，闲聊几句，她一声惊叫："你还没嫁出去呀！"我莫名其妙，好像我没嫁出去丢了老同学的脸一般。又闲聊几句，李诗韵说："你想要什么样的？我给你介绍一个。"我从来没想过找男朋友还需要谁介绍，苦笑一声，随口答道："好呀。"李诗韵就兴致勃勃地给我介绍那男人的情况：四十岁，离异，带着一个九岁的男孩。我越听越感凄凉。为了不扫老同学的兴，我最后答应，见一面看看。

我的理想目标一直锁定在三十六岁左右的未婚男士身上，这一回，我要见的居然是个四十岁的离异男人，我沮丧不已，根本不把这次见面当回事，下了班，不更衣不化妆，直接就下楼了。男人准时而至，开着一辆本田。还没见面我就挑剔上了，哼，没血性的男人，好车多的是，为什么偏偏买辆日本车！男人问我想吃啥，我说随便。男人对我所在的区域不太熟，开着车转来转去也找不到一家适合的酒楼，最后还是我随手挑了一家大排档。这让我更不爽，什么男人嘛，一点计划一点见识都没有！

一顿饭吃下来，男人勉强通过了我苛刻的挑剔：真诚不是一眼就能看得出来的，但他至少还算坦率，连他上中学时因打架斗殴被学校开除的事也坦白了；大气也不是一眼能看得出来的，但他已基本具有大气的特点，点菜不看菜价，买单不看清单，乞丐来了也能顺手给上一元钱；不是特别有本事，但有房有车，年收入三十万。挑剔来挑剔去，最后，他唯一真正让我耿耿于怀的是，他有一个九岁的儿子。这一点，第二天在微信上，也似乎让他脱口而出的一句玩笑化解了，"你不需要付出母亲的千辛万苦，就白得一个儿子，便宜你了"。我决定试着和他交往看看。

后来，我们又吃了几次饭，他的优点慢慢清晰。基本可以肯定，他算得上真诚、大气、有本事的人，如果他不是大我十岁，不是带着孩子的离异男人，我们就可以开始谈情说爱了。

我还需要时间，说服自己接受他的不如意。

有一天，上班路上我淋了雨，淋湿了衣服和鞋子，也没什么大不了的。他听说后，给我买来了衣服和鞋子，衣服的款式我不是很喜欢，鞋子穿着也不太合脚，但他对我的关爱，还是差一点就感动了我。到底还是差一点，我依然犹豫不决。

两个月后的一天晚上，我们不冷不热的交往戛然而止。看完一场电影，他开车送我回家，我接了个电话，是一个对我有好感的同事打来的。我们说的是他听不懂的英语，他默默地开着车，突然伸出右手，拉住了我的左手。我一时惊恐，瞪了他一眼，把手闪避开去。我接完电话，他说："对不起，我只是想拉拉你的手。"

回到家，他半夜给我发来微信："对不起，我太忙，打不起爱情持久战；我太累，急需爱情的滋润。现在，我有些不知所措了，努力两个月，却还是不能拉拉你的手，我是不是已经失败了？我怀疑，继续努力下去，已纯属无聊的骚扰、无赖的纠缠。请明示。"

面对这近乎最后通牒的短信，我哭了，我不知道如何回复，就没有回。

第二天，他打我电话，我没接；发短信，微信留言，我没回。

后来几天，他又打了几回电话，发了几条短信，留了几条言。我还是没接，也没回复。

我的做法有些无礼，可我会对一个自己毫不在意的人无礼吗？我想，他应该明白。我期待着他再来电话，再发微信再留言。可是，他不明白，突然没了消息。

半个月后，我给他微信留言："对不起，也许，我们做普通朋友更适合一些。"请注意，我用的是"也许"。

他回复："不好意思，昨天，我已找到了女朋友，她不允许我交异性朋友。"

我默默流泪，我是不是真的上到了没有男人的五楼？

15. 谁在惦记我老婆？

我和我老婆来深圳二十年了，一直在科技园的一家电子厂打工。

二十年前，深圳的天还很蓝，云还很白，我老婆也还像家乡的湘江水一样柔情万种。现在不行喽，我老婆已慢慢地变成了黄脸婆，老把我当贼一样提防着，唯恐我鬼迷心窍、拈花惹草，不要她了。我本来没那心思，但整天被老婆当作贼，一天又一天，就有点贼头贼脑了。我大小也是个车间主管，流水线上那些花花绿绿的女孩子，还是有点对我另眼相看的。

去年，一楼的印刷厂搬去了东莞，空出来的厂房被改成了美食坊，一下开了六家快餐店。其中一家叫"湘江码头"，装修很粗糙，摆着四张我们老家常见的杂木方桌，每张桌子配四条我们老家常见的杂木长凳，墙上挂着些我们老家常见的老巷子照片。最醒目的是墙上的一幅画，是一个女孩的背影，坐在码头的石级上，赤脚伸在水中和小鱼儿嬉戏。

那是我们家乡的码头，我和我老婆就是在那儿长大的，我们的爱情故事也是在那儿发生的。

有一天，我老婆也像画里那女孩一样坐在码头边和小鱼儿玩。我一见她的背影就怦然心动，就装作到河边洗手，蹲到她身边，一边洗手，一边回头看她长得怎么样。我老婆当年漂亮得让我很吃惊，我一惊之下，扑通一声栽进了河里喊救命，她赶紧伸手把我拉了上来。我就这样认识了我老婆，并最终让她爱上了我。我们相爱之后，她发现我会游泳，才知道上了我的当。

我老婆爱去湘江码头吃早餐，她爱吃那儿的米豆腐；我也爱去，我也爱吃米豆腐，但我偏不吃米豆腐，我吃米粉。我越来越不想和老婆一样了。

可能因为湘江码头名字很有文艺范儿吧，时常有一些很有文艺范儿的客人来来往往。我老婆有一天兴奋地跟我说，她中午在湘江码头看到吴亦凡了！我很不喜欢我老婆说起帅哥时眉飞色舞的花痴相，就无情地打击她："不要像狼外婆看到小鲜肉一般垂涎三尺好不好。"气得她整整一天没跟我说话。

这一晚，我在办公室磨磨蹭蹭弄一个生产计划。直到半夜，等品检部美女方圆下班了，我才和她一起走出厂门。来到一楼，我对方圆说："一起吃点夜宵吧。"就和她一起走进了湘江码头。

要了两盘小菜、两瓶啤酒，我和方圆就开始谈天说地了。

店里只有一桌客人，似乎是几个画家，光头老板也是个画家，正陪着他们边喝边聊着。聊到了墙上码头边的女孩。光头老板说，那是二十多年前的事了，那是他此生见过的最漂亮的一个女孩，他只知道她小名叫灵儿。可惜，他见到灵儿时，她已经有男朋友了，他无论怎样献殷勤，灵儿就是不理他，这幅画还是背着她偷偷画的。画完后，他想把画送给她，却怎么也碰不到她了。听说灵儿来深圳了，所以，他也来了深圳，攒了点钱，开了这家湘江码头，挂上这幅画，是想灵儿有一天能看到，也是让自己能时刻重温激情澎湃的青春岁月。

两瓶啤酒我只喝了一瓶，就不想再喝了。方圆知道我的酒量，问我是不是不舒服。我说的确不太舒服，就匆匆和方圆告别，回到了我和老婆租住的房子。

老婆睡着了，我轻轻在她耳边说："老婆，我爱你。"老婆默默地抱紧了我，原来她又在装睡。

那以后，我不再贼头贼脑打别的女孩主意了，我与我老婆还是天天去湘江码头，也和她一样吃米豆腐了。我常常边吃边笑，我老婆就是灵儿，天天来吃他的米豆腐，天天看到那幅画。

我不想说穿这事儿，光头画家要是知道，天天来吃他米豆腐的中年妇人，就是那让他沉醉了二十多年的灵儿，那也太残忍了。再说，有文艺范的人有时很奇怪，万一他就好中年妇人这一口，我就太亏了。我也不想让我老婆知道，毕竟，我是把她摧残成黄脸婆的主要"凶手"，说出来很不好意思。

我就像恶俗电视剧的男主角一样默默发誓，一定要好好爱老婆。二十多年了，我的漂亮老婆一直被人惦记着，我为什么不好好珍惜呢？

16. 内有爱情，小心轻放

我，易天天，是个热爱旅行的美女，走在路上，不时有陌生男人拦住我"问路"，坐汽车、火车、飞机，总有无聊男人要与我聊一聊。总之，我时时刻刻都要提防好色之徒的骚扰。

2014 年"十一"长假期间，我孤身一人去了湖南，到张家界、凤凰、南岳转了一圈。10 月 7 日，早上九点，我从衡阳坐大巴返回深圳，我的座位靠过道，上车安置好行李，我就放低座椅靠背，闭上眼睛假寐。一会儿，有个男人说："对不起，小姐，请让一让。"是我的邻座，他的位置靠窗口。过道里挤满了人，我没法站起身给他让道，就把腿往后缩了缩，同时，把裙边往下拉一拉，盖住裸露的膝头。有些男人总爱趁机往我的腿上蹭，我讨厌！同座的男人放弃了与美女亲密接触的机会，他双手撑住前后座位靠背，轻盈一跃，凌空跃过我的腿，落在自己的座位上。这男人二十七八岁，不算很帅，却清清爽爽，耐看。我不是个装模作样拒人千里之外的美女，旅途漫漫，如果他谈吐有趣，和他聊聊也无妨。

意外的是，这男人一点也没有要与我聊一聊的意思，在座位上坐定，就拿出手提电脑，嗒嗒嗒敲个不停。我瞄了一眼，他敲的似乎是深圳某楼盘的推广方案。我冷笑一声，装腔作势，无非是装出工作繁忙的成功人士样子，然后再来搭讪，装吧，继续装吧，本美女坚决不理你！我打开手机音乐，戴上耳机，闭上眼睛，继续假寐。

我还真睡着了，一觉睡到郴州，堵车了。人在旅途，最怕堵车，一堵车就难免心烦意乱，一心烦意乱就必然不顾基本原则。此时，我有点希望邻座男人同我聊聊天，哪怕聊天内容稍有出格都行，以消磨旅途无聊、无奈的郁闷。然而，那男人一路上全不把我放在眼里，他不急不躁、不慌不忙，手提电脑没电了，他就看书，看书看累了，他就睡觉，而且，是真正的睡觉，打着轻轻的心满意足的鼾，嘴微微张开，头端端正正地竖着，车子颠簸时，也摇晃一下，但绝不歪向我的肩头。看着满车烦躁不安的乘客，我恨不得掐着身边这男人脖子摇晃："你为什么能如此气定神闲！"

　　2014年10月7日，因为长假后返回广东的车太多，京珠高速大塞车，我乘坐的大巴，本应该下午四点抵达深圳，结果直到次日凌晨三点才挣扎着来到宝安。长达十九个小时气急败坏的旅程中，邻座男子除了开始的"对不起，小姐，请让一让"，没有同我多说一句话，也没有多看我一眼，我的自信心大受打击，难道我不是传说中的美女？

　　下了大巴，我有点茫然，我的钥匙不知道丢在湖南哪个美丽的地方了，如果下午四五点回到深圳，我有一百种办法打开我的房门，可现在是凌晨三点，我一点办法都没有。住旅馆，我嫌脏，住宾馆，我嫌贵，这时候，打扰任何一个朋友都不适合，怎么办？

　　邻座男人拦下了一辆的士，上车前有意无意，看了我一眼。这一眼，突然激起了我的好奇心和好胜心，我还不知道是怎样一个男人竟然不把我放在眼里呢！我拉开的士车门，坐进后座说："带上我。"我独自一人走遍了大半个中国，天不怕地不怕，也不怕这男人是色魔，要是他真敢胆大妄为，我裤兜里还揣着瑞士军刀！

　　男人愣了一愣问："你去哪？"

我说："去你家呀。"

男人又愣了一愣，吩咐司机开车。

男人住在科技园的一间单身公寓里。这一晚，他睡沙发，我睡床。我把小小的瑞士军刀握在手心里，结果，什么事也没发生。

男人叫刘德龙，是一家广告公司的策划总监。一个星期后，我成了刘德龙的女朋友，搬进了他的单身公寓。

我之所以决定做刘德龙的女朋友，除了坚信他是个优秀的男人，还因为，我迫切地想知道，与美女一路同行十九个小时，为什么他竟能视若无睹？

在刘德龙的单身公寓将就一晚之后，我们交换了微信号，聊了三天三夜，越聊越有得聊。周末，刘德龙请我吃饭。吃完饭，他去了一趟洗手间，顺手在酒店大堂的花篮里抽出一枝玫瑰花，郑重地交到我手上说："天天，做我的女朋友吧。"

我对刘德龙还不十分了解，但我相信直觉，直觉告诉我，这是一个不能错过的好男人，也是一个说一不二死要面子的男人，我要是按流行的爱情模式，吞吞吐吐、欲说还休，他有可能就一去不回头了。何况，既然我已经喜欢上了他，为什么要犹豫不决呢？这不是我的性格。所以，我考虑了三秒钟，就答应了："行！"

成为刘德龙的女朋友后，我迫不及待地问："那一天从湖南回来，你一路上为什么对我不理不睬？"

刘德龙的回答把我气得要死。他说："我一向看不惯美女们的洋洋得意，只是偶然长得好看一点而已，有什么好得意的？又不是我老婆，你美不美于我毫无意义，我为什么要对你另眼相看？美女们的坏毛病，全是一帮色眯眯的贱男人给惯的，所以，我对美女从来就不屑一顾。"

气归气，想一想，刘德龙说的似乎也有些道理，而且，日后他要真的对美女永远不屑一顾，倒也是一个靠得住的男人，我也就没有太在意。

只是，对美女心怀偏见的刘德龙，轻而易举就让我成了他的女朋友，我觉得太便宜他了。

有一天，在微信上，我对刘德龙说："我后悔了。"刘德龙说："后悔什么了？"我说："你连情书都没给我写一封，我就做了你的女朋友，太吃亏了。""你等着，我马上补写。"不过十来秒钟，刘德龙就把"情书"用微信发过来了："天天，我爱你，天天爱你。刘德龙，2015 年 3 月 19 日。"我哭笑不得，说："不行！这个不够分量，不能低于一千字！"刘德龙说："我太忙呀，天天，我老有写不完的文案。再说，说一千道一万，中心思想还是'我爱你'三个字嘛。"我知道刘德龙忙，但还是不想轻饶他，继续要蛮："字数可以不限，但必须写得情真意切，必须手写！"手写情书，我只在上中学时收到过，是偷偷塞在我课桌里的。此后，我收到的就只是三言两语的微信和 QQ 留言了。我还真想再体验一下收到手写情书的感觉。

刘德龙满口答应，但日子一天一天过去了，我一直没见到他手写的情书。

这一天，刘德龙为一个巧克力品牌的推广去了上海。晚上，他给我来电话，告诉我住在 ×× 酒店 608 房，说些如何想我爱我之类的废话。

挂了电话，我想起刘德龙对美女不屑一顾的话，突然想逗他玩玩，看他是不是真的对美女不屑一顾。按手机来电显示号码，我拨通了上海那酒店的总机，转 608 房。刘德龙接电话："你好，哪位？"我说："好啊刘德龙，来上海也不来看我！"当年，我报考过北京电影学院，变声说话对我是小儿科。

刘德龙支吾一阵，试探着问："杨佳佳？"

"算你有良心，"我心中一痛，"你在房间等我，我五分钟后到。"

快到五分钟时，我拨通了刘德龙的手机，情意绵绵地跟他说起了恋人间的情话。刘德龙心不在焉地应付了几句就说："天天，有个客户马上要来和我谈合同，我得准备一些资料，谈完后我打给你好吗？"

我忍不住心中的悲伤，吼道："刘德龙，你是等老情人杨佳佳谈情说爱吧！"说完，我哭喊着把手机摔在地上，手机摔得四分五裂，犹如我七零八落的心。

一会儿，座机响了，我一看来电显示，是刘德龙的手机，就一把扯断了电话线！

第二天一早，我飞到了新疆，我只想远远地离开刘德龙，越远越好。

美丽的新疆，一点也不能美丽我的心情。就算天山的千年积雪彻底融化，我心中的寒冰也无法消融。我失魂落魄地游荡在天山南北的牧场上，只觉得我的悲伤像草原一般无边无际。

我怀里揣着在乌鲁木齐新买的手机，可我不敢开机，我怕听到刘德龙的声音；我包里背着手提电脑，可我不敢上网，我怕看到刘德龙的QQ留言。

这一天，我来到了巴音布鲁克草原，我关在宾馆的客房里，不敢出门，只怕我的郁闷随风流淌，大煞风景。

无聊无奈黯然神伤之际，我打开了客房的电视机，却啥也不想看，只是手持遥控器，一个频道接一个频道地按下去。突然，我听到了刘德龙的声音："天天爱你！"

是一个广告，"天天"牌巧克力广告，配音是刘德龙，龙飞凤舞的手写字"天天爱你"，显然也出自刘德龙！中国有点影响力的电视台，几乎都在轮番播放。

刘德龙，以这样的方式，把他给我的手写情书，发布到了中国每一个电视信号能覆盖的角落。后来我才知道，刘德龙为了兑现他答应给我的手写情书，鼓动如簧之舌，说服客户把本来叫"亲亲"牌的巧克力，改成了"天天"牌。

那一刻，我泪流满面，豁然开朗。

爱情这东西，太神圣太贵重，开不得玩笑，也经不起摔打，你必须用心呵护，小心轻放。杨佳佳，也许真是一个不清不楚的情敌，也许只是一个至关重要的客户，也许，根本就没有杨佳佳。不管是什么人，从容面对就是，何必远远地躲到新疆来呢。

我打开了手机。一条微信信息即刻跳出来，正是电视上播放的"天天"牌巧克力广告。

不到一分钟，刘德龙的电话打进来了。我二话不说，对着手机痛哭了一场。

17．嫁个老公是帅哥

　　我大姨父是我们家族中最有本事的人。他从部队转业到深圳，不到几年，就成了很有面子的人。因为大姨父的面子，我大舅、二舅、二姨、三姨，我们整个家族，先后迁移到深圳。同样因为大姨父的面子，大家或有了很好的生意，或有了很好的职业。

　　我妈在家族中排行老满，表哥表姐们都叫她满姑。在大姨父的帮助下，我们家也迁到了深圳，开了一家小型印刷厂，生意还马马虎虎。大姨父神通广大，可以改变我们家族的命运，但他没有办法让我变得聪明一些。我上的是深圳最好的学校，却没能取得好成绩，高中毕业后，我的成绩只能勉强上一所民办大专。大姨父也没有办法让我变得漂亮一些，我一直是一只丑小鸭，人说女大十八变，可我越变越丑，走在街上，连讨钱的乞丐都对我不屑一顾，不向我伸出饭碗。我妈因此忧心忡忡，担心我嫁不出去。

　　我考上的那所民办大专在北京，在学校煎熬了半个月，我就撑不下去了。在远离家族帮衬的北京，我感觉无依无靠，而且，就算我熬足三年，拿到一张无足轻重的大专文凭，也没啥意思。于是，我让深圳的一个同学，冒充深圳大学的校长，给我妈打电话，谎称我已被深圳大学补录上了。我妈高兴坏了，兴冲冲给我打电话，让我赶紧回深圳，上深大。

　　我回到了深圳，弄到了一枚深圳大学的校徽，但我不可能成为深大的学生，我大姨父并不是无所不能的。我家离深大不远，我妈自然支持我"走读"。于是，每天早上，我背着包出门，到深大校园里晃荡一圈，就上街瞎逛。逛到晚饭时分，再回家去。我妈念我读书辛苦，天天挖空心思给我做好吃的。

瞎逛了两个月后，我只逛深大旁边的荔香公园了。因为荔香公园有一个保安，很帅，很酷，第一次见到他，我就心乱如麻。我喜欢心乱如麻的感觉。

我很丑，可是，我爱帅哥，尤其是帅得不得了的韩国帅哥。我的卧室里，贴满了韩国帅哥的海报，我还买了一个有李敏镐图像的抱枕。每晚在帅哥的注视下，抱着帅哥入眠，我心花怒放。但每次从美梦中醒来，我都无限惆怅。我知道，像我这般模样，要想得到帅哥的宠爱，那就像天上掉馅饼一样，不可能。

那天下午，我在荔香公园闲逛，打发时间。突然，下起了暴雨，我仓皇跑进附近的保安岗亭。值班的保安正玩俄罗斯方块游戏，他瞥了我一眼，又埋下头继续玩游戏。我的心刺痛了一下，没有几个人把我放在眼里，保安也不多看我一眼，太让我伤心了。但我很快就释然了，因为这保安，很帅，很像李敏镐！作为保安，他不应该歧视深圳市民，但作为帅哥，他可以骄傲！我当即就有了心乱如麻的感觉。平时，我也不怎么把保安放在眼里，但如果这保安是帅哥，则又当别论。帅哥保安就像是落难的青蛙王子，公主的一吻，就可以让他重新做人。我不是貌美如花的公主，但有我们家族的帮衬，只要他能接受我的吻，让他脱胎换骨，那是轻而易举的事。

天上永远不可能掉馅饼，但我可以自己动手制作馅饼。

在保安岗亭心潮起伏好一会儿，我对帅哥保安说："帅哥，可以借我雨伞用一用吗？"

帅哥头也不抬地说："不行，我自己要用。"

我摘下胸前别着的深大校徽说："帅哥，我是深大的学生，急着回去上课。我把校徽押给你，明天保证送还你的伞，帅哥你有点绅士风度好不好吗？"

女大学生，即使是丑女大学生，也很容易激起男人的绅士风度。帅哥保安犹豫片刻，终于把伞借给了我。

第二天下午，我先在一家酒店开好了房，然后到荔香公园还伞。为表谢意，我坚持要请帅哥保安吃晚饭。帅哥客气一番，跟着我到了酒店。

我不缺钱花，每年春节我都能收获不少红包，每月还有上千的零花钱。另外，我上深大的"学费"，也全进了我的小金库。所以，我出手阔绰，点了几个好菜，又叫了一瓶 XO。

帅哥叫吴德宝，来自大别山区，世代农民。吃喝间，我含糊其词，让吴德宝知道，我背景不凡，交上我这个朋友，大有前途。吴德宝看我的眼神，渐渐复杂起来。

最后，我喝醉了。吴德宝扶我回房，顺势抱着我滚在床上。我半醉半醒，半推半就，成全了吴德宝，也成全了我自己。

从此，荔香公园成了我的大学，专修爱情。吴德宝初中毕业就来深圳打工了，虽然天天与我在一起，但他从来就没有怀疑过我是个冒牌大学生。他以为大学生个个都这样，自由自在，想爱就爱。泡了个富家千金、女大学生做女朋友，丑是丑了点，依然让吴德宝沾沾自喜。

"大二"的时候，我怀孕了。"深大校长"特批我"休学"结婚。我妈对我的草率有些生气，但本以为嫁不出去的丑女儿，居然提前嫁了出去，嫁的还是个有模有样的帅哥，还是让她喜上眉梢。虽然女婿的工作不太如意，但这不是什么大问题，我妈找大姨父想办法，大姨父又找战友想办法，大家齐心协力一活动，吴德宝就成了威风凛凛的警察。

吴德宝成了警察，我又喜又忧。喜的是，老公也成了有面子的人，忧的是，有了面子的帅哥老公，他还会对丑老婆忠心耿耿吗？大姨父的面子，可暂时使吴德宝不敢三心二意，但大姨父已老了，一旦退居二线，吴德宝就可以为所欲为。

因为我爸我妈错失了几次机会，家里不算很有钱，我还有一个弟弟一个妹妹，我妈不可能任我挥霍。想要牢牢控制住老公，我必须成为有钱的人、有本事的人！

儿子两岁的时候，我花两百元钱到东南亚证件集团公司买了一张文凭，从深大"毕业"了。我只马马虎虎"读"了两年大学，就能顺利毕业，让老公和亲友无不对我刮目相看，但我很清楚，这还不算本事。

有一次看电视，看到一个老婆婆空手骗取上亿元的报道，我目瞪口呆，也豁然开朗，我决定做一个骗子。我有一个中学同学在海关工作，我借了她一套制服，摇身一变，就成了"海关干部"。

我首先盯住的是亲人的钱包。我舅、我姨，还有我的表哥、表姐，十多个人，个个有钱，再加上他们身边的朋友，那是一座挖不完的金山。事发后，有记者问我："为什么你要骗自己的亲人？"提起这个话题，我心酸不已。说实话，我主要是为了出一口恶气，因为我家在我们的家族中，混得比较差，而我，又长得丑，在亲人们的聚会中，我总是默默地在角落里坐冷板凳，我的亲人们，几乎没有谁正眼看过我。我必须让他们明白，不要冷落任何一个亲人，哪怕她时运不济，哪怕她不堪入目。

我的骗术说穿了其实并不高明。

第一步，我花两万块给大姨父买了一条皮带，又花两万块给大姨妈买了一个皮包，又附送了一堆无须花钱的奉承话。一世精明的大姨父、大姨妈，立刻对我刮目相看，却没有看出我是个冒牌的海关干部，在家族聚会中，他们不停地夸我是一个有出息的孩子、一个通情达理的孩子。

第二步，我悄悄对两个表哥说，海关有一批罚没物资要处理，二十一万块就能买到市场价三十五万块的本田雅阁，两个表哥将信将疑各给了我二十一万块。几天后，我真的交给了他们货真价实的本田雅阁。当然，车子并不是海关的处理品，是我花三十五万块在车行买来的。

这两步开台戏一走，我立刻成了我们家族中众人瞩目的后起之秀，开始不断有人找我买海关处理的便宜货。

骗局正式开始了。我先与某表哥说，我准备与某领导联手吃下一批海关罚没物资，尚有五十万元缺口，哥要有闲钱，先帮我垫上，十天后，货一出手，我还你五十五万元，这事你知我知，千万别让第三人知道。十天五万元的红利，还是有点吸引力的，表哥犹豫片刻，拿出了五十万元。然后，我再找第二个、第三个表哥（或表姐、舅舅、姨妈），一个一个地找，十天之后，我如期还给第一个表哥五十五万元……一轮结束后，我又开始第二轮，暂借一百万元。有了第一轮的愉快合作，第二轮几乎没人再犹豫。接着是第三轮，借两百万元……

就这样，我拆东墙补西墙，拿着十几个人的钱，倒来倒去地玩，玩的只是个时间差，大家都有钱赚，个个玩得兴高采烈。利用时间差，我用倒来的钱给老公买名表、名车，把老公包装得魅力四射，吴德宝还真把我当成了有本事的老婆，和我越发恩爱有加。

另外，我还炒股票，我并不是存心当骗子，如果我炒股票赚回了足够的钱，我还是希望把欠款——还清的。

一年之后，我拆借的资金已达上亿元。此时，只要任何一个环节出现问题，游戏即刻死机。

怕出事还真出事了，2015年的股灾劈面而来！本来，我在股市上赚的钱已足够补上拆借的亏空，但股市狂跌之后，紧绷的资金链突然断裂，我完蛋了！

到期拿不到本金红利的"生意伙伴"慌了，彼此一打听，他们终于明白，原来我什么都不是，只是一个该死的骗子！

一时间，我的房，我的车，我所有值钱的财物，被蜂拥而来的亲戚朋友瓜分一空，但仍有5000多万元的空洞无法弥补！有人扬言要报警，让我坐牢！

吴德宝傻眼了，傻傻地盯着我："小玲，这是为什么呀？"

我绝望地哭起来："老公，都是因为我爱你，我知道我长得丑，我怕失去你呀，老公。"

吴德宝也号啕大哭："小玲呀小玲，你太傻了！我曾经有过一个漂亮老婆，可她伤透了我的心，跟人跑了。娶个丑老婆，我愿意，我放心啊！"

当天晚上，吴德宝，我的帅哥老公，跳楼自尽。他留下遗书说："所有这一切，都是我吴德宝策划的，欠下的钱，我此生还不起，只有以命相抵。高小玲只是我利用的枪手，拜托各位亲戚朋友高抬贵手，饶了她。"

18. 仇恨向爱投降的那一天

爷爷老了，自称"老不死"。

村里爷爷的同龄人，都遵循七十三、八十四的自然规律，在七八十岁的时候逝去。但爷爷活过了七十三，又活过了八十四，越活越有劲，越过了九十五岁，依然精神抖擞，直奔一百岁而去。我今年春节回家探亲的时候，爷爷还坚持要和我喝两杯小酒。我假期结束返回部队的时候，爷爷还一定要拄着拐杖把我送到村口。我走出很远回头看，见爷爷还挺立在村口朝我挥手，白头发、白胡子在春风里飘拂，闪出银光。

我以为，爷爷长命百岁是一点问题都没有的。半年之后，父亲却给我打电话说爷爷不行了，让我回家，父亲还特别叮嘱："爷爷说，让你穿着军装回家。"

我知道爷爷的意思，他憋屈了一辈子，想走得威风一些。

爷爷不知道自己是哪里人。他自幼父母双亡，以讨饭为生，四处漂泊。长大以后，爷爷成了一个小贩，每天挑着货郎担子走村串乡，收购鸡毛、鸭毛、牙膏皮，卖一些针头线脑打虫糖。爷爷的本意是，挑着货郎担子走遍全中国。当爷爷走到白地市的时候，新中国刚成立，爷爷就不再走了，栖身在白地市的小庙里。

白地市农协李主席发现爷爷能识字断文，感觉很奇怪，问道："你从小父母双亡，四处流浪，怎么会识字呢？"爷爷说："我没进过学校的门，但我喜欢趴在学校的窗户外听老师讲课，每到一处，都一定要到当地学校的窗户外面去看一看，若喜欢那老师讲的课，我就多待几天，时间长了，我就认得了几个字。"

那时候，能识字的人像如今不识字的人一样难得一见，于是，爷爷成了扫盲班的老师。扫盲班就设在爷爷栖身的小庙里。

我奶奶是扫盲班最勤奋的学生，那一年她二十岁，是白地市最漂亮的姑娘。因为未婚夫从军（当的是国民党的兵），下落不明，奶奶一直没能过门。当时，许多男人打我奶奶的主意，但她谁都看不上。

爷爷挑着货郎担子来到白地市的时候，奶奶和许多姑娘、小媳妇儿一样，都向他买过针头线脑。听人议论爷爷如何帅气时，奶奶一点也没有动心。爷爷成了扫盲班老师，教乡亲们认"人口手，上中下"的时候，奶奶也没有动心。当爷爷在黑板上写下"我爱毛主席"的"爱"字时，奶奶看到了爷爷眼睛里一闪而过的爱的光辉，怦然心动。

奶奶不可能一辈子守望一个生死不明的国民党兵，终归是要嫁人的，嫁人就嫁懂得什么是"爱"的人吧。于是，奶奶在非上课时间也常去庙里找爷爷问字，一来二去，就和爷爷一起品尝了什么是"爱"，到区公所领取了结婚证，成了白地市第一对自由恋爱结婚的人。白地市最漂亮的姑娘嫁给了一个外乡货郎，让广大单身汉很不甘心，其中最不甘心的是农协李主席。李主席也是个孤儿，靠给地主打长工混饭吃。新中国成立前，李主席只知道给地主家干活，对地主家的太太、小姐看都不敢看一眼，更不敢做梦娶老婆；新中国成立后，李主席翻身了，扬眉吐气地走在白地市的青石板路上，开始东张西望，打量来来往往的姑娘。第一个让李主席心花怒放的就是我奶奶，只是，李主席不敢表露出来。他不能刚参加革命工作就想着娶老婆，那会让区长对他有看法，影响他的进步。李主席只想把恶霸、地主全都斗倒了，再回头来娶老婆。没想到，在他忙碌的时候，该死的货郎抢走了他心爱的姑娘。

心爱的人成了别人的老婆，并没能绝了李主席的念想，即使在我奶奶生下我父亲之后，李主席还是念念不忘。两年后，在李主席的关心下，毕业于扫盲班的奶奶成了白地市的小学老师。扫盲班的老师，由小学老师兼任，爷爷就又做回货郎，挑着货郎担走街串巷。只是，他不再走远，天黑了就回到已经在土改中分给他的庙里来。

有一天，天没黑爷爷就回来了，听到李主席正和奶奶在屋里"谈工作"，爷爷就没有进屋，只是坐在屋檐下抽旱烟。李主席"谈完工作"出来，看到爷爷回来了，有点尴尬，递给爷爷一根纸烟，随口说道："回来了，辛苦了哈。"爷爷双手接过纸烟，连连说："李主席辛苦，李主席辛苦。"

从此，白地市人不再叫我爷爷的大名，而叫我爷爷"辛苦"。我长大以后，听着别人"辛苦辛苦"地叫我爷爷，爷爷答应得还很痛快，我还以为爷爷的名字真的叫辛苦。我生气的时候、顽劣的时候，也叫过爷爷"辛苦"。比如，我拉完臭臭，就大声喊："辛苦擦屁屁。"爷爷立刻应声而至，旁人见了嘻嘻笑，我还臭美自己是个有趣的孩子。直到我上五年级的时候，把李幸福打倒在地，他大骂我"王八蛋的孙子"，并大声嚷嚷出许多不堪的事儿来，我才明白，"辛苦"是白地市人吐在爷爷脸上的唾沫。

据说，李主席之后，先后和我奶奶"谈工作"的白地市男人有十多个。很长一段时间，白地市人津津乐道的话题是，奶奶在我父亲之后生下的一男两女，到底是谁的种。怪不得，常常有人阴阳怪气地叫我"孙子"。

我是爷爷一手带大的，爷爷所受的奇耻大辱，让我心中充满仇恨，我发下了长大要当兵的誓愿，带一把枪回来，第一个毙了李主席（已是副县长），然后，所有阴阳怪气叫我"孙子"的人，一枪一个全都毙掉。

高考后，我上了一所军校，毕业后，我成了带兵的人。幼年时埋在心中的愤懑，化作我不懈奋斗的动力，一路升迁，我成了上校团长。

我奶奶于一九九九年去世，享年七十岁。去世之前，奶奶因脑出血瘫痪，在床上躺了整整十年。爷爷没请保姆，也不让儿孙帮忙，服侍奶奶的事儿，他不要任何人插手。他亲自动手，每天为她洗脸、梳头、擦身子、换洗衣服。奶奶平生爱穿漂亮衣服，卧病之后，不能逛街买衣服了，但爷爷替她逛，看见时新衣服就给她买回来，给她穿上。

更让白地市人震惊的是，爷爷每天都要给奶奶头上插一朵花。为了采到最漂亮的花，爷爷每天都要去田野山间转悠。冬天没有野花可采的时候，爷爷就每天挑着货郎担子走二十里路去县城，找花店给奶奶买玫瑰花。爷爷货郎担子上晃悠晃悠的玫瑰花，把白地市晃悠得有了柔情蜜意。一个资深女文青看着爷爷货郎担上的玫瑰花，顾影自怜，眼泪刷刷地流。女文青灵机一动，开起了白地市第一家花店，生意好得不得了。爷爷插在奶奶头上的花，让白地市的爱情走进了新时代。女文青感念爷爷给她带来的好运，每天都送爷爷一朵玫瑰花，让他带回去插在奶奶头上。女文青最终因开花店致富，嫁了一个如意郎君。

卧床十年，奶奶一直是白地市最疏朗的老太太。还有人说奶奶真是有福气。

作为白地市"花季"爱情的开创者，爷爷受到了白地市的尊敬，没有人再叫他"辛苦"。有不懂事的人脱口叫出"辛苦"，必然会遭到旁人呵斥。人们都叫爷爷"老爷子"。

父亲、叔叔和姑姑长大以后都搬离小庙，建了小洋楼，但爷爷谁家也不去，一直住在没了菩萨的小庙里。我回到白地市，走进小庙的时候，老爷子正在由父亲给他喂参汤，见我穿着军服回来，老爷子顿时眼睛一亮。他让儿孙们都出去，又对我说，你也先出去，十分钟后再进来。

老爷子要做什么呢？

十分钟后，我敲敲门，老爷子中气十足地说一声"进来"。

我应声推门而进，只见老爷子身穿国民革命军上校制服，全副武装，戴着白手套，双手拄着拐杖，就像拄着一把军刀，挺立屋中央。

我愣神之际，老爷子向我敬了个军礼，大声说："上校先生，国民革命军上校、卧龙大队大队长何成仁，向你投降。"说着，老爷子掏出枪套中的 1911 式点四五口径勃朗宁手枪，交给我。

我爷爷何成仁并非不知来历的孤儿，他出身名门，毕业于德国柏林军事学院，通德、英、法三国语言，归国后加入军统，潜伏沦陷区，组织地下抵抗力量，杀日寇，锄汉奸，获青天白日勋章。国民党退守台湾时，爷爷被任命为卧龙大队大队长，潜伏白地市。上司说，除非接到命令，潜伏至死也不得轻举妄动。卧龙大队共计一百零八人，个个是身怀绝技杀人不眨眼的特工精英，他们化整为零，散住在白地市四周，只等大队长一声令下就为党国尽忠。以他们的实力，荡平一座县城应该不在话下。但爷爷只是不时地挑着货郎担子在他们眼前晃，他们到死也没有等到爷爷下达的任何命令。因为，爷爷和上司失去了联系。

潜伏特工先后去世，我爷爷是最后一个。他本来想把秘密带到坟墓，但担心埋藏在小庙地下室的一百零八支汤姆森冲锋枪、一千颗

Mark II手榴弹、一万发子弹和五百根金条，有一天被不争气的后人发现用来行恶，便在最后时刻选择了投降。潜伏特工名单爷爷烧掉了，虽然他们都已去世，但爷爷不想他们的后人受到任何牵连。

老特工何成仁投降之后，即刻崩溃，弥留之际，他说："我不是向敌人投降，是向我的孙子投降。"

爷爷的葬礼，轰动白地市。一直到我写这篇文章，白地市人并不知道我爷爷的显赫身世，他们只是出于对老爷子的崇敬，向他表达了最后的敬意。爷爷下葬那一天，白地市三家花店的鲜花，被抢购一空，堆放在爷爷坟头。一个一生受尽屈辱的人，仍然心中充满爱，这足以让最冷酷的心开放花朵。

准备向当地驻军移交武器、金条的前夜，我住在小庙里。当年扫盲班的黑板还在，只是，不太黑了。我恍惚看到，爷爷正在黑板上写"我爱毛主席"。我突然明白了，当年爷爷眼睛里闪动的并非爱的光辉，他眼睛里一闪而过的光芒，一定是仇恨之光。正是这爱的误会，导致了爷爷奶奶的悲剧。经过一辈子的峰回路转，仇恨终于向爱投降，爱成为爷爷失联的上司，占据了爷爷的心。

19. 灰姑娘为什么那么灰

我五岁的时候，就放出话来："长大了，我要娶珍珍做老婆！"其时，珍珍三岁，整天跟着我抓蚂蚱。珍珍对我抓蚂蚱的本领心服口服，她也表示，长大后愿意嫁给我。

我爸我妈还有一群大人，哄然大笑，只把我们的私订终身当笑话。我很生气，孩子的每一句话，都是肺腑之言，满嘴谎言的大人，却老把孩子的话当笑话。我因此拒绝吃中午饭，以示抗议。我本想连晚饭也不吃，但小肚子饿得咕咕叫，最后，我还是吃了晚饭，且比平时多吃了一碗。

我已经记不清小时候我们玩过多少回过家家的游戏，但可以肯定的是，每一次玩过家家，珍珍都是我的新娘。每一次，我都亲手给珍珍的头上插满野花，然后，在小伙伴的簇拥下，我和珍珍手拉手，走进洞房——废弃的砖窑或者红薯窖。当我们肩并肩躺在青草铺就的婚床上，我从来没觉得，这是在玩游戏。我心里一直把过家家当成天长地久的事，到我们像爷爷奶奶一样白发苍苍的时候，我们依然是相亲相爱的两口子。

十二岁，我隐约明白，结婚和老婆是怎么回事，我不再玩过家家游戏，也不再口口声声宣称珍珍是我老婆。大人们老话重提，说起我老婆珍珍如何如何，我会很羞愧，甚至恼羞成怒、气急败坏。我嘴里把珍珍斥为小妖精，但我的心里，并不歧视小妖精。如果将来我不得不娶小妖精做老婆，我想，我还是愿意的。

十八岁，我高考失利，面对唉声叹气的父母，我无比郁闷。这时，珍珍已初中毕业，到深圳打工去了。珍珍给我来信，鼓励我复读，说我在她的心目中无所不能，同时表示愿意承担我复读和将来上大学的所有费用。我内心有一点温暖，也有一点苦涩。十八岁的世界，海阔天空，十八岁的男人，豪情万丈，怎能接受一个十六岁小女孩的关爱！我没再复读，摩拳擦掌，准备打江山。后来想一想，我没接受珍珍的资助，其实是因为害怕，我怕自己还是考不上，愧对珍珍。

那一年冬天，我通过了征兵体检，要去当兵了。临行前，珍珍从深圳赶回来，送给我一件她亲手编织的毛衣。所有的亲戚朋友，都祝我此去一帆风顺前程似锦。我妈还请一个算命先生为我算了一卦，说我命里运交华盖，至少官至县团级。唯有珍珍，支支吾吾说："志远哥，你不当官，其实也好。"我问为什么。珍珍的脸红了又红，小声说："你要当了官，我就配不上你了。"

我心里一激动，抱住了珍珍，把她吻了又吻："珍珍，娶你做老婆，是我的终身承诺。无论贫穷还是富贵，我们永远不离不弃！"珍珍浑身颤抖，趴在我肩头，哭了起来。

很巧，我服役的部队，驻扎在深圳龙华。周末，想念珍珍的时候，我可以请假出军营，和珍珍到处遛一遛。

很幸运，我当兵第一年，就在抗洪抢险中荣立个人三等功；第二年，我考上了军校；第四年，从军校毕业，我当了正排；第七年，我以正连转业，分配到深圳市公安局，当了警察。

珍珍一直是个普通打工妹，做过流水线工人、酒楼服务员、商场营业员，有一回，还差点做了地下传销组织的传销员，是我带着两个战友把她救了出来。珍珍的工资不高，有时候八百、一千，有时候一千、两千，有时候一分钱也拿不到，需要我请有身份的老乡出面，为她维权。对此，我并不在乎，真正的男人，从来就不在乎老婆（女朋友）能挣多少钱，只要她快乐就行。可珍珍自己很在乎，常常叹息自己没本事，常常因为自己是打工妹而顾影自怜，因此，她很不快乐。

与珍珍相聚的时候，我给她讲过很多道理：打工妹，靠自己的劳动吃饭，不比任何人低一等；每一个劳动者，都值得全社会尊重，没有人看不起打工妹——除非他不是人！可是，我说一千道一万，都没用，珍珍依然不快乐。

我考上军校的时候，珍珍倒是很快乐，破天荒喝下了一瓶啤酒，可是，我知道，她是在快乐着我的快乐。在她的心底里，其实隐藏着更大的不安，我上了军校，和她的差距越来越大，可能就不会要她了。

我是在桂林读的军校。读书期间，我和珍珍的联系主要靠QQ，对方不在线的时候，我们就发电邮。说实话，珍珍的信写得很一般，文理不通，还常有错别字。有一回QQ聊天的时候，我婉转地对珍珍说可以考虑自考或上夜大，或者参加一些职业技能培训班，这样可以充实自己，空闲的时候也不至于太无聊。珍珍的反应让我不知所措，她说："大学生，你是不是嫌我没文化？"一句话把我顶得昏了头。我说："珍珍，你别无理取闹。"珍珍回复："我就爱没文化！就爱无理取闹！"说完，连再见都不说，就下了线。我甜言蜜语劝了好几天，又给她发了一封长长的电子邮件，才使我们的关系正常化。

在部队，我先后当过班长、排长、连指导员，几个人、几十个人、上百人，我都能带得有条有理，但一个珍珍，却常常让我焦头烂额。

我当连指导员的时候，有一次，珍珍来探营。在我的宿舍里，珍珍来了个"突袭"：

"我漂亮吗？"

"当然漂亮。"

"你爱我吗？"

"当然爱。"

"那你为什么不和我上床？"

珍珍是我们家乡方圆十里的一枝花，她的漂亮有目共睹；我和珍珍青梅竹马，我一直对她呵护有加，爱似乎也毋庸置疑。我为什么不和她上床呢？我不是个坐怀不乱的男人，和珍珍一起缠绵的时候，我也有过冲动，但关键时刻，我总能用军人的意志克制住心中的欲念。后来，我一再想起此事，心中也不免生疑。在二十一世纪，在高度开放的深圳，恋人间的本能冲动，有必要用军人意志抑制吗？我的抑制，是不是真的如珍珍所说，只是在刻意回避什么？

所有的理由似乎都不能说明问题。我迟疑片刻说："如果爱你只能用上床来说明，那我们就上吧。"

珍珍哼一声："你说上就上呀，上了床你不要我，我怎么嫁人！"

我说："我怎么可能不要你呢。"就讪讪地停了手。

珍珍又哼一声："你就是存心不想要我，不然为什么要停手？"

你瞧瞧，珍珍就是这么刁蛮。

去年，我转业做了警察，分在福田区的一个派出所。我的辖区内，有一家外贸公司，老板是我的战友，需要一个文员。我跟老板说，我有个妹妹，可以做文员。战友痛快地答应了。我说的妹妹，其实就是珍珍。此时，她在南山区的一家酒楼做服务员，我想，珍珍离我近一些，彼此可以关照。可珍珍听我一说，断然拒绝："不去，我没文化，没资格做白领丽人。"

又是老话题，我忍不住发火了："珍珍，你有点长进好不好呀！我说你行你就行！"

珍珍也冲我吼起来："我就不长进，我不要你管！"说着掉头就要走。

我一把拉住她，尽量平静地说："你是我女朋友，我能不管吗？"

珍珍更大声地吼起来："你什么时候把我当女朋友了？一直以来，对战友也好，对朋友也好，你都说我是你妹妹，有和妹妹谈情说爱的吗？你嫌弃我也没关系，可你为什么不痛快说出来！"

珍珍的话让我愣了好半晌。几年来，在战友和朋友面前，我介绍珍珍的确一直称妹妹。我感觉，妹妹比女朋友更亲近，没想到，竟成了珍珍心里的疙瘩！

我有个战友叫庞祝君，喜爱舞文弄墨，还是个心理分析师。他分析说，我的潜意识里，其实很在乎珍珍的地位，所以，我一直试图改变她，让她变得与自己门当户对。当发现珍珍无法改变以后，就不免三心二意，我对珍珍的爱，其实有点自欺欺人，可因为我是个好人——至少是希望成为众人眼里的好人，我不愿意做负心人，所以，分手的话，我一直说不出口。而珍珍，以女孩的直觉，早已把我的心思看得一清二楚，她也是个好人，知道自己嫁给我，可能会妨碍我的前程。所以，不一定非要嫁给我。只是，珍珍的骨子里深爱着我，分手的话她也不愿意说出口，她宁愿由我说出来。所以，她一直假装野蛮，只想我忍无可忍，一脚踹了她。珍珍不想我在这场注定没有结果的爱情中扮好人。

我不得不承认，庞祝君分析得有几分道理。

不久之后的一个深夜，一个女人打我的手机（我的警民联系卡在辖区内普遍派发，上面有我的手机号码），举报我分管的××酒店1308房有人从事卖淫活动。我和搭档小王来到××酒店，敲开1308房。

门一开，我蒙了。房间里，居然是珍珍和一个陌生男人！

小王也认识珍珍，知道她是我"妹妹"。小王愣了一愣，要卖给我一个面子，问道："你们二人，是男女朋友关系？"

珍珍说："不是。我是妓女，他是嫖客。把我们抓起来吧。"

我掏出手机，翻出举报者的手机号码，回拨。陌生男人口袋里的手机响起来。

我明白了，指着珍珍："是你装神弄鬼打的举报电话？"

珍珍说："不是说，可以为举报者保密吗？"

我勃然大怒："我受够你了！我们结束了！"

珍珍凄然一笑："这是你早就想说的话，是吗？"

我什么也没说，摔门而去。

半年后，珍珍结婚了。新郎是酒店里那个陌生男人，珍珍的同事，一个厨师。

我作为哥哥，给珍珍送了结婚礼物，但没参加婚礼，我怕自己会内疚，会心痛，会受不了。

20．别为爱情留后路

　　人在深圳，最麻烦的是两件事。一是春节回家买火车票，你不找关系，不找黄牛党，几乎不可能买到回家的火车票。我没有关系，也不愿意成全黄牛党发黑心财，所以，我三年没回家过年了。二是找男朋友，深圳似乎只有两种男人，一种是没人要的"伪劣产品"，难以找到老婆，一种是女人们抢着要的"优质产品"。我二十八岁了，一直没能找到称心如意的男朋友。

　　前年冬天，在深圳市妇联组织的一次交友活动中，我马马虎虎找到了一个男朋友。他是个保险业务员，看着还顺眼，且能说会道，偶尔还能说出几句中听的甜言蜜语，但没什么实力：没房，没车，收入也不稳定，做得顺手，每月能挣一两万，做得不顺手，还得倒贴房租、车马费。这么一个男朋友，本来是可有可无的，可我妈老怕我嫁不出去，听我一说有这么个人，再一看照片，竟爱不释手，让我先交往着，春节带回家，她仔细看看。看我妈欢天喜地的样子，为了不扫她的兴，也为了堵住她叨唠不绝的嘴，我就和那人不咸不淡地交往起来了。

　　春运开始前半个月，我就催男朋友找关系想办法，搞两张回武昌的火车票。可他没关系也没办法，支吾半天，说到时候找票贩子买两张黄牛票就行了，多出几百元钱，省心省事。我郁闷不已，我不在乎多出几百元钱，我耿耿于怀的是，这人太没本事，区区两张火车票都搞不定，他如何创造锦绣前程！我忍不住发了几句感慨，说只有没本事的人才买黄牛票。

预订火车票的热线电话开通以后，我开始不停地拨电话，手机、座机同时拨。怨天怨地、坚持不懈地打了三天电话，我终于拨通了订票热线，也终于如愿以偿，订到了两张去武昌的硬卧车票。

拿到车票，我有一种大功告成的喜悦，就说："我没有本事，可我一直在努力奋斗。"我废寝忘食买到了车票，发一两句牢骚，应该是可以理解的吧。没想到，男朋友的脸阴沉得如同一只暴跌停板的股票，他说："我是个没本事的男人，不敢误你终身，你家我就不去了吧。"

什么男人呀！该有的本事，没有！不该有的自尊心、虚荣心、冷酷心，都有！

这样的男人，不要也罢。我冷笑一声，摔门而去，没有回头，也没有掉一滴眼泪。

我马马虎虎的爱情，就这样被春运断送了。

男朋友没了，年还得过，家还得回。只是多出了一张车票，我得处理掉。

我上网发了一个帖子：原价转让 1 月 23 日深圳至武昌硬卧火车票一张。为了表示对黄牛党的深恶痛绝，我特意加了一句："坚决打倒黄牛党！"

帖子发出不到一分钟，就不断有人给我打电话，一开口，却几乎全是"原价转让？真票假票呀？"之类的蠢话。我信誓旦旦地向来电者保证绝对真票，却没人相信，因为深圳至武昌的卧铺黄牛票，至少需多加 300 元才买得到。电话接多了，我懒得多说了，面对质疑，我说一声"假票"就挂断，心里后悔，不该公布手机号码。

接了十几个电话后，终于来了个干净利落的男人，他说："你的票我要了，真票假票都要！你在哪？我马上过来。"我喜欢这样斩钉截铁的男人，让他到我楼下的麦当劳取票。

男人是开车来的，接过车票，也不细看，二话不说就付钱。付钱时，男人包里掉出来一个小盒子，他捡起来看一看，顺手递给我说："叶小姐，这是开会领到的纪念品，送你玩吧，略表谢意。"

男人还要回去继续开会，办完车票交接，就匆匆走了。我打开男人顺手送给我略表谢意的小盒子，竟是个 MP4，价值四五百元钱。倒是个大气的男人，也不知道姓啥叫啥，有没有女朋友，他买的火车票，应该是他自己乘坐吧……

男人买的火车票，果然是他自己用的。1 月 23 号晚上 8 点，在深圳至武昌的火车上，我和他，再次相逢。我买的是两张下铺，火车快开时，男人才满头大汗上车来，见到我，呵呵一笑，说："免费转让车票，还有美女免费相陪，太好了！"

我掏出男人赠送的 MP4，笑着说："收了你的厚礼，本小姐心不安理不得，只好以陪坐相报了。"

男人叫陆大海，32 岁，在深圳经营着一家外贸公司。前不久，陆大海刚跟女朋友分手，老家没什么人了，他不想回家过年，也不想一个人孤零零待在深圳，看到有人转让去武昌的火车票，突然想去武昌尝一尝真正的武昌鱼——深圳酒楼的武昌鱼，吃起来总觉得不地道——就急忙忙给我打电话，买下了车票。拿到车票，他觉得一个大老爷们，不能白占女孩子的便宜，就顺手送了我一个没花钱的 MP4。

陆大海风趣幽默、落落大方，车到湖南，我就对他刮目相看了，和他一人分一只 MP4 耳麦，听着同样的歌曲入眠了。

车到武昌是 24 日中午，我对陆大海说："我妈已经做好了地道的武昌鱼，等我回家吃午饭，要不你一起去尝尝？"

　　"好呀，"陆大海呵呵一笑，"这下我便宜占大了。"

　　一到我家，我妈还以为陆大海是我的男朋友，拉着他左看右看，眉开眼笑，说真人比照片看着更精神。我和前男友的事儿，在火车上我跟陆大海说过了。我妈这一误会，他即刻心领神会，将错就错了。我也懒得跟我妈说清楚，由她瞎高兴去，省得再跟我叨唠。

　　陆大海津津有味地吃完我妈做的武昌鱼，也不说走，和我爸我妈聊得热火朝天。我想，不走也好，陆大海比我那前男友强多了。

　　当晚，陆大海作为叶家"准女婿"，住在我家，睡在我的闺房里，睡在我的床上，和我睡在一起。我们还来不及谈情说爱，就直接掀起了爱的高潮。

　　25 日是大年三十，除夕之夜，陆大海和我爸喝了一杯又一杯。我爸喝高了，突然指着陆大海骂起来："陆大海你啥意思，都跟我女儿睡到一起了，你还叫我叔叔，信不信我抽你！"陆大海当即就改口叫"爸""妈"了。我爸乐呵呵答应了，让我们趁着春节，顺便把婚事给办了，免得到时候来回折腾，说着就给亲朋好友打电话，挨个通知喜讯。

　　就这样，我爸借着酒劲，把我和陆大海赶上了婚姻的舞台。春节里，我俩手拉手走遍了我城里乡下的亲戚。

　　大年初五，陆大海说："我们都这样了，干脆趁热打铁，把婚结了吧。"

　　几天相处下来，我感觉陆大海似乎没什么不妥，尽管心里不免忐忑，我还是晕乎乎学着葛优的腔调，说："我看行。"

大年初八，民政局上班第一天，我们就去领了结婚证。当晚，亲朋好友聚成十几桌，我和陆大海就踏上了婚姻的红地毯。

从正式相识到正式成为夫妻，我们只用了十天时间。

回到深圳，我就退掉租住的房子，搬到了陆大海在下梅林的房子里。其实也不需要怎么搬，旧衣服、日常用品之类的，我统统不要，或送人或直接扔掉了，只留下笔记本电脑和一些细软。陆大海的房子，倒让我彻底搬了一回家，原来的家用电器、锅碗瓢盆、铺的盖的，这些其他女人可能染指过的东西，我全部让收二手货的给拉走了，换上了新的。新年新气象，新人新形势，新生活当然要从新东西开始。

陆大海说老婆主内，交给我一张信用卡，任我折腾。其实也折腾不了多少钱，几万块而已。

半个月后，我们的家已焕然一新。陆大海里里外外的衣服，也让我全部更新了。唯一遗憾的是，我没法把陆大海的记忆清盘，重装系统。

让我欣慰的是，对于我的更新计划，陆大海充分理解，完全支持。更让我欣喜的是，我越来越发现，陆大海正是我理想中的老公，善良正直、热情大方、温柔体贴、敢做敢当，优秀男人应该具备的，他几乎都有。

但我还是隐隐地有一点不安，有一点惶然，如此优秀的男人，我寻觅多年等待多年，一直没有结果，为什么突然之间，如同天上掉馅饼一般，叭地掉在我头上，砸得我措手不及？我察言观色，甚至捕风捉影，希望能找到一丝破绽，可是没找到，陆大海所作所为，滴水不漏，完美得似乎无可挑剔。

因为金融危机，陆大海的生意越来越难做。五月份，他接了一单服装生意，出口北美，需要先垫付五百万元人民币，陆大海上蹿下跳地筹资，还差八十万元。看他唉声叹气，坐卧不安，我说："老公，我有个大学同学，可能能拿得出八十万元，我找他试试吧。"陆大海兴奋不已："太好了，我只借一个月，可以付他利息五万元！"

钱，我顺利借来了。一个月以后，陆大海的生意也顺利完成了，如期还了钱，付了利息。

七月十五日，陆大海说，他爱上了另外一个女人，于是，我们离婚了。

离婚，在我的意料之中，就像一个人，不明不白发了横财，必将不明不白地散去。所以，我也没有太伤心。这就是我的故事。

尾声

听完叶丽娜述说，我感觉有点不可思议，就想法子找到了陆大海。

陆大海并没有爱上别的女人，他只是不想和叶丽娜在一起。因为，她整天把他像防贼一样防着，两人都太累。让陆大海决定离婚的是那笔八十万元的借款。陆大海偶然发现，那八十万元，其实并不是叶丽娜同学的，而是她自己积攒的私房钱。既然成了夫妻，双方都理应为共同的家全力以赴，同甘共苦、同舟共济，而叶丽娜一直三心二意，一直为万一离婚留着后路，这样太没意思了。

21. 青蛙不一定是王子

我是在一家女性杂志的论坛上认识金刚的。

在那个论坛上混的，多为女孩子，一个个冰雪聪明、伶牙俐齿，寻常男人，敢在论坛上胡言乱语，必然被乱棍打晕。金刚网名叫"胡来"，时常在论坛上作惊人之语，姐妹们群起而攻之，他不慌不忙，从容应对。眼看要被逼进死角，他虚晃一枪，嘻嘻一笑，跳出圈外，分寸拿捏得恰到好处。得意之时不张狂，大势不妙不慌张，我欣赏这种机智聪明、能屈能伸的男人，就加他为微信好友。

金刚除了在论坛上灌水拍砖，还用"怒目金刚"的网名写博客，颇有指点江山、激扬文字的气势，因而拥有不少粉丝，新博文一出，点击率即刻成千上万。我算不上"怒目金刚"的粉丝，他的文章虽然有点小聪明，初读还有点新鲜，读多了，和所有的愤青一样，也就那么回事，无非是骂贪官、骂富人、打抱不平，自以为替天行道，其实是哗众取宠。我偶尔也访问金刚的博客，读到精彩妙语，也会心一笑，但从不回帖起哄，有不同意见，也只在微信上私下切磋。切磋来切磋去，我就对金刚有了感觉，每次开微信，看到黑猩猩（金刚的微信头像）给我留言，心情就会为之一爽。

寻常男人，与女孩子聊几回，甚至聊几句，就要求视频，验证对方是不是美女，然后就要求见面。而我的基本原则是，和陌生网友不视频、不见面，要求如此这般的男人，即刻就会被我拉进黑名单。金刚和我聊了半年，却从来没提出过以上无理要求，倒让我多少有点郁闷。对于有感觉的男人，我还是希望他知道，和他聊天的是个标准美女。虽然，我已有男朋友，但那种被其他男人追捧的感觉，还是很受用的。

五月的一天，我偶然发现，和我恩爱三年的男朋友，一直在努力博取另一个女孩的好感。当时，我正开着车，男朋友就坐在我身边，我二话不说，靠边停车，把那男人赶下了车。同时，我摘下他送给我的钻戒，当的一声，扔在滨海大道上，猛踩油门，绝尘而去。后来，我听说，那个男人扑到马路中间去捡戒指，致使一辆飞奔而至的日本车急刹车，造成四车连环追尾。在此，我忠告分手的恋人们，千万别把戒指扔在马路上。

当晚，半夜时分，我悲痛万分昏了头，在微信上对金刚说："我们出去走走吧。"

金刚是个运输公司的小老板，开着一辆奇瑞，很快来到我楼下，问我去海边兜风还是去酒吧喝酒。

我说，上广深高速，然后转京珠高速，一直往北，越远越好！

我本来想让金刚开我的宝马，想一想，怕开奇瑞的金刚误会我仗势欺人，就上了他的奇瑞说："走吧。"我一向霸道，不问金刚有没有时间，愿意不愿意陪我出去，说走就走。

金刚不像我想象的那样潇洒果断，他迟疑一会儿，支吾一会儿，驱车拐上深南大道，直奔广深高速入口。

一路无话。真的没什么话，在网上滔滔不绝、妙语连珠的金刚，原来是个闷葫芦。他也试图说几句俏皮话，说出来却磕磕巴巴，而我没心情制造轻松气氛，就一路无话了。

早上四点，车到韶关，我昏昏欲睡，金刚想来也累了，我就说："下去找家宾馆，睡一觉。"

进入市区，找到一家宾馆。总台小姐问："开一间还是开两间？"

金刚欲言又止。我说："开两间。"就开了两间房。

各自进入房间，金刚给我发微信："南飞雁，开两间房，有点浪费哦，呵呵。"他要是当面跟我说这话，我也可能就真开一间房了。此话由微信说出来，就没情没绪了，我回复两个字"睡吧"，关掉手机，倒头就睡。

醒来已是中午十一点，打开手机，蹦出金刚两条微信。一条是："南飞雁，我约了几个韶关网友，中午一起吃饭。"另一条是："南飞雁，你没带衣服吧？我给你买了两套，但愿合身合意。"

我还真没带衣服。金刚给我买了一条裙子，一套休闲运动服，还买了两套内衣，不是我钟情的品牌，却是我穿的码数，也是顺眼的款式。我心头掠过一丝暖意，虽然闷了点，却也是个有心有意的男人。中午，我穿着金刚为我买的衣服，与三个韶关网友欢聚一堂。

网友都是金刚的粉丝，对金刚由衷地敬佩，轮番敬酒，几轮敬下来，金刚犹如鱼儿得水，欢快起来，高声说话高声笑，说得有理，笑得有趣。吃完喝完，金刚挣扎着要买单，两个韶关网友按住金刚，一个抢过账单，付了钱。

吃完饭，我们继续顺着京珠高速北上。金刚已喝得摇摇晃晃，由我开车。金刚一路高歌，唱"向前向前向前""我们走在大路上"，等等，唱得我兴致高涨，也跟着唱。唱着唱着，金刚突然住口，随即响起鼾声，睡了过去。

车到湖南衡阳，天已黑。我想第二天上南岳看看，就直接把车开到南岳山下，开到一家酒店。前台小姐问我，开一间还是开两间。我看一看还在酣睡的金刚，开了两间房。

金刚醒来，一看到了南岳，翻出手机上的电话本，咋咋呼呼打了几个电话。

不一会儿，就来了几个找"怒目金刚"的网友，都是金刚的粉丝。不是韶关，也不是韶关那拨人，做的事，说的话，却都差不多，又是天昏地暗地喝酒，又是骂天骂地骂畜生。喝完骂完还要去唱歌，我突然觉得没意思，就先回房睡了。

次日是个阴雨天，"南岳独秀"的"秀"在烟雨中吞吞吐吐，我们从山脚一步步上到祝融峰，也未能一睹南岳的秀美，眼中来来往往的，全都是一心只想祈求万事如意的香客。断断续续的雨，让我心烦意乱，随便登上一辆下山巴士，中午时分，我们就草草下山了。下得山来，天却晴了，阳光明媚，云消雾散，如同刷地拉开帘幕，南岳坦坦荡荡，任你游览任你把玩，但我们不大可能回头上山了。我暗暗叹了一口气。

金刚问我下一步去哪。我说："走到哪算哪吧，但你别再找莫名其妙的网友来扯淡好吗？我从深圳跑出来，只想找一个清静去处，静一静。"金刚尴尬地呵呵一笑，说："对不起，我知道你心情不好，只怕一路上冷落了你，才特意找人来陪你的。"我明知道金刚这话有点言不由衷，他一路找粉丝，无非是想证明，他魅力非凡，他朋友遍天下，但我还是假装很感动，说了声谢谢。

按我的意思，车子随意行驶在 107 国道上。

五月雨后的湘南田野，生机勃勃，路旁野花无声无息地开放着，全都是一副任君采撷的姿态；半隐在树丛中的红砖青瓦农舍，不时传出一两声鸡鸣狗吠。一路都是陶渊明的田园诗，我突发奇想，对金刚说："今晚我们不住城里，不住酒店，随便找一户农家借宿，如何？"

金刚犹豫着："住农家？你能习惯吗？"

我说："试试呗。"

夕阳西下的时候，我们拐上一条乡村小道，车子开进一户农家门前的晒谷坪。

狗先出来，冲我们叫几声，又冲我们摇尾巴。接着出来一对老夫妻，眉开眼笑，满口我听不懂的湘南土语。金刚上前，也和他们说起了土语。热热烈烈说了一阵，金刚回头对我说，他爸当年做知青下乡的时候，就下在这一带，至今还说着这儿的土语，他也就跟着学会了。

我们要借宿，老夫妻俩满口答应。接着，老爷子抓一把稻谷，撒在地上，招来一群鸡，眼疾手快，抓住一只漂亮的公鸡，一刀杀了，交给老太太。随后，老爷子又从门前的水塘里捞上一条活蹦乱跳的鱼，双手掐着，也交给了老太太。

老夫妻俩在厨房忙碌的时候，我和金刚在房前房后转悠，那条土狗一直跟在我们身边摇尾巴。我从包里掏出巧克力，扔一块下去，它跃起接住，一口吞下，尾巴摇得更欢。

天黑时分，开饭了，一桌热情洋溢的正宗农家土菜。老两口努力地要和我沟通交流，我只听得懂一个字："呷"。（吃）但我从老人舒展的皱纹里读懂了他们的意思。他们高兴，我吃得也高兴，只是蚊子太多，争先恐后袭击我的双腿，让我手忙脚乱。老太太满脸歉意地说着我依然听不懂的话，推开碗不吃了，手持一把蒲扇，坐到我身后来，刷刷地为我赶蚊子。那神态，就像我的妈妈，差点让我落下泪来。

最痛苦的是上厕所，没有洁白的抽水马桶，只是两块黑黝黝的木板，架在粪坑上，脱下裤子蹲下去，蚊子立刻蜂拥而来，前赴后继攻击屁股，我的双手，不得不像蝴蝶翅膀一样扑扇。

老太太以为，我和金刚是两口子，把我们安排在同一张床上。金刚憨憨地笑着，一开始不敢把我怎么样，见我不停地挠屁股上蚊子叮出来的包，就试探着帮我挠，挠着挠着，就把我压住了。

经过那回事儿，金刚说话流畅多了，有条有理和我谈起南海问题。我不懂这些太深刻的东西，只说，有一天，我要找一处这样山清水秀的地方，建一座这样的红砖青瓦院子，嫁一个疼我的憨厚汉子，然后，像这家的老头老太太一样，终生厮守。只是，必须建一个带抽水马桶的厕所，里面干净得蚊子都不好意思进去。

金刚兴奋起来，脱口而出，其实这儿就是他的家，老头老太太就是他的父亲母亲！他之所以没有一开始就说明，是怕我嫌弃农村。

我说："呵呵，你好可爱哦。"

第二天，回到深圳，我立刻把金刚从我的微信好友名单中删除了。

金刚只是个开滴滴拉客的，却谎称运输公司老板，我可以不在乎，以我的能力，完全可以把他变成真正的运输公司老板。金刚爱慕虚荣，一路拉网友虚张声势，我也可以理解。但一个不敢正视自己出身的人，只能让我唾弃。

后来有一天，金刚给我发手机短信说，他父亲专门为我建了一个厕所，安装了抽水马桶，绝对没有蚊子，随时恭候我再次光临。这应该是一个可以感动城里媳妇的细节，但他们的所作所为，连同那天晚上老两

口假装糊涂把我和他们儿子安排在一张床上，让我感觉很不地道，更像
是挖好了坑要埋我。

　　我回复："你是谁？"

22．拿什么拯救我的爱情

　　大二那年的情人节，我们宿舍的四个女生，都收到了玫瑰花，或一朵或九朵，而程万里送给我的是九十九朵玫瑰，我因此成为我们宿舍的"花魁"。

　　程万里追了我整整一年，我一直若即若离地敷衍着，因为他太普通。他来自大别山区，家贫，上大学的费用都是借来的。虽然他学习很刻苦很努力，成绩也不错，但我知道，创造幸福生活，仅凭学习成绩是远远不够的。程万里的九十九朵玫瑰一举征服了我，对于富家子弟，九百九十九朵玫瑰也不在话下，而对于程万里，情人节的九十九朵玫瑰，却堪称一笔巨资花费。一个愿意耗费巨资让自己心仪的女孩情人节快乐的男人，可以感动任何一个向往浪漫爱情的女孩。

　　在我对程万里以身相许以后，看着程万里过着饥寒交迫的日子，我心疼不已，责怪他在情人节的壮举太傻。按情人节的行情，那九十九朵玫瑰价值上千元，是他两个月的生活费。程万里憨笑着，坦白说其实那九十九朵玫瑰是捡来的。一个女孩那天跟男朋友闹别扭，扔掉了男朋友送的九十九朵玫瑰，程万里正好路过，觉得在情人节丢弃玫瑰的人是可耻的，就把玫瑰捡起来，送给了我。

　　玫瑰花的来历，让我郁闷了好几天。但看着程万里时常津津有味地吃我吃不下的包子、馒头，我心软了。我也是农村出来的孩子，一直把艰苦朴素当作一种美德，爱情的最终归宿是过日子，何必对那些浪漫的花架子耿耿于怀呢。程万里朴实无华、脚踏实地，跟着这样实在的男人，心里踏实。

我和程万里都没有靠得住的父母，为我们预先铺设好锦绣前程，但我们没有因此怨天尤人。大学毕业后，我们手牵着手来到深圳。我们相信，在这座生机勃勃的城市里，只要我们相亲相爱，只要我们努力奋斗，不抛弃，不放弃，我们就能一笔一画，描绘出属于我们的美好明天。

程万里是学平面设计的，说不上才华横溢，但他平时勤学苦练，基本功扎实，很快就进了一家广告公司。工资不高，四五千元钱，只能勉强维持我们俩在深圳的基本生活。程万里上班第一天就加班，加到晚上十点，我没吃晚饭，一直在白石洲我们租住的农民房里等着他。我要等着他回来，一起庆祝我们开始的新生活。

程万里回到出租屋，见我还没吃饭，很心疼，也很自责，他已在公司吃过免费工作餐了。然后，他领着我下楼，在一个烧烤摊上，要了几串麻辣烫、一碗我喜欢的酸辣粉，还有两瓶啤酒。那一晚，我们举杯相庆，憧憬未来，快乐和幸福在心中荡漾。

我是学中文的，熟读古今中外优秀作家的优秀作品，也能写一些风花雪月的文字，但深圳不相信风花雪月，学中文的女生，要想在深圳找一份称心如意的工作不容易。经过无数次的选择和被选择，我来到了一家房地产公司。

这家房地产公司要招一名总经理助理。经过初试、复试，我和另外两个女孩进入最后一关，由总经理亲自主持面试。

总经理坐在大班台后，手指间玩弄着一支万宝龙签字笔，把我们仨逐个打量一遍后说："报一下，你们都毕业于哪里？"

另外两个女孩一个毕业于北京大学，一个毕业于南京大学，都是响当当的名校。我支吾着，心里明白这一次我又没戏了，我毕业的学校，与"北大""南大"相比，说不出口。

两女孩各自响亮地报出"北大""南大"后，总经理眼盯着我问："你呢？"

虽然硬件处于劣势，我也没有必要自惭形秽，我抬头挺胸说："我，波大。"

我看见总经理眼睛一亮，明显有对我刮目相看的意思，我暗忖，莫非总经理与我是校友？

就在这时，总经理接了一个电话，起身离去，在门口时，他匆匆交代人事经理："要波大的，明天就来上班。"

我的应聘故事，后来演绎成了流传在酒桌上的笑话。

第二天，我准时来到总经理办公室上班，总经理关上门，笑眯眯地说："波大，好，我喜欢，掏出来我看看。"

我突然明白总经理为什么一眼就看中了我。广东话里把女人的胸叫作"波"！我面红耳赤，掏出我的毕业证书，不卑不亢地说："总经理，我毕业于宁波大学。"

因为"波大"，我脱颖而出，成了总经理助理。

总经理叫温三友，四十六岁，汕头人，二十世纪九十年代靠收购废旧建筑材料起家，现在已是身家上百亿的房地产老板。身为精明的商人，温三友当然不可能把宁波大学的"波"误会为女人的"波"，他之所以看中我，只是因为我比另外两个女生看起来顺眼一些，总经理助理时常跟随总经理出入各种场合，需要一个看起来顺眼的美女。"波大"只是温三友顺口开的一个玩笑。

当然，我也不愿意自己仅仅是一个"波大"的美女。上班不到一个月，我就以充分的实力证明，我是一个出色的总经理助理。我文字功底好，能在短时间内把温三友颠三倒四的观点整理成条理分明的发言稿；我说话风趣幽默，能让沉闷的商业谈判变成气氛轻松的老友聚会；我性格豪爽、酒量大，温三友让我喝倒谁我就能喝倒谁。

温三友对我的表现十分满意，一个月后，我提前结束试用期，与公司签订了正式的劳务合同，月薪一万五千元。领到第一个月的工资后，我和程万里搬出白石洲的握手楼，在梅山苑租了个一房一厅。房子虽然不大，但总算像个房子了。住进梅山苑的那一晚，在一家西餐厅，我和程万里吃烛光晚餐相庆，喝光了一瓶 1995 年的葡萄酒。吃完饭，我们又去 KTV 唱歌，一曲老土的《明天会更好》让我们心潮澎湃。

上班两个月后，我跟温三友去上海谈项目。在酒桌上，我超常发挥，喝倒了四个上海男人。最后，我把自己也喝倒了。

半夜，我清醒过来，年龄大我一倍的温三友正趴在我身上忙乎。我没有哭，也没有闹，做总经理助理的第一天，我就知道自己迟早要落在温三友手里。但我没有勇气辞职，我不想再次尝试找工作的艰辛，更不愿意回头住进治安形势复杂的握手楼。

我只是觉得对不起程万里，这个对我百依百顺、全心全意爱着我的男人。我能理解程万里的尴尬，他的收入还不如我收入的零头（因为工作出色，我另有丰厚的奖金），丰衣足食的小康生活，全靠女朋友来保证，这是任何一个男人都无法心安理得的。程万里承包了所有家务，洗衣、做饭、搞卫生，他甚至还学会了洗脚按摩，每晚都把我侍候得舒舒服服。我坦然地享受着他的服务，因为程万里需要以这种方式来求得心理平衡。现在，平衡让温三友一举打破，很长一段时间，我觉得就算我堆上一座金山，也摆不平爱的天平。

对女人，温三友一向大方，第二天，他带我到上海最阔气的珠宝店，给我买了一枚钻戒，价值十八万元。我脸不红心不跳，也没有客气，收下了。且不论温三友对我的侵犯，单以我对公司做出的贡献，这也是我应得的奖励。

回到深圳，我拿出钻戒，对程万里说："你看看，跟真钻石几乎一模一样，只要一百八十块，值吧？"

从上海回来，我正式升级为温三友的地下情人，每与温三友苟且一回，我对程万里的愧疚就增加一分。在公司，我是目不斜视的总经理助理，回到家里，我成了一个低眉顺眼的小媳妇，尽管很不情愿，我还是开始参与做家务。做顺手以后，我对程万里说，男人不应该做这些琐碎的事，慢慢地，我全面接管了家务活，并反过来为程万里洗脚按摩。同时，我不时给程万里买名牌服装，还谎称是不值钱的"山寨版"。有一回到香港，我给程万里买了一块价值二十万元的劳力士手表，却淡淡地说只是两千块的水货。可以说，温三友给我的钱，我几乎全部花在程万里身上。我只想尽我所能，补偿"吃亏"的程万里。

我的愧疚，并没有因为我对程万里的补偿而减轻。有时候，我甚至愚蠢地想，程万里要是也找一个情人，我们就算扯平了。但程万里心中只有我，我越来越乖的举动，让他受之有愧、受宠若惊。这个傻子，一直把我当宝贝一样宠着爱着，只以为自己捡了天下最大的便宜！

我们的爱情，我们的幸福和快乐，达到了前所未有的高潮。程万里的一举一动都透露出对我的柔情蜜意。在同学和朋友眼中，我们成了恩爱甜蜜的典范。

但我一直在甜蜜中战战兢兢，一步步如履薄冰。我知道，多行夜路必遇鬼，我对爱情的背叛和亵渎，总有一天会露出马脚。我不敢想象，当程万里突然发现我的真面目，他会如何伤心和绝望，而我必将无地自容。

我无数次地假设，当我的丑恶行径败露后，应该如何收场；也无数次地告诉自己，苦海无边，回头是岸。可我就是没法回头。我想，既然已经落了水，淹不死我就该摸上几条大鱼来！我需要钱，需要车子，需要房子，需要为未来的幸福生活打下坚实的基础。

诚惶诚恐过了一年，2015 年 11 月 18 日，我和程万里的爱情瓜熟蒂落，我们领取了结婚证。这时，我有了一些钱（程万里不知道具体数字），有了一辆车（程万里以为那是公司配的），有了一套房（程万里以为那是我租的）。够了，我知足了，我断然辞职，彻底断绝了和温三友的关系。

婚礼上，幸福的程万里喝得酩酊大醉，又哭又笑，进入洞房倒头就睡。

要开始新生活了，我得收拾零乱的心情、零乱的房间。我突然发现一个小箱子，锁着！锁着什么呢？我希望锁着的是程万里私通情人的证据，如此，我也就释然了。我从程万里的口袋里找到钥匙，打开了小箱子。

箱子里锁着的全是我和温三友不堪入目的照片，还有一份私家侦探的报告，以及钻戒和劳力士手表的鉴定书。程万里，原来他什么都知道！

婚礼第二天，我不顾程万里的痛哭流涕，毅然离婚。

我可以和一个买不起玫瑰的憨傻男人相守一生，也可以和一个碌碌无为的穷酸男人将就一生，但一个装傻的可怜可恶的王八蛋，我宁愿自己的眼睛瞎掉，也不愿意多看一眼！

23．男人不坏，女人不爱

不必遮遮掩掩、吞吞吐吐，坦率说，我是一个好色的男人，一个没有脱离低级趣味的男人。小学六年级，我读《水浒传》，梁山好汉的英雄事迹，我没觉得特别稀奇，在我的优美词语摘抄本上留下的是西门庆、潘金莲相关的污言秽语。初一，我读《红楼梦》，十二金钗为人称道的华丽诗篇，我一首都没抄，只摘抄了薛蟠的几句胡言乱语，"姑娘悲，嫁个丈夫是乌龟，姑娘愁，绣房里钻出大马猴……"

虽然我研究过文学名著中少儿不宜的糟粕，但我对女生一向敬而远之，对女孩子的事儿，更是一无所知。初二那年，我因此出了一次洋相。每次上体育课，总有一两个女生向体育老师报告"我那个来了"，然后，坦然走出操场，回到教室，而体育老师总是听之任之，由她而去。我一直没想明白，"那个"是谁，为什么体育老师要给"那个"面子？

有一次又上体育课，破例没有女生向体育老师报告"那个来了"，而我，很不乐意在操场上傻呆呆地站军姿，我想回到教室去读《少年维特之烦恼》。于是，我大声报告："老师，我那个来了。"报告完，我就像女生一样，坦然走出队列。没想到，全体同学哄然大笑。体育老师大喝一声："站住！"我心虚地站住了，体育老师笑嘻嘻地问我："你哪个来了？"我知道自己出洋相了，但还是不知道为什么女生能"那个"，而我却不能"那个"，支支吾吾，不知如何回答。体育老师突然黑下脸，吼道："少跟我这个那个，跑十圈！"

绕操场十圈是五千米。跑十圈没什么大不了的，可我从此得了个恶心的外号——那个。许多年后，老同学相见，我依然被叫作"那个"。

我的同桌叫李云丽，一直以来，我虽然默许她考试时偷看我的试卷，但没怎么把她放在眼里。那时，我的眼里只有文娱委员刘赛飞，我深深地沉醉在她的两个小酒窝里，心慌意乱。那一节体育课结束后，李云丽拿出老师让我们自学的《生理卫生》课本，翻到某一章，悄悄说："那个是这个。"我瞟一眼，顿时面红耳赤，"那个"原来是月经！

全班五十多个同学，包括我的梦中情人刘赛飞，都叫我"那个"，只有李云丽一直坚持叫我的大名，我不由得对她刮目相看，越看越顺眼，就"抛弃"了刘赛飞，转身"爱"上了李云丽。第二年，我和李云丽考上了同一所高中；三年后，我们又考上了武汉的同一所大学。

大二那年寒假，我和李云丽结伴回家，一下火车，她就叫冷冷冷，我解开军大衣，把她裹进我怀里。李云丽乖乖的，像一只小猫一样紧紧地依偎着我。我们的爱情，就这样正式拉开序幕。

偶然翻出当年悄悄摘抄的污秽句子，我无比羞愧，只觉得那是对爱情的亵渎，就一把火烧掉了。

寒假结束后回到武汉，我和李云丽没再住学校的宿舍。我们在水果湖租了一套单身公寓，以"老公""老婆"相称，过起了二人生活。

那时候，流行电影《疯狂的石头》里的一句台词，"要浪漫，先浪费"。可是，我浪费不起。我爸我妈双双下岗，一直靠摆夜摊炸臭豆腐供我上学，辛苦不说，还得常常与城管玩躲猫猫的游戏，我不忍心花他们的钱来谈情说爱，而我做家教赚的钱又太有限，注定我不可能为了浪漫一掷千金。所以，我一直对李云丽心怀愧疚，只能以万千柔情来补偿她。

我假装热情洋溢，陪李云丽逛街，逛得天昏地暗，脸上仍强作笑容，但我知道，任劳任怨不能充实我的钱包，只看不买的逛街，只能让我们越逛越心酸。我假装兴致勃勃，陪李云丽看韩剧、看日本动画片，看得头重脚轻，还得随着剧情感慨万千，该笑的时候就笑，该哭的时候就哭，我深深地知道这也不是办法，长此以往，我只能越看越郁闷。很长一段时间，我就这样被动迎合，想李云丽所想，爱李云丽所爱，弄得自己疲惫不堪。

有一天，我突然灵机一动，为什么不反其道而行之，想李云丽所不想，爱李云丽所不爱？

李云丽最不想最不爱的是做菜，如果我热爱做菜并做得出神入化，自然能把我们的爱情进行到底。"要留住男人的心，先吊住男人的胃"，这话很有道理，反过来，还是有道理。而且，做菜也是一门艺术，可充分表现一个人的智慧，寻常的鸡鸭鱼肉，配上油盐酱醋，就能整出人间美味，这是非同寻常的本领呀！更主要的是，学做菜成本低，学会做菜后，可以减少上馆子的次数，少上馆子，就是节省爱情成本啦。

说干就干，我看电视美食节目、上烹调网，买来大批菜谱，认真学习，刻苦钻研。很快，我学会了做家常菜，越做越得心应手，触类旁通。慢慢地，一些饭店的特色菜、当家菜，我也会做了。再后来，八大菜系，我无所不会，寻常饭店师傅见所未见、闻所未闻的冷门菜，我通过研究菜谱，也能做得像模像样了。

会做的菜越来越多，我又不断花样翻新，天天都能给李云丽带来惊喜，后来，我干脆把菜谱给李云丽点，她点什么我就能做什么，吃得她心花怒放。我们的爱情，在美味佳肴的催化下，蒸蒸日上，绚烂至极。

两年后，我大学毕业，来到深圳找工作。我学的是酒店管理，但没有一家酒店信任我的管理能力——因为用心研究厨艺，我的学习成绩的确很一般。山穷水尽之际，我看到一家酒店招聘厨师，想起我也能做得一手好菜，就收起大学毕业文凭，信手炒了一个回锅肉应聘。大厨一看，一尝，当即就拍板收下了我。两年后，我身怀绝技，崭露头角，成为深圳餐饮界小有名气的厨师，月薪十万块。

我怎么也没有想到，当初，我为了爱能地久天长而学会的厨艺，竟成了我安身立命的根本。我更没有想到的是，李云丽因为我一个大学毕业生竟欢天喜地地当了一个厨师，黯然伤神，弃我而去。

李云丽大学毕业后，留校读研。

每个月，我在深圳和武汉之间来回奔波。回到武汉，我还想继续发挥我日益长进的厨艺为爱情服务，可一次在我离开武汉后，李云丽退掉我们租住的单身公寓，住进了学校的学生宿舍，我已没有用武之地了。我只能请李云丽在路边小店随便吃点什么，然后，把刚发的工资统统掏给她——刚做厨师那会，我拿的是学徒工资，每个月两三千元钱。不能为自己所爱的人奉献更多，我深感惭愧；大学毕业，只能无奈地做厨师，我诚惶诚恐。

两年后，李云丽赴美国继续深造。到美国一个星期后，李云丽就在QQ上跟我说：相爱四年，索然无趣，我突然发现，原来你根本就是一个无趣的人，根本就不懂什么是爱情！再见，祝你好运。

那一刻，我觉得自己可耻之极。我小心翼翼、神魂颠倒地爱了四年，把自己爱成了一个厨师，还妄想一生一世地继续爱下去，却原来是自讨没趣，根本就不知道什么是爱情！

就像吹泡泡糖，在泡泡不断膨胀的过程中，我们只怕它破掉，但泡泡大了，终究要破掉；当泡泡越来越大，噗的破掉，其实也没啥，咀嚼一番，再吹一个就是。

李云丽祝我好运十几天后，我真的交了好运。在高手云集的一次全国性的厨艺大赛上，我凭一个家常回锅肉一举夺魁！回锅肉，那是李云丽最爱吃的一道菜，也是最能体现厨师基本功的一道菜，我以满腔热情潜心研究了四年。

一夜之间，我成了身价骤增的大牌厨师。大酒店向我敞开大门，大姑娘向我敞开心扉。

我没再做打工的厨师，以技术入股，和人合伙开了一家酒楼。我也不再为爱情呕心沥血，自从我知道自己是个不懂爱情的人以后，我就不好意思再爱上谁了。

爱情离我远去，当年被我一把火烧掉的污言秽语，却在我心中死灰复燃。我作为一个男人，骨子里潜伏着好色的种子，风调雨顺，它绽放的可能是绚丽的爱情之花，穷山恶水，它结下的可能是丑陋的罪恶之果。

熊熊燃烧的欲望之火把我变成了彻头彻尾的流氓，江湖人称泡妞高手。

让我哭笑不得的是，在我放弃爱情成为流氓以后，我被许多人认为是个有趣的人，是个可爱的人。而那些被我泡过的女孩，则几乎一致肯定：我是个懂得什么是爱情的人。

三年后，李云丽回国。我没为她做菜，而请她吃我认为没滋没味的西餐。她优雅地喝着难以下咽的咖啡，含情脉脉地盯着我说："你，成熟了，像个男人了。"

24．今夜谈情不说爱

1949 年春天，国民党政府垮台前夕，我爷爷喜结良缘。

传说，我爷爷左眼天生"萝卜花"，不中看，还看不见。这使我爷爷的堂堂仪表大打折扣，但并没有影响我爷爷成为一个好猎人。野猪也好狼也好，只要被我爷爷的右眼瞄上，就成了我爷爷的柴米油盐。我爷爷因此常说，好猎人，有一只中用的右眼，就足够了。但作为一个男人，尤其是作为一个帅哥，只有一只眼睛中用，肯定是不够的。我祖爷爷、祖奶奶为我爷爷的婚事操碎了心，送给媒婆王大脚好几张上等狐狸皮，也没能让哪家姑娘看上我爷爷。最后，王大脚使了个媒婆常用的手段，让我爷爷的弟弟——我二爷爷，代我爷爷相亲。我二爷爷心明眼亮，无可挑剔，我奶奶在门帘后偷眼一瞧，一眼就看上了。没几天，我奶奶就上了我二爷爷带去的花轿。进了洞房，揭了头盖，我奶奶才发现我爷爷左眼中的"萝卜花"，心中暗暗叫苦，只怪自己当初看走了眼。后来，我奶奶知道了真相，不高兴时会叫我爷爷"老骗子"，但他们依然成了恩爱夫妻。如今，爷爷奶奶已白头偕老，常常坐在门前的晒谷坪上晒太阳，偶尔说起如烟往事，二老就咧开没牙的嘴，呵呵地笑。

1979 年冬天，我父亲从战场上凯旋，轻松征服了我母亲。

那时候，我母亲是村小学的民办教师。孩子们都崇拜战斗英雄，更爱听战斗英雄讲英雄故事，我母亲就请来了我父亲。我父亲不是战斗英雄，他是后勤兵，任务是跟在战斗部队后面打扫战场，把牺牲的战友遗体运回国内，他甚至没有机会对越南人放一枪。但我父亲在部队听过许多战斗英雄的故事，而且他能说会道，复述出来的故事比真正的战斗英雄讲得更绘声绘色。为了让故事更生动，也为了让漂亮的民办教师刮目相看，父亲悄悄把自己替换成了英雄故事中的主角。父亲讲的英雄故事，让村小学的孩子们听得如醉如痴，也让我母亲听得心潮起伏。讲完英雄故事，父亲就开始和母亲花前月下，谈革命感情。父亲是普通的兵，而母亲是村支书的女儿，是村里一枝花，以我外公的意思，母亲至少得嫁个大学生。按说，母亲不大可能看上父亲，但父亲的"英雄风采"已让她怦然心动，听说父亲正在接受组织考验即将提干，母亲不再犹豫，毅然和父亲结了婚。父亲休完探亲假，回到部队不到一个月，就复员回家了。母亲也曾笑骂父亲是"老骗子"，但当父亲大胆发展养殖业，让我们家率先成为村里的万元户之后，父亲就成了母亲眼中真正的英雄。我们家年年被评为我们村的"幸福之家"。

我爷爷的故事不新鲜，我父亲的故事也不新鲜，他们的故事说明了一个不太新鲜的道理：追求幸福美满的爱情，不妨玩点小花招。

2018 年春天，一个春风得意、情意绵绵的晚上，从深圳宝安机场到市区的路上，我对美女王小萌一见钟情。

我是个司机，叶老板的专职司机。叶老板要去北京跑关系，我就送他去机场。为叶老板办完登机手续，把他送过安检口，我开着奥迪 A6 返回。车刚起步，我看见一个女孩站在路边左顾右盼，还朝我看了好几眼。我心中一动，就把车靠了过去。我经常送叶老板来机场，一个人返回市内时，经常捎带美女赚几个零花钱。

停下车，我放下右前车窗玻璃说："嗨，美女，你是在等我吗？"

女孩拉开车门，把挎着的小包扔到后座，坐在副驾驶位上，咀嚼着口香糖的嘴里哼了一声说："你要是晚来一分钟，王小萌我一辈子不理你！"

显然，美女王小萌把我误作来接她的什么人了。那一声哼似嗔非嗔，关系应当非同一般。我将错就错说："对不起，小萌，广深高速大塞车。"

王小萌把嚼着的口香糖吹出一个大泡泡，慢慢地朝我的脸凑过来，泡泡触到我的嘴，噗的一声破掉了。看来，来接王小萌的人是她的男朋友或者情人，那张嘟着的小嘴巴，是在等着亲吻。我略一犹豫，吻住了她的嘴。我一向都这样，美女的便宜，先占了再说。

王小萌突然推开我说："不对，你不是李世安，你跟照片和视频上见到的不太像！"

呵呵，原来"我"叫李世安，"我"和王小萌是第一次见面的网友。我也经常在网上泡妞，也把外地的美女千里迢迢忽悠到深圳来玩过。心中有底，我张口就来："小萌，照片和视频与本人当然有区别，就像虚拟的网络和现实有区别一样。"说着，我一踩油门，车子驶离候机楼。真正的李世安可能随时出现，我得尽快把人拉走。

王小萌打量着车子，突然"咦"了一声："李世安，你开的不是本田吗？什么时候换奥迪了？"

冒充我一无所知的李世安，泡我同样一无所知的王小萌，当然难免出现差错，我只能见招拆招，尽力弥补："本田档次太低，配不上小萌你，我特意跟朋友借了辆奥迪来。"

王小萌说："算你聪明，我从来不坐日本车，你要是开着本田来接我，我肯定掉头就回成都。"

我顺水推舟说："坚决支持王小萌，明天我就把本田改装成厕所，专供你拉屎拉尿。"

王小萌哈哈一笑说："还以为李世安是个闷葫芦，会把我活活闷死，原来还有点意思，你肯定是个泡妞高手吧？"

我说："请问，什么叫泡妞？是这样开始的吗？"说着，我从方向盘上腾出右手，放到她欲露未露的大腿上，指头弹了几弹。从机场到市区也就半个小时，王小萌可能随时发现我是冒牌李世安，便宜占一点算一点吧。

王小萌把我的手挡开，长叹一声："普天之下，为什么就找不到一个不好色的男人呢？"

我就势握住王小萌的手说："不能怨男人太好色，只能怪小萌你太漂亮呀。男人面对小萌这等美女，要是全没有想法，他不是性无能，就是伪君子。"

"照你这么说，男人好色无罪，我倒成红颜祸水了？"王小萌说道。

我心中一喜，在男人面前这么说话的女人，只要像我爷爷、我父亲一样用点心思，就算我不是李世安，也不难搞定。我用手指在王小萌手心里画着圈说："能被小萌这样的祸水淹死，那叫幸福。"

王小萌说："呵呵，又是一个不怕死的。"

一路闲聊，一路调情，我大致摸清了李世安和王小萌的基本情况：李世安，深圳一电力公司的业务经理；王小萌，成都一家贸易公司的小白领。一个月前，他们在交友网站相识，越聊越觉得对方是自己的佳缘，王小萌就跑到深圳来当面"验货"了。

这家交友网站，本意在为对爱情心怀美好愿景的纯情男女提供平台，随着一个又一个爱情泡沫相继在这里破灭，网站慢慢演变成无聊男女消磨无聊时光的去处，一批用心不良者蜂拥而至。我也是这家网站的注册会员，差点在此栽跟头，就再也不敢去了。

蓦然听王小萌提到这家网站，又想起她说的"又是一个不怕死的"，我心中一惊，这王小萌，别是什么非常人物抛出的诱饵吧？用美人计让司机意乱情迷，然后劫财劫车，这不是啥新鲜新闻，机场到市区的路上，就发生过好几回。我一度很不安，一再提醒自己千万不能喝她的饮料，千万不能抽她的烟，千万不能应她的任何要求半途停车。但王小萌一直没让我喝饮料，也没让我抽烟，更没有借故要求我中途停车。车过同乐关，拐上热闹的深南大道，我舒了一口气：王小萌，她不是凶险诱饵。

车开在精心打造的深南大道上，王小萌一路惊叹："哇，深圳好漂亮！"我彻底放了心，王小萌真的只是一个来深圳会网友的傻丫头，且是第一次来深圳。

此时是晚上八点，我还没吃晚饭，王小萌也没吃。我问："我们吃点啥？"王小萌说："你说吃啥就吃啥，你的地盘你做主。"

我把车开到车公庙的一家酒店，点了几个菜又问："我们喝点啥？"王小萌又说："你说喝啥就喝啥，你的地盘你做主。"一副客随主便任我摆布的样子。

我就要了一瓶白酒说："小萌，因为交警查得严，我好久不敢喝酒了，今夜我不开车了，拜托你把我灌醉，让我彻底放松一回，好吗？"

王小萌说："呵呵，你是想把我灌醉好趁机行事，对吗？心怀鬼胎的男人都这样。"

呵呵，这王小萌一时糊涂一时精，一眼就看穿了我的心思，我还真想按她说的办。

　　我以为王小萌会再三搪塞、百般警觉，不让自己喝醉。没想到，无须我发挥劝酒本领，她痛快得很，我说干杯就干杯。一瓶酒喝下来，她走路就东倒西歪了。我如愿以偿，把王小萌扶进了酒店客房。

　　第二天早上我醒来，王小萌还依偎在我怀里酣睡。看着一个女孩对我如此信任如此依恋，我心中突然生出一丝柔情，吻了吻她。

　　王小萌醒来了，一笑。那一笑，清澈见底，看得见心底。我一冲动，脱口而出："小萌，嫁给我吧。"我有一种豁然开朗的感觉，王小萌，正是我寻觅多年的另一半。

　　王小萌说："呵呵，还装呀。我不是王小萌，你也不是李世安。"

　　王小萌不叫王小萌，我至今不知道她叫啥。李世安是她老公，他们在深圳结婚三年了。昨晚，她送李世安去成都出差，她知道李世安不是去出差，而是去成都会情人的，但她一直装作不知道。她搭上我的车，叫我李世安，一路谈笑，直到上床，只是看我还顺眼，逗我玩玩而已。

　　想起爷爷、父亲的故事，我突然泪流满面。我爷爷玩花招，他是想找个好老婆；我父亲玩花招，他是爱上了我母亲；我，还有"李世安""王小萌"，我们用尽心机，只是想找乐子。我在亵渎"爱情"两个字，35 岁还没有女朋友，活该！

25．我的酒肉朋友

蒋军是个纯爷们，爱踢球，爱喝酒，还爱泡妞。蒋军的球技一般，全靠身强体壮，满场横冲直撞；蒋军的酒量也一般，三五两喝下去，就又哭又笑，惹是生非；蒋军的泡妞水平，却很不一般，他看上的美女，基本上没有谁能逃出他的魔掌。

我是蒋军的球友，每个周末下午，我们都会踢一场球，踢完球就去喝酒。喝酒时，蒋军说得最多的就是他的泡妞故事，常常说着说着，就喝醉了。

蒋军天生帅气，长得像刘德华，却比刘德华年轻，二十八岁；蒋军长在东北，从小受二人转熏陶，说话挺逗；蒋军开着一间不大不小的体育用品专卖店，不缺钱。得天独厚的优势，让蒋军泡妞一路顺风。我亲眼见识过蒋军的泡妞手段。那一晚，我们几个球友在本色酒吧喝酒，看见角落里坐着一个美女，那孤芳自赏、目中无人的样子，让一个球友很不爽，就怂恿蒋军把她搞定。蒋军唤来酒保，递过两百元钱，吩咐给那个美女上一杯酒。美女接过酒保送上的酒，不咸不淡朝这边点点头，蒋军就端着酒杯靠了上去。也不知道蒋军说了些啥，美女先是似笑非笑，继而嫣然一笑，接着就眉开眼笑，不到十分钟，蒋军朝我们这边挥挥手，就搂着美女走了。

身边的美女来来往往，蒋军却一直不肯结婚，也没有固定女友。

除了好色，蒋军是一个无可挑剔的优秀男人。

蒋军 2010 年到深圳，一开始，他在一家高尔夫球场做球童，跑前跑后为人背球杆袋。伶俐的球童，每天能得到百十块小费，可蒋军不要小费，只要求打球的会员送他一张名片，大半年下来，他收到了两百多张名片。逢年过节，或者名片主人生日（蒋军弄到了一份会员资料登记册），他就按名片上的手机号码给对方发祝福短信。能玩得起高尔夫球的非富即贵，不会太在意一个球童的祝福，但短信发得多了，却也对他有了好印象。第二年，蒋军成了一家体育用品专卖店的业务员，那些他背过的球杆袋的主人，基本上都成了他的客户。第三年，蒋军鼓捣起了属于自己的体育用品专卖店，而那些和他一起背球杆袋的小兄弟，大部分依然在为人背球杆袋，喜滋滋地收小费。

当然，仅仅会赚钱还算不上优秀男人。蒋军最主要的特点是够哥们、够爷们，一个高中同学过生日，他可以千里迢迢从深圳飞回长春；汶川大地震他看电视新闻，看一次就流一次泪，流一次泪就捐十万块，先后捐了一百万（相当于他全部身家的十分之一）；至于路见不平一声吼之类的事，对蒋军更是家常便饭，不足挂齿。说到此处，不能不说说我与蒋军的交情。我们是踢球时认识的，踢完球常一起喝酒，就成了朋友，蒋军就老想为我两肋插刀。去年，报刊征订期间，他大手一挥帮我征订了上千份杂志。

蒋军的噩梦，从认识叶眉眉开始。

那一天，蒋军去广州联系业务。因为前一晚酒后开车，车子擦花了，还在厂里维修，蒋军只能坐大巴去广州。在大巴上，和蒋军同座的就是叶眉眉。叶眉眉是个时装模特，身材、长相都经得起推敲。与美女同行，蒋军从来不甘寂寞，就和叶眉眉搭讪上了。

从深圳到广州，乘大巴一个半小时。上车时，叶眉眉对蒋军不理不睬，下车时却已是不离不弃。她陪着蒋军办完广州的业务，依然意犹未尽，居然过家门而不入，又紧跟蒋军从广州返回了深圳。叶眉眉住在广州，前天到深圳，只因为想念景田北食街一家川菜馆的豆花鱼，眼看着蒋军上了车要回深圳，叶眉眉说："我又想吃豆花鱼了。"就跟着上了车。

蒋军和叶眉眉手拉着手回到深圳，到景田酒店开好房，就呼朋唤友，齐聚景田北食街的那家川菜馆，陪叶眉眉吃豆花鱼。

吃饭当然得喝酒，蒋军兴致勃勃，率先向叶眉眉敬酒，第一杯敬一见钟情，第二杯敬好事成双，第三杯敬三生有幸，到第九杯敬天长地久时，蒋军就不行了，当众吐得稀里哗啦。叶眉眉拍着蒋军的脸说："亲爱的，你还没放倒我呢，怎么就先把自己放倒了？"蒋军像电影电视中的英雄人物一般哈哈大笑，指着一桌朋友说："倒下我一个，还有后来人！"众人都是蒋军的铁哥们，都有心帮他一把，把叶眉眉吹捧为女中豪杰，轮番敬酒。叶眉眉喝得高兴，嘻嘻哈哈脱了外套，只穿一件小背心，扬言要把深圳好汉一一放倒，几轮下来，也不行了，钢管舞跳到一半，就瘫在地上起不来了。

众人把蒋军和叶眉眉扶回景田酒店，各自散去。

蒋军最担心的事发生了，他的基本原则是天亮以后不再见，而叶眉眉却死心塌地爱上了他，自那次以后，她每周都要来深圳吃一次豆花鱼。蒋军避而不见，每一次叶眉眉来深圳，他都谎称自己在外地出差。这一招，对蒋军经历过的其他女孩挺管用，冷落一两回，对方也就黯然退场了。但叶眉眉，已被蒋军激出熊熊大火，寻常手段，只是杯水车薪，已不可能浇灭了。这一场大火，注定蒋军在劫难逃。

两个月后的某一天，蒋军匆匆找到我，给我一万元钱说："罗哥，麻烦了，叶眉眉怀孕了，说是我的。罗哥你是我最好的朋友，你一定要帮兄弟摆平这事呀！"

我很不情愿为蒋军擦屁股，但作为朋友，我又不忍心眼看着蒋军下台，就硬着头皮去了那家川菜馆。

蒋军没来，叶眉眉很不甘心，不停地说："罗哥，我不漂亮吗？蒋军为什么就不理我了呢？蒋军是我此生唯一动心的男人，他为什么就对我没感觉呢？我是不是很讨人嫌呀，罗哥？"

我理屈词穷，说了一通废话，面对受伤的女人，世界上最温暖的抚慰都是废话。最后，我拿出蒋军的一万元钱，转述了蒋军到此为止的意思。

叶眉眉冷冷地把钱推还给我，说："伤心的代价，一万元钱不够的。"说着丢下两百元钱，朝服务员喊一声"买单"，掉头而去。

蒋军出事后，我还见过叶眉眉一次。叶眉眉的确爱上了蒋军，爱得有点不可议，有点走火入魔。

叶眉眉本是广州一老大的情妇，老大情妇太多，满足不了叶眉眉的需要，她就时常找帅哥解闷。蒋军是她看上的帅哥之一，但那一晚在景田酒店，他俩都烂醉如泥，未能成双成对。后来，叶眉眉几次来深圳，欲与蒋军花好月圆，蒋军却不再见她，一而再，再而三，叶眉眉就伤了心。正在此时，叶眉眉和初恋情人旧梦重温，怀了孕。而承包她的老大，是没有生育能力的，老大很生气，勒令叶眉眉交代那人是谁。叶眉眉恼恨蒋军不理她，就说出了他的名字。

老大带人来深圳向蒋军问罪，蒋军表示他愿意为此负责到底。老大一挥手，几个如狼似虎的小弟就按倒蒋军，要割掉他的命根子喂狗。扒下蒋军的裤子，老大却惊异地发现，蒋军的命根子只是一个小肉疙瘩，根本不可能让女人怀孕！

蒋军的命根子，小时候被狗咬坏了，失去了应有的功能。他泡妞只是泡给别人看的，因为他要成为真正的爷们。

这下彻底摧毁了蒋军的爷们梦，那天晚上，他被扒光衣服，绑在体育用品专卖店的展示厅里。第二天早晨上班，店里的员工和部分顾客，目睹了蒋老板的绝望。

蒋军从此在深圳消失，谁也不知道他去了哪里。

26. 离婚以后，婚纱照怎么办？

赵新华曾是我的邻居，住对门。去年底，我搬来松坪山时，买了个新沙发，商家不送货，我只好自己扛上楼，扛到门口，横竖进不了屋。赵新华正好出来，见我尴尬，主动出手帮忙，帮我把沙发抬进屋里。然后，我们坐在新沙发上抽了一支烟，赵新华见墙上挂着羽毛球拍，就说："哥们你也喜欢打羽毛球？我也喜欢，有时间我们一起玩吧。"

第二天是周末，赵新华敲开我的门，扬着手里的羽毛球拍说："罗哥，有空玩玩吗？"

一起打了一场球，又喝了一点酒，我们就成了朋友。

赵新华爱交朋友，更爱好交女朋友。前晚接待我们喝酒的女服务员，他第二天晚上就可能带回家来，在门口碰到我就眨眨眼，呵呵一笑。和赵新华做邻居，也就半年吧，我前后见他带回家四五个女朋友，但没有一个修成正果。赵新华无限郁闷地说："其实，我也不是太挑剔的人，不在乎对方是豪门千金还是小家碧玉，我要的是一种感觉，一种怦然心动的感觉，为什么就一直找不到呢？"

赵新华是一家旅行社的策划部经理，旅游旺季，导游不够用时，他也临时充当导游，亲自带团出游。"五一"期间，赵新华带团去张家界，在猛洞河漂流时，遇到一个非同寻常的女孩，让赵新华激动不已。那一天的漂流，因为刚下过雨，河水较平常急了点，作为导游，赵新华要对全团游客的安全负责，心中难免紧张，下水前把注意事项对游客再三叮嘱。皮划艇漂到河中心，哗啦啦奔涌的河水还是让众游客慌了神。有人脸色惨白，有人大呼小叫，一个女孩甚至趴在男朋友怀里哭喊着妈妈要上岸，而那男朋友，呵呵傻笑着，哆嗦着，连一句完整的话都说不出来了。赵新华玩过比这更刺激的漂流，他明知不大可能出事，但满满一船的紧张，还是让他有点忐忑不安，早知如此还不如取消漂流。就在此时，一个女孩让赵新华放下心来。那女孩坐在船尾，端端正正，不喊不叫，脸上挂着淡淡的微笑。皮划艇摇晃得厉害的时候，她也只是一只手轻搭船帮，而另一只手不慌不忙地照顾着裙边，不让它露出膝盖。那一份从容淡定，绽放着淑女的优雅和高贵，赵新华顿时怦然心动，情绪也高涨起来，高歌"一条大河波浪宽……"一船惊恐气氛当即化解。

女孩叫刘亚男，是孤身一人跟团出来旅游的，还没有男朋友。接下来的行程中，赵新华对刘亚男处处刮目相看，越看越喜欢。帅哥赵新华火热的目光，遭遇淑女刘亚男婉转的秋波，立刻碰撞出爱的火花。

爱情路上的美丽风光，如同旅游团眼中的名胜山水，一掠而过。

四天后回到深圳，赵新华和刘亚男的爱情已进入谈婚论嫁阶段。其实，也没怎么谈没怎么论，他们趁热打铁，直接就去了一家影楼，拍了一组 8888 元的婚纱照。一个星期后，上午他们取回婚纱照，下午就领取了结婚证。又一个星期后，他们举行了婚礼。

作为朋友，我参加了赵新华和刘亚男的婚礼。婚礼现场，挂满了他们的婚纱照。新郎新娘，全都喜气洋洋，向亲朋好友张扬着他们的幸福和快乐。

亲友的祝福，或庄重，或幽默，但都是同一个主题：白头偕老，地久天长。

喝完赵新华的喜酒，第二天我去外地出差了。一个星期后我返回深圳，晚上，我拿着一瓶从出差地顺手给赵新华带来的特产酒，敲开了他的门。赵新华接过酒，当即拧开瓶盖喝了一口，赞一声"好酒"。房间里焕然一新，新家私、新电器，墙上挂着新潮婚纱照，却不见新娘刘亚男，我随口问道："刘亚男呢？"

赵新华又喝了一口酒说："她搬走了，我们昨天离婚了。"

我大吃一惊："为什么？"

赵新华淡淡地说："不为什么，只是没感觉。"

"没感觉？"我大惑不解，"刘亚男不是多年来唯一让你怦然心动的女孩吗？"

赵新华继续喝酒："刘亚男太淡定太淑女了，做爱到高潮也不哼一哼，太没意思。我说要不，我们离了吧，她说离就离吧，就离了。

一个星期后，上班时分赵新华给我发微信："罗哥，我搬家了。后会有期。"

下午下班，回到松坪山，楼下垃圾桶边，扔着一堆破烂，最抢眼的是几幅婚纱照，在夕阳的映照下，熠熠生辉。赵新华和刘亚男，依然在婚纱照里笑得喜气洋洋。

我一声叹息，上楼。

赵新华租住的房间门开着，屋里摆设与前几天已截然不同，一个三十来岁的男人满头大汗在拖地板。我探头进去问："新来的？"

男人挥一把汗说："下午刚搬来，以后多关照。"

我想着赵新华的婚纱照，想弄清楚是赵新华自己扔掉的，还是这新租户扔掉的，就说："原来的住户，让我来看看，还有没有遗忘没搬的东西。"

男人说："就留下几幅让我扔的婚纱照，我已经扔掉了。"

我说："你怎么知道婚纱照是留给你扔的？"

男人说："呵呵，我也是这么干的。"

男人也是刚离婚不久，分割完财产，老婆就带着属于自己的财产搬走了，只留下了他们的婚纱照。在夫妻俩曾经恩爱的房子里，男人住着不爽，也另寻房子搬走了，婚纱照当然不能带走。他已经在网上发帖征婚了，和前妻如何甜蜜的婚纱照让新人看到，到底不太合适。亲手扔掉证明曾经恩爱的婚纱照，似乎又有点残忍，所以，他就把婚纱照留在原来的房子里，让后来的房客去扔。没想到，搬到新租的房子里，迎面就是前住户留下的婚纱照，他呵呵一笑，坦然扔掉了。

回到自己租住的房间，我站在阳台上默默地抽烟，心里想着赵新华新租的房子，不会也有前房客留下的婚纱照吧？楼下，一个拾荒的汉子正在垃圾堆里扒拉，把有价值的垃圾扔到三轮车上，最后，他把赵新华的婚纱照也扔上了三轮车，婚纱照当废品卖都没人收吧，他捡去做什么呢？

一个周末的下午，我心烦意乱，想不出明天的公众号该写些啥，就下楼，信步乱走，希望走出灵感来。

北环路边上，圈着一块空地，生机勃勃的乱草杂树之间，隐约可见一条小路。这种小路，一般都通向电视上时常曝光的藏污纳垢之地，地下生猪屠宰点、潲水油加工点、黑心咸蛋黄加工点，等等。我突然想弄明白，这条小路的尽头，隐藏着怎样不可见人的勾当，就走了进去。钻过围墙上的豁口，眼前是一片荔枝林，荔枝林里，搭着一个窝棚。窝棚外面，整整齐齐码着啤酒瓶，一对五十来岁的中年夫妻，坐在小马扎上，正一个一个地清洗啤酒瓶。阳光打在他们汗津津的脸上，明媚而安详。

是拾荒者的藏身之处。我走上前问："大叔，这啤酒瓶，得先清洗好才能卖吗？"

大叔说："那倒不用。只是这啤酒瓶里，烟头呀，死蟑螂呀，啥脏东西都有，我怕啤酒厂的人太马虎，洗不干净祸害人，所以，我们收回来的啤酒瓶，每一个都洗干净了才卖。"

我肃然起敬，给大叔敬上一支烟。

那天下午，在违章搭建的窝棚边，大叔大妈的故事让我热泪盈眶。

大叔叫杨红军，大妈叫李英翠，来自安徽寿县，1980 年来深圳的，整整三十六年了。前二十年，他们在工厂打工，有时一年做三四家厂，有时一家厂做三四年，前后做过四五十家工厂。后十六年，他们年龄大了，手脚不再麻利，工厂不要他们了，可是，他们也不能回家种地。在深圳待了二十年，他们已不会种地了，而且，他们适应了深圳的水土，回到老家反而水土不服，多待几天身上就痒痒的，长疹子。留在深圳，也不知道干啥，他们就捡垃圾，租房子太贵，就选隐蔽的地方搭窝棚。再隐蔽的地方，有关部门总能找得到，十年来，他们先后被有关部门找到的窝棚共计十五个。搭窝棚的材料都是捡来的，花不了多少钱。

杨红军和李英翠同一年来深圳，还是老乡，但直到 1990 年，他们才相识相爱，随即结婚。1993 年，他们生下了儿子杨深安。1996 年，他们生下了女儿杨深徽。在深圳，他们养不起孩子，就全都送回了寿县老家。他们打工打来的钱、捡垃圾换来的钱，也全都寄回了老家。一双儿女靠父母寄回家的钱茁壮成长，儿子杨深安考上了北京大学，明年毕业；女儿杨深徽考上了中国人民大学，后年毕业。

　　三十六年间，深圳由边陲小镇变成了现代化大都市，杨红军和李英翠由小伙子、大姑娘变成了大叔大妈。我们聊了一下午，都是不堪回首的辛酸，大叔大妈说起来却云淡风轻。他们喜欢深圳，这一份喜欢，嵌在儿女的名字里，刻在他们历尽沧桑的皱纹里，也融在他们用心清洗的每一个啤酒瓶里。

　　聊着聊着，大叔说："看我糊涂的，水也没给你倒一杯。"站起身进了窝棚。我还真有点口渴，就跟了进去。

　　简陋的窝棚里，一幅紧挨一幅，挂满了婚纱照！赵新华和刘亚男的婚纱照也在！

　　接过大叔递上的水，我问："大叔，你收藏婚纱照？"

　　大叔说："收藏那是你们文化人干的事，我只是顺手捡来装饰窝棚而已。我觉得，婚纱照是世界上最漂亮的照片，新郎新娘是世界上最幸福的人。他们笑得很甜很美，我每天早上醒来，睁眼看到围在身边的新郎新娘，就想起我和李英翠年轻的时候，浑身是劲。"

27．当诗歌被月光抓住

2006 年，我刚到深圳的时候，是一名送水工。我没有钱，只能吃全深圳最便宜的快餐——工业区摆在马路边的那种，四五元钱一份；我没有地位，任意一个小区的保安都可以对我任意吆喝，尽管他们也没什么地位。但我从来没有因此自卑自怜，相反，我每天都高高兴兴，阳光灿烂。因为我年轻，才刚满十九岁，刚踏上人生旅途，前程无限；还因为那时候，我会写几句诗，且自以为是天才诗人，我像所有的诗人一样，不时仰望星空，视钱财如粪土。如此这般，我整天自得其乐，敢想敢干，甚至爱上了一个美丽姑娘。

姑娘叫叶非花，住在莲花二村的一套单身公寓里。我认识她，当然是因为给她送水。我扛着水桶，一口气登上五楼，敲响叶非花的门，她给我开门时，手里拿着《普希金诗选》。我不管她有没有钱有没有地位，我完全有理由嗤之以鼻。给叶非花换完水，我忍不住对她说："叶小姐，作为热爱诗歌的人，我善意地提醒你，你千万别跟人说自己正在读《普希金诗选》，那是五十年代的扫盲读物。"叶非花瞪圆漂亮的大眼睛说："咦！送水工也懂诗？"为了证明送水工也懂诗，那天下午，在莲花二村叶非花租住的单身公寓里，我背起了米沃什、布罗茨基、博尔赫斯的名篇，这些我景仰的大师，叶非花居然闻所未闻！背完大师的诗，我又背我自己的诗，酸溜溜如"今夜，我不出门 / 不让星星洞悉我的孤独"之类的文字。

叶非花也是十九岁，十九岁的姑娘喜欢帅哥和诗歌，又帅又会写诗的自然能让她刮目相看。从此，我成了叶非花的指定送水工。

叶非花刷牙洗脸都用矿泉水，因此我三天就要给她送一桶水，同时，送给她一首诗。水，一桶十八元；诗，免费的。诗写得朦朦胧胧，用心却明明白白，我爱上了叶非花。

中秋节那天，晚上七点钟，叶非花给我发短信，让我给她送一桶水。那一天，本不是叶非花要水的日子，我没有准备好给她的诗。从水站到叶非花的楼下，五百米，我一边骑着送水的载重自行车，一边在心里为叶非花写下了一首打油诗，核心句子是："明月不说话，暗恋叶非花。"

叶非花的水还没有用完，唤我过去只是让我陪她过中秋节，陪她看月亮。我扛着水桶上楼时，她已在阳台上摆好葡萄美酒夜光杯，只等我就座了。

这本来是一个美好的夜晚，明月、美酒、诗歌、美人，爱情若隐若现，呼之欲出。

一个电话，让循序渐进的爱情故事戛然而止。

叶非花接完电话，泼掉本来要一饮而尽的红酒，边急忙忙夺下我的酒杯收起来，边说："你快走，赶紧走！"

我连空水桶都没来得及拿，就让叶非花推出门来。

我没有走远，隐身在一个阴暗角落里。不一会儿，一个小胖子来到叶非花门口，叫喊："宝贝，开门！"叶非花应声开门，一脸幸福和快乐。

我隐约看见，那个小胖子未必比我帅，未必比我聪明。可我甚至都没有机会与他对垒，就已经输得一塌糊涂。我心中的诗情画意，即刻土崩瓦解。

第二天，我辞掉了送水工的工作，换掉了手机号码，一把火烧掉那些曾让我沾沾自喜的诗稿，从此不再写诗。

2015年中秋节，我不管月亮圆不圆，和几个赌友在茶楼打麻将。抛弃诗歌以后，我并没能成为一个前程似锦的人，几经起伏，我成了江湖上赫赫有名的"赌王"，全力以赴，算计那些曾经被我视为粪土的东西。搏杀在钞票的河流中，我不再仰望星空，不再歌唱爱情，开始视诗歌如粪土。

杠上开花清一色，我春风得意之时，有人给我发短信，我忙里偷闲瞅了一眼，是一句酸诗："今夜，我不出门／不让星星洞悉我的孤独。"是一个陌生的号码，我一向不理来历不明的手机短信，正要顺手删除，突然感觉此话似曾相识，好像是我当年涂鸦的诗句，莫非是一个久不见面的朋友？借上洗手间之机，我拨通了那个陌生的手机号码："哪位？"

曾让我神魂颠倒也让我痛彻心扉的名字，轻飘飘地从手机中飘出来：叶非花。

多年以前的那轮中秋明月，就算是一枚铁饼，也早已在岁月的长河中生锈、风化。有关叶非花的爱与怨，也早已烟消云散。今夜，叶非花再现，仿佛时光倒流，我莫名地又有了怦然心动的感觉，她是否还像当年一样漂亮？正好赢了钱，不妨急流勇退。我问清叶非花在哪，也不管她是否愿意见我，就丢下一班赌友，开着我的二手捷达赶了过去。

叶非花在海边，她说，那是属于她一个人的海。

属于叶非花的海，在沙河西路尽头、深港跨海大桥以南、海滨公园的边缘地带，路还没修好，我只好弃车步行。从红树林到沙河西路沿海一线，熙熙攘攘都是赏月的人，狗儿叫，孩儿笑。我正在走近的这一片海滩，却像是被人遗忘的角落，没有路灯，只有建筑工地上工棚里透出的余光，隐约照亮裸露的黄土地，以及在垃圾堆里乱窜的老鼠。登上一个土坡，下面的海滩上，立着一个面朝大海穿白色连衣裙的背影。我拨通叶非花的手机，海滩上的背影转过身来，冲我摇手。

我来到叶非花身边说："这种荒凉地方，你就不怕碰上为非作歹之人？"

叶非花呵呵一笑，露出亮闪闪的牙齿说："深圳最难得的就是这种荒凉，多有诗意的地方呀，就算是歹人，来到这里，也要变成诗人的。"

"你……"久违的诗意让我吃了一惊，"你还在写诗？"

叶非花递过手中的一本书："这是我刚出的第二本诗集。"

亮堂的中秋月光下，看得清书名："独自去看海"。

我打开手机的手电功能，照亮诗集扉页，诗集居然是题献给我的！"献给我一直在寻找的诗友张林宇！"

"嘿嘿，我早就不写诗了。"世事无常，当年我写诗求爱的叶非花，成了诗人，张林宇却成了"赌王"。"你一直在寻找我？为什么？"

叶非花说："我们走一走，听我慢慢说吧。"

我们沿着尽是烂泥的海滩来回走。海对面香港的灯光毫无诗意，闪闪烁烁的倒像是捉奸的目光。

叶非花对我说了许多，中心思想也就三个字：对不起。

当年让我仓皇离去的小胖子，是叶非花当时的男朋友，是个公务员。他精通官场规则，却对诗歌不屑一顾。我，一个热爱诗歌的送水工，让无限郁闷的叶非花眼前一亮，但也就是亮一亮，她不可能放弃公务员，爱上一个送水工。那个中秋之夜，公务员在外地出差，说好不回来的，她就想和我一起吟诗赏月，没想到，公务员居然连夜赶了回来。虽然，她和我还来不及发生什么，中秋之夜，孤男寡女独处一室，注定说不清楚，她就手忙脚乱赶走了我。

第二天，她想跟我说一声对不起，却再也找不到我了。

不久，公务员因为经济问题进去了。叶非花越发郁闷，只能埋头写诗，本指望以此融化心中块垒。没想到，一不小心，写成了一个诗人，一首诗歌获得了全国性大奖，一举成为诗坛新星。

对我的无情无义，一直是叶非花心中无法释怀的愧疚。她在所有与诗有关的网站上发帖寻找我，也多次在公开发表的诗歌里表示对我的歉意。她想，只要我依然热爱诗歌，总有一天，我会看到她"一腔悔恨如南极冰川／不能化解"。没想到，我早已远离诗歌。

叶非花题献给我的第二本诗集，引起了我一个老友的注意，老友正好有我的手机号码，就告诉了她。

月光照不出我心中的苦笑和阴影。我带着叶非花来到了我租住的宿舍，我说，皓月当空，故人相遇，不能没有美酒，我正好藏着一瓶朋友从巴黎带回来的红酒。我不再是当年热爱诗歌的青涩愣头青，赌桌上的钩心斗角，早已把我磨砺成冷酷的畜生。我想，对不起算啥？陪我上床，恩恩怨怨，一笔勾销！叶非花依然漂亮，诗歌的熏陶，更让她带着几分不食人间烟火的飘逸，能与她欢乐今宵，世界上最难堪的委屈也不算啥。

进到我的宿舍，在阳台上摆开小桌子，启开红酒，还来不及说点什么，我的搭档老二打来电话说："光头佬发现我们出老千了，正带人来找你，你快点撤！"

掐断手机，我抓起叶非花的手袋，塞进她怀里："你快走！赶紧走！"

叶非花大惊失色："出什么事了？"

"走！"我不由分说，把叶非花推出门外。

这一幕，与叶非花当年赶走我，竟如出一辙！我们就这样扯平了。

没时间感慨，我也得赶紧收拾必要的东西，走人！

我急急忙忙收拾一番，打开门，一把手枪顶住了我的头！

光头佬学着葛优的腔调说："敢在我眼皮底下耍花招，我很生气，后果很严重，知道吗？"

我与老二联手，赢了光头佬五十万块。被冷冰冰的枪口顶着头，我只能认栽，表示愿意退还光头佬五十万，再补偿他十万块喝茶。

光头佬继续用枪顶着我的头，对带来的两个手下说："老规矩，斩下他的右手大拇指。"

这时，叶非花进来了，翘起右手大拇指，平静地说："我的手指，比他的漂亮，用我的代替，行吗？"

光头佬吃了一惊，拍拍叶非花的脸："他妈的我咋就找不到这么好的女人呢？"

趁光头佬分神之机，我一把夺下他的枪，顶住了他的头！

捆好光头佬三人，我把瑟瑟发抖的叶非花送回她的住处，连夜逃离深圳。

车到广州的时候，叶非花给我发来短信："无论生活怎样不如意，你心中不能没有诗意。"

现在，我隐居山林，一片充满诗意的山林。我想，叶非花若能来住几天，应该能写出几首好诗，可她一直没有来。

28．爱如潮水浪打浪

马南山读高三的时候，爱上了班花姚青梅。马南山成绩平平，要考上大学，必须付出九十九分努力，再加上一分运气；姚青梅的成绩，在班上数一数二，考重点大学当如探囊取物，不在话下。马南山心里很清楚，要让姚青梅爱上他，相当困难。但马南山还是有点优势的：第一，他是班上一号帅哥，而且，足球踢得好，时常有女生对他暗送秋波，他要是愿意的话，完全可以胡作非为；第二，他爸是个比较成功的商人，他家已率先进入小康行列。于是，马南山义无反顾地爱上了姚青梅，并给她写了一封情书，悄悄塞进她的课桌里。

一个星期后，姚青梅回了信，称他为"马南山同学"，信写得客客气气，大意为：关键时刻，无心他顾，与学业无关的事情，考上大学以后再说吧。三言两语，经马南山再三回味就意味深长了：考上大学，一切都好说。马南山同学因此有了盼头，不再三心二意，埋头读书。

第二年，姚青梅考上了北京一所有名的大学，马南山的努力也有了回报，考上了广州一所不太有名的大学。但马南山期待的爱情故事，没有在一南一北的两座城市之间拉开序幕。对马南山满腔热情的试探，姚青梅依然是客客气气，不置可否。而在大学校园里，爱情，就像感冒一样，打一个喷嚏，可能就开始了。马南山这种帅哥，尤其容易"感冒"，所以，他亦真亦假，也谈了两次恋爱，有一次还谈到了床上。但马南山理想中的爱情，那种天崩地裂、生死相依的爱情却一直没有出现，姚青梅一直在马南山的爱情中若隐若现，而马南山的爱情最后全都无疾而终。

姚青梅大学毕业后，到了深圳，考上了公务员。马南山大学毕业后，也到了深圳，做点小生意。

马南山偶尔请姚青梅吃饭，姚青梅和马南山谈天谈地，就是不谈爱情。像姚青梅这样的传统美女对爱情都小心翼翼，你必须坚持不懈地与她吃饭、吃饭、吃饭，吃多了，才可能慢慢吃出爱情来。但马南山注定无法为姚青梅坚持不懈，因为他帅，因为他不差钱，身边从来不缺想与他谈情说爱的女孩，而意气风发的年轻帅哥马南山，需要爱情的滋润，就像鱼儿需要水一样，于是，马南山犯下了第一个错误。

马南山最初做的是茶叶生意，他招了一批形象好、气质佳的促销小姐，进驻各大高档酒楼，向客人推销非同一般的极品茶叶。做酒楼的生意，马南山自然要与酒楼管理人员常来常往，来来往往中，马南山认识了××酒店的餐饮部经理杨秀娟。一开始，杨秀娟对马南山派出的促销小姐百般挑剔，使促销小姐的工作积极性大受影响。马南山就亲自出马，送给杨秀娟一瓶法国香水，希望她"多多关照"。杨秀娟打开香水嗅一嗅说："马总，这香水，别跟你的茶叶一样，都是吹出来的香吧？"马南山说："就跟你是美女一样，有目共睹，货真价实，童叟无欺。"杨秀娟嫣然一笑："马总你好能忽悠哦，不会是想把我忽悠迷糊了，卖掉我吧？"

杨秀娟那一笑，露出两颗小虎牙，倒也有点意思。马南山心里一动，把此女忽悠迷糊，有利于做生意，便进一步挑逗说："真正的好茶我自己喝，真正的美女我自己爱。"杨秀娟脸一红，说："谁才是你心中真正的美女？"

马南山深情款款地说："你。"

其实，马南山心中真正的美女是姚青梅，但他面对姚青梅，却一直不敢做类似表白，甚至一句流畅的话都说不出来。对自己并不在意的女孩，马南山却能收放自如，妙趣横生的话、情意绵绵的话，常常脱口而出。

一个星期后，马南山轻轻松松把杨秀娟忽悠成了女朋友，和××酒店的茶叶生意因此一帆风顺，蒸蒸日上。

马南山很快就后悔了。杨秀娟其实算不上美女，只是两颗小虎牙还有点特色，其他方面都无法与姚青梅相提并论：姚青梅是名校高才生，杨秀娟只读了个普通大专；姚青梅是前程似锦的公务员，杨秀娟只是逢人开口笑的小白领……马南山越想越觉得沮丧，只为了一家酒楼的小生意，却要搭上自己的终身幸福，这买卖亏大了！

此时，杨秀娟已搬到马南山的住处，口口声声称马南山为老公，脸上幸福洋溢，一副要与马南山一起慢慢变老的样子。马南山不忍心说出分手的话来，他不想成为让人切齿痛恨的负心人。

比较理想的分手方式是对方忍无可忍，拂袖而去。

让女人忍无可忍的自然是移情别恋，脚踏两只船，吃着碗里盯着锅里。杨秀娟与上一任男朋友分手，就是因为她目睹了男朋友与初恋情人不堪入目的一幕。马南山有了主意，另找一个女孩，让杨秀娟有意无意撞见。

就这样，马南山犯下了第二个错误。

其时，马南山不再做茶叶生意（这也是他决定结束和杨秀娟的爱情故事的原因之一），他盘下了一间酒楼，正大力搞装修。不断有家私推销商上门来找马南山，向他推销桌椅板凳，吴丽萍就是其中之一。

先是吴丽萍嗲声嗲气地向马南山放电，意欲把马南山电晕，让他糊里糊涂买下自己的桌椅板凳。吴丽萍长得甜蜜蜜的，看着也还顺眼，马南山顺水推舟，把桌椅板凳先放在一边，和吴丽萍正经地风花雪月起来。吴丽萍本来只是职业性放电，并没想真正电倒马老板，能和他做点小生意，自己赚点佣金就知足了，没想到马南山竟对自己一见钟情，顿时喜出望外，跌进了爱河。最后，吴丽萍为马南山打起算盘来，自己不要一分钱佣金，打报告向公司申请到最低优惠价格，把桌椅板凳卖给了马南山，还倒赔上许多柔情蜜意。

买到便宜家私，只是马南山顺手牵到的一只羊，让杨秀娟恶心弃他而去，才是他的最终目的。

女人对男人的花花心思天生敏感，一点蛛丝马迹都能让她草木皆兵，何况马南山并不掩饰。杨秀娟很快就察觉到马南山不对劲，接着就在马南山的手机上发现了吴丽萍发来的肉麻短信。杨秀娟强压着心中的酸楚，问马南山是怎么回事，只希望他能给一个说得过去的理由，哪怕是掩耳盗铃的谎言也行。不料，马南山随手删除短信，轻描淡写地说："没事你偷看我短信干啥？我还要不要私人空间了？"

杨秀娟的眼泪哗地下来了，边流泪边收拾自己的东西，本以为马南山会手忙脚乱地阻拦，他却只是一个劲地抽烟。杨秀娟若有所悟，问："你是不是巴不得我早点搬走？"

马南山说："你可以抛弃我，但请你不要把我想得这么卑鄙好不好？"

杨秀娟气得浑身发抖，丢下两个字："可耻。"摔门而去。

第二天，马南山给杨秀娟打了个电话问："我们是不是到此为止了？"

杨秀娟说："你说呢？"

马南山就挂掉了电话。

马南山的酒楼开业这天，朋友们都来捧场，姚青梅也来了。

姚青梅给马南山敬酒，正祝他生意兴隆，在外地推销家私的吴丽萍来电话了，马南山眼中掠过一丝惊慌，不敢接听，掐断了电话。姚青梅捕捉到了一闪而逝的一丝惊慌，接着祝酒："祝马老板财源滚滚，早娶娇妻！"

马南山在姚青梅面前本就说不出漂亮话来，吴丽萍不合时宜的来电更让他心慌意乱，就昏头昏脑随口说："谢谢，谢谢。"

说完谢谢，马南山就直想抽自己嘴巴，当下决定，尽快解决吴丽萍。

解决吴丽萍走的还是解决杨秀娟的老路子。

这一回，轻车熟路，而且马南山新开的酒楼里，服务员个个是美女，随手找一个搪塞就是。

马南山随手找来搪塞吴丽萍的是服务员龚美丽。

十八岁的龚美丽不怎么美丽，却有点冲，晚市时，一个客人拍了拍她的屁股，她居然把一杯茶泼在客人脸上。害得马南山亲自出面，不停地赔笑脸，最后，给客人免单才算了事。酒楼打烊后，马南山把龚美丽叫进了办公室。龚美丽含着泪可怜巴巴地问："马总你不要开除我好吗？我还要供弟弟念书呢。"

眼中含泪的龚美丽，楚楚动人。马南山本来真想开除她，这会儿却情不自禁伸出手，拭去她脸上的泪滴说："我喜欢有爱心的女孩。没事，你好好干。"

龚美丽破涕为笑说："马总你是世界上最好最好的好人。"

龚美丽又哭又笑的脸透出所向无敌的诱惑，马南山忍不住亲了亲她的脸。龚美丽捂住脸，突然放声大哭："女孩子的脸，只有男朋友才可以亲，马总你让我以后怎么做人呀！"

马南山一冲动，抱紧了龚美丽，边亲边说："那我就做你的男朋友吧。"这一次错误，让马南山万劫不复。

第二天，吴丽萍来找马南山，刚进办公室，龚美丽就闯了进来，两眼充满敌意，盯着吴丽萍问："你是谁？"

吴丽萍反问："你是谁？"

龚美丽说："我是马总的女朋友！"

吴丽萍看一眼惊愕的马南山，吼骂道："马南山你是个畜生！"夺门而出。

龚美丽初中没读完，不如马南山"爱"过的任何一个女人，但她却成了马南山的老婆。

因为，龚美丽非同寻常，马南山睡了她就得娶她。马南山不敢不娶她，还不敢说"离婚"二字，否则，龚美丽就要和他同归于尽。龚美丽生是马南山的人，死是马南山的鬼！

马南山对付杨秀娟、吴丽萍的方法，不敢对龚美丽试一试。龚美丽一见马南山和陌生女人一起，就气势汹汹杀上前去，质问女人："你是谁？"

马南山不敢多看一眼其他女人，甚至不敢给姚青梅打电话。

马南山从此只能一心一意做生意，倒也做得风生水起。

29. 你老婆让你给她打电话

　　李彩琼很不安。一连两个月，老公刘得华没寄钱回家。三年了，刘得华每月寄回一千元钱，雷打不动，现在却两个月没有一分钱，也没有一句话，为什么？

　　钱不钱无所谓，李彩琼种田种地，养鸡养鸭，虽不能发家致富，但养活自己和儿子绰绰有余，刘得华从深圳寄回家的钱，李彩琼一分钱也没有花。村里手机没信号，也没有谁家装电话，刘得华又没有手机，他们没法通电话，而没什么事，刘得华又懒得写信，汇款单也成了刘得华平安无事的证明。刘得华喜欢到邮局汇款，他一笔一画填汇款单的感觉，就像在给老婆写情书。李彩琼不需要花刘得华寄回来的钱，每次从镇上的邮局取出来，她就存进了邮局对面的农业银行。每月一次的汇款单，对于李彩琼来说，就是丈夫的平安通知书。

　　每次收到钱，李彩琼就给刘得华写一封信，因为刘得华一般不回信，她也就没什么可说的，只简单地告诉他，钱收到了，家里一切都好，勿念。然后，附上一张儿子刘磊的照片。儿子两岁半了，刘得华还一次都没有见过，李彩琼只能通过照片让刘得华认识儿子。

　　上个月，李彩琼没收到钱，还是给刘得华写了一封信，并附了一张儿子的照片，信中不轻不重地写了一句："你是不是忘了我和儿子？"一个月后，还是没收到刘得华的汇款单，倒收到了深圳退回来的信，信封上贴着一张小纸条，"查无此人"。

当天夜里，李彩琼心慌意乱，失眠了。为什么会"查无此人"？一想再想，想不通，她就决定到深圳去看个究竟。

第二天，李彩琼把家中鸡鸭托付给住在山下老屋的公公婆婆，只怕老人胡思乱想，也不敢跟他们说刘得华两个月没寄钱回家的事儿，只说自己要回娘家，就背上儿子出了门。她先坐摩托车到镇上，再坐中巴到市里，市里有火车直达深圳。

坐上火车，李彩琼对儿子说："磊磊要去深圳看爸爸喽。"但她的心里不胜凄惶，儿子这一回，只怕是见不到爸爸。刘得华无缘无故"查无此人"，要么是跟别的女人好上了，无脸见他们母子，要么是出了事，死掉了！

三年前，李彩琼和刘得华同在深圳西丽的一家电子厂打工。因为是老乡，说着同样的方言，彼此都感觉很亲切，就好上了。两人都住集体宿舍，谈情说爱多有不便，只能去公园和沙河西路绿化带的草坪上，走一走，坐一坐。爱到情不自禁时，李彩琼就在草地上把自己交给了刘得华。没几个回合，李彩琼就怀孕了。开始显怀时，刘得华就把李彩琼送回江西老家，领了结婚证。因为厂里最多只批五天假，超期就以自动离职论处，路上来回刨去两天，刘得华不敢在家多耽误，只在他们的洞房里住了三天，把新娘李彩琼交给老父老母，就匆匆返回了深圳。

李彩琼的预产期是腊月二十八。刘得华说，过年有一个星期假，边生儿子边过年，正好。快过年时，刘得华寄回了一千元钱，汇款单附言说："春运车票难买又贵，加班一天顶三天，可能不回家。预祝生产顺利，新年快乐。"李彩琼想只是"可能不回家"，那就也可能回家，心里就暗暗地盼望着。盼过了预产期，到了大年初一，刘得华还没有回来，李彩琼生下了儿子。

正月初十，李彩琼收到了刘得华的信。刘得华说，自己没能回家过年陪老婆生孩子，只是想尽可能省下每一分钱，请老婆大人理解和支持。信的最后说，若生儿子，叫刘磊，若生女儿，随便叫什么都可以。

李彩琼把信读了两遍，也就不生气了。女人生孩子，男人陪在身边也帮不上啥忙，来回还白花许多钱，不回来也好。只是有点不满刘得华"若生女儿，随便叫什么都可以"，就回信说生了个女儿，名字就叫"刘随便"。

刘得华没回信，只在下一次寄钱回家时附言说："生男生女都一样。老婆、随便多保重。"

刘得华诗一般的附言，让李彩琼彻底消了气，就写信告诉刘得华，生的其实是儿子，并附上了儿子的满月照。

第二年、第三年，刘得华每月寄钱回家，人却一直没回来。李彩琼也没有特别不高兴，赚钱不如省钱，刘得华说的其实也有点道理。李彩琼只想等儿子满了三岁，能放手交给公公婆婆了，她也回深圳去，和刘得华并肩赚钱。

刘得华突然"查无此人"，让李彩琼心烦意乱，她第一感觉就是刘得华这个畜生，肯定变心了，什么赚钱不如省钱，他明摆着是有了别的女人，不要我们母子俩了！只是，刘得华每月也就两千元钱工资，寄回家一千元，剩下的刚够他的基本生活费，他没有本钱玩花花心思。可无论怎么想，怎么给刘得华找理由，都越想越可疑，李彩琼就带着儿子，提前杀回深圳了，刘得华要真敢做下猪狗不如的事儿，就……就怎么样呢？李彩琼也不知道，想到这儿就只是流泪。

　　下了火车，乘 101 路公共汽车可到西丽刘得华打工的电子厂，可李彩琼等不及了，背着孩子拎着包，招辆的士就直奔电子厂。

　　电子厂原来的门卫，都认识李彩琼，每次出入彼此还开点玩笑，现在全换成了新人，拦住李彩琼不让进。李彩琼说她在这儿上了两年班，李厂长对她都客客气气的。门卫说，李厂长早就走掉了。李彩琼又报了两个老工友的名字，门卫也说走掉了。李彩琼急了："那，刘得华还在吗？他是我老公。"

　　刘得华果然也不在了。市场不景气，工厂没订单，三个月前，一半工人放了"长假"，刘得华就在这一半之中。去了哪里？不知道。

　　李彩琼"哇"地哭出声来，儿子刘磊也跟着哭。

　　三年前，深圳很亲切，这家工厂很温暖，像家一样温暖，孕育了李彩琼的爱情。现在，李彩琼一个人也不认识了，她突然感觉无依无靠，只能哭。

　　李彩琼哭她的无助，也哭她的伤心，放"长假"，刘得华为什么也不回家看看她和儿子！

　　门卫被李彩琼母子俩哭得心慌意乱，仿佛刘得华是他整不见了一般，赶紧用对讲机呼来队长。队长也是江西人，也算是老乡，掏出手机，不断地给别的老乡打电话，问谁知道刘得华去了哪里。几个电话打下来，队长说："有个老乡昨天在蛇口和刘得华吃过烤串串。"

　　李彩琼对队长千恩万谢，队长被谢得不好意思，给刘磊买了一根烤鸡翅。刘磊接过烤鸡翅，比见了爸爸更亲切，立刻住口不再哭。

　　当天下午，李彩琼带着儿子到了蛇口。和刘得华吃烤串串的老乡也是在厂里上班的，上班时间，不让见客，李彩琼就搂着儿子坐在厂门口的马路边等。等到六点钟，老乡下班出来了，说他也不知道刘得华在哪里。刘得华昨天是来找老乡借钱的，想借两百块，老乡还没发工资，就只借给他一百块。

李彩琼一听，又流下泪来。这一回是哭刘得华可怜的，一百两百地跟人借钱，他混得咋就这么惨呢？

流了一会儿泪后，李彩琼掏出一百元钱，对老乡说："刘得华借你的钱，我替他还了吧。"李彩琼一生最怕欠债。

老乡推让一会儿，最后还是把钱收下了，又觉得不好意思，看看天黑了，就找到一个女老乡，让李彩琼母子俩在女老乡的宿舍里先借宿一晚。

李彩琼在深圳待了九天，她就像一条狗，嗅着哪里有刘得华的踪迹，就带着儿子扑过去，去过西乡，也去过龙岗，她见到过刘得华抽剩的烟头、喝空的啤酒瓶，但刘得华本人，却始终像鬼一样，听说有，见不着。

最后五天，李彩琼锁定了大冲和白石洲，因为有老乡十分肯定地告诉她，刘得华在这一带活动。五天里，李彩琼牵着儿子、抱着儿子、背着儿子，走遍了大冲和白石洲的每一条街道，并在每一根醒目的电线杆上贴纸条，纸条上写着许多年前网上流行的一句话："刘得华，你老婆喊你给她打电话。"李彩琼身上带着三年前用过的旧手机，新买了一张五十元的卡。每天都有人给李彩琼打电话，都自称刘得华，但没有一个是真正的刘得华，全是看了李彩琼纸条上留的号码，打来寻开心的。

李彩琼只从家里带出来两千元钱，她不敢大手大脚，住十元店（在老乡处借宿过三晚），吃最便宜的快餐。她只对儿子大方，每天让他喝一瓶牛奶，吃一回肯德基。她听说城里的孩子爱喝牛奶爱吃肯德基，她可以亏待自己，但绝不能亏待儿子。

第八天，眼看着钱快花完了，李彩琼不得不回家了。买好第二天晚上回家的火车票，李彩琼身上只剩下五十元钱。她不敢再花十元钱住店，就给大冲的一个老乡打电话，希望借宿一晚。老乡支吾一阵，说她老公来了，不方便。李彩琼只好算了。几天来，她顺着深南大道在大冲和白石洲之间来来往往，每次都从横跨大沙河的桥上过，那桥墩下面挺宽敞，也能遮风避雨，就到那儿凑合一晚吧。

晚上十一点，李彩琼抱着已睡熟的儿子，悄悄下到靠大冲一侧的桥洞下，吓得几只老鼠四处逃窜。李彩琼其实更怕老鼠，但事到如今，也顾不得怕了，壮着胆子侵入老鼠的地盘，放下背囊，坐下来。

想不到，靠近白石洲那侧的桥洞下，也住着人！是个男人，正躺在地上就着昏黄的路灯看报纸。李彩琼心中忐忑，那人会不会半夜摸过来行不轨之事？但李彩琼走了一天，疲惫不堪，捡了一块石头，紧握在手中，靠着桥墩就睡着了。

第二天清早，李彩琼迷迷糊糊醒过来，一眼看见，对面桥洞下那个男人正面对大沙河做广播体操，再一看，李彩琼惊呼一声："刘得华！"

还真是刘得华！他没有跟别的女人鬼混，也没有离奇死掉。他三年不回家，没有工作流落街头也不回家，只是因为没有攒够一万元钱，没脸见老婆孩子。他流浪深圳的三个月，一直在钻研六合彩，已经有点心得，他相信自己一定能给老婆孩子一个惊喜，让他们过上荣华富贵的好日子。

刘得华手持《六合彩秘籍》，从对面桥洞走过来，看着还在熟睡的刘磊，问："这是我儿子？"

李彩琼说："不是。"

刘得华很生气："李彩琼你想干什么嘛！"

李彩琼说："我要离婚！"

李彩琼真的要离婚。当初下决心嫁给刘得华，她没图荣华富贵，平平淡淡过日子就行了，可刘得华不甘平淡，并且方式是买六合彩，这日子就没法过了。

30. 这种想法要不得

还没和赵山海结婚，我就后悔了。赵山海不喝酒、不抽烟，刚认识他那会儿，我觉得这是一个好男人的基本要素，后来，我看他不顺眼的时候，不抽烟、不喝酒也让我不满意了，没有男人味。

年轻的时候，我比较漂亮，人称"小山口百惠"。我上初一的时候，就有男同学往我的课桌里偷偷塞字条，到我结婚前，我能想起来的正经追过我的男人，有十多个吧，他们哪一个都比赵山海强。但鬼使神差，我偏偏选择了赵山海。

我妈信佛信鬼信算命，小时候，妈妈让一个街头算命先生为我算了一卦，说我是小姐身子丫鬟命。我妈一直为我的丫鬟命忐忑不安，我倒没怎么在乎。没想到，那算命先生也不完全是瞎说。初三那年，我父亲暴病身亡，我不得不放弃读高中、上大学的想法，而选择了考中专，当幼师。读幼师几乎不要钱，三年后毕业就能上班，就能接替父亲为家里挣钱。我下面还有两个弟弟，作为大姐，我必须尽快成为家中的顶梁柱。

十八岁我幼师毕业的时候，我没做幼师，却来到深圳做了打工妹。幼师工资太低，撑不起我的家，而打工，只要你不懒努力，有可能打出锦绣前程。事实证明，我的选择是对的。经过十八年的打拼，我，一个制衣厂的普通车工，一步一步熬出了头，现在已有自己的一家印刷厂，身家上千万，算是个不大不小的老板了。在许多人眼中，我无限风光。

我妈，一度因为我的丫鬟命而忧心忡忡，现在也终于放了心，因此心宽体胖，只关心如何减肥了。只有我自己知道，我一直是一个丫鬟，一个爱情、婚姻中的丫鬟。

十八岁那一年，在来深圳的火车上，就有男人开始追我。整整十年，我身边的男人来来往往，但我却从来没有正经恋爱过。因为，没有哪一个男人让我动心过。一开始，我不敢动心，小说和电影、电视里的爱情悲剧，让我误以为男人多是色狼和骗子，我不相信任何男人。后来，我觉得，有一些男人，可能不是色狼和骗子，值得进一步考察和考验，却没有一个男人经得住考察和考验，吃过几回饭，散过几回步，短则一两个月，长则一年半载，还没等我找到感觉，他们就悄然从我的生活中消失了。

多年以后，我才明白，深圳的男人都怕麻烦。深圳男女比例失调，美女过剩，稍微优秀点的男人，可能同时盯着好几个美女，或者被好几个美女同时盯着，东方不亮西方亮。如此恶劣的环境，让深圳的爱情也开始讲究深圳速度、深圳效益，暗送的秋波、心跳的感觉、诚惶诚恐的甜蜜、患得患失的忧伤，传说中爱情必经的步骤，在深圳，全被一笔带过。深圳爱情，要么一拍即合，要么一拍两散。羞答答的玫瑰，要么没开放就被人采摘了，要么永远也没有机会开放。

赵山海最终能感动我，只是因为他执着地追了我三年。

赵山海是在我二十五岁那一年出现的，其时，我在八卦岭的一家制衣厂做厂长助理。赵山海与厂长是老乡，那一天，他来找厂长，坐在我的办公室，顺手拿过桌上的魔方玩儿，几分钟就玩出了六面。我不由得对他刮目相看，要知道，整个制衣厂，最聪明的人也只能把魔方玩出三面，而我，只能玩出一面。后来我发现，赵山海不仅会玩魔方，所有高难度的电脑游戏，他都能玩得畅快淋漓。等我们结婚以后，我又发现，除了会玩游戏，赵山海几乎别无所长。

能得心应手玩游戏的人，至少是个聪明人。事实上，赵山海也的确是个聪明人。从小学到大学，他的学习成绩一直名列前茅，扑克、麻将、象棋、围棋，需要算计的游戏，他都玩得出神入化，以至于朋友们都不敢跟他玩麻将。可是，赵山海玩游戏所向无敌，为人处世却几乎是个低能儿，追我三年，他几乎没说过一句动听的甜言蜜语，第一次见我妈，他也不知道聊什么好，紧张得手足无措。这些都无关紧要，要命的是，后来，我们开始创业的时候，面对客户，他也拘谨得不知所措，连酒桌上常用的客套话都不会说。一些初次见面的客户，还以为赵山海是我的司机。到后来，他干脆不再和我一起去见客户，整天坐在办公室玩电脑游戏，我一个女人，不得不一肩承担工厂里里外外的大小事情。

当年追过我的男人中，只有唐汉还与我保持着密切联系。唐汉是个律师，能说会道，追过我半年，我差一点就成了他的人。关键时刻，我要求他用安全套，他急忙之下，脱口而出："用完了。"我还是个处女，他却和别人用完了安全套！该死的骗子！我头也不回摔门而去。十多天之后，为了让唐汉彻底死心，我把自己草草交给了赵山海。一给他我就后悔了，赵山海在我之前，也有过女人，他还不如骗子唐汉，但既然已是赵山海的人了，我还是硬着头皮嫁给了他。

结婚后，唐汉仍然不时给我打电话："小狐，我可能不是个好丈夫，但肯定是个好朋友。"我对唐汉的怒火早已烟消云散，我们真的成了好朋友，一年见面两三次，或者两三年不见面，但始终是无话不谈贴心贴肺的好朋友。

得知我成了叱咤商场的女强人，而赵山海成了我的"司机"，唐汉说："小狐，做女人，不必时时刻刻锋芒毕露，有时候是需要装傻的。你等着看吧，有一天老赵肯定会让你知道，你也有非他不行的时候。"

这一天，在我生下儿子后来到了。赵山海不声不响地睡到了客房里，从此没再睡回我们的婚床。一开始，我没有太在意，哺育儿子、应付客户已让我焦头烂额，我没有心情想七想八。半年后的一天晚上，儿子睡着了，我睡不着，心里空荡荡的。我来到客房，对埋头在电脑屏幕前的赵山海说："我们说说话吧。"赵山海头也不抬："我没空。"我瞥一眼电脑，没有空的赵山海，居然在浏览黄色网站！我一言不发，拂袖而去。

几天后，唐汉和我喝咖啡，他嘿嘿坏笑着说："这老赵，居然舍得让这么漂亮的老婆闲置大半年，就不怕我钻空子？"说着，亲了一下我的脸。老实说，我和唐汉是非同一般的好朋友，每次见面，他都会抱抱我，亲亲我，甚至还想和我去开房。我允许他抱我、亲我，但坚决拒绝和他去开房。我突然泪流满面，趴在唐汉怀里痛哭了一场。唐汉拍着我的背说："小狐，如果有一天，老赵背叛了你，你千万别太伤心。我离婚娶你。"唐汉在我结婚的第二年，也结婚了。

我自信，赵山海不可能背叛我，我依然漂亮，上得厅堂，下得厨房，我们家的这一小片江山，几乎是我一手打出来的。赵山海，不帅，不潇洒，见了陌生人支支吾吾话都说不清楚，他到哪里去找我这么好的人？

不用唐汉分析我也清楚，赵山海试图以这种可笑的冷战，迫使我成为渴望关爱的小女人，体现他作为男人的重要性。我偏不买账，夫妻生活，于我本来可有可无，彻底没有，也没什么大不了的！我只当他赵山海是个摆设。

冷战持续六年，不分胜负。

唐汉的婚姻却惨遭失败，三年前，他稀里糊涂就离婚了。

上个星期天，我带儿子去学钢琴。钢琴老师临时有事，给学生放假一天，我带儿子提前回家。打开门，我看到了世界上最不堪入目的一幕，赵山海竟然和上门打扫卫生的钟点工（一个大嫂），纠缠在客厅沙发上！

我捂住儿子的眼睛，转身出门。儿子问："妈妈，爸爸和阿姨在干吗呀？"我说："你爸有病，阿姨给他治病呢。"

几分钟后，钟点工匆匆出来，向我一鞠躬说："胡总，对不起，这个月工资我不要了。"

我冷冷一笑说："没事，你辛苦了，应该领双倍工资的。"

我就像什么事也没发生一样，陪伴儿子吃完午饭，又送他去学画。直到晚上见到唐汉，我才哇地哭出声来，咬牙切齿地说："我要离婚！"我的理智在这一刻彻底崩溃，我让唐大律师给我想个办法，怎样把赵山海扫地出门，一分钱也不给他！

我以为，唐汉会像往常一样，抱我、亲我、抚慰我，然后，为我设计一个万全之策，彻底击溃赵山海！没想到，唐汉横眉冷眼，他甚至不再叫我"小狐"，而直呼"胡丽"，恶狠狠把我臭骂了一顿！

"胡丽，你要是我妹，我现在肯定给你两耳光！我一直以为，你是个聪明的女人，只是委婉地提醒你，希望有一天，你能突然醒悟，没想到，你却执迷不悟，一错再错！赵山海可能不是最适合你的男人，但在所有追求过你的男人中，他肯定是最爱你的人，没有几个男人能容忍得了你自以为是的坏脾气，只有赵山海能！赵山海可能不是独当一面的商海奇才，但他聪明、敏锐，心中有数，是一个不可多得的高参，只要你们配合默契，应当能顺风顺水。可是，你大包大揽，处处卖弄小聪明，连让他展示的机会都不给！赵山海只是有点爱虚荣、爱面子，他冷落你，只是希望你能将就他，给他保留一点男人必要的尊严。可是，你太狠了，赵山海被你折磨得奄奄一息，他忍无可忍，和钟点工苟且，只是想知道，自己到底还是不是男人啊！

"胡丽，你知道我为什么一直与你保持着近乎暧昧的关系吗？没错，我欣赏你，爱你，但我一点也没有与你上床的意思，我不可能做卑鄙的第三者。我不缺陪我聊天的女人，也不缺陪我上床的女人，我关注你、亲近你，只是因为觉得自己亏欠着你。我希望你过得幸福、快乐，我希望你永远保持女人的自信。没想到，你误会了我的用意，你居然以为，我是个饥不择食的风流浪子，而你自己还是那个光芒四射、人见人爱的小姑娘！

"胡丽，女强人没什么不好，但硬装女强人，则是愚蠢的自残！"

唐汉刻薄、恶毒的怒骂，让我无地自容，也让我醍醐灌顶。

回到家中，已是凌晨一点，赵山海呆呆地坐在客厅中，见我回来，他一言不发，咚地跪在我脚下。万千酸楚，涌向心头，我抱着这个男人曾经那么高傲的头，痛哭了一场。

31. 爱在哪里等着我

2012 年，我还在上海读大四的时候，肖刚突然消失，无影无踪。手机关机，QQ 头像一直黑着，留言也不回复。就算他另有新欢，也不至于这样一声不吭掉头就走的。我有一种不祥的预感，肖刚出事了。

肖刚是在湖南他外婆家长大的，我住在肖刚外婆家隔壁。肖刚大我三岁，擅长钓青蛙，我因此对他佩服得五体投地，小伙伴玩"过家家"，我只做肖刚的新娘子。肖刚上高中时，回到了深圳他父母身边，并在那边考上了大学，但每年寒假，他都来外婆家过年，一年比一年高，一年比一年帅，却有些贼头贼脑，见到我也不大说话，一笑而过。我考上大学的那一年，肖刚又到外婆家来过年，见到我就不再羞答答，问我要 QQ 号码。当晚，他就在外婆家用笔记本上网，在 QQ 上和我聊天，说他每年来外婆家，最想见的人是我。我们的爱情就这样开始了。我们约定，等我大学毕业后，就到深圳去，我们携手共创美好的明天。没想到，我大学还没毕业，肖刚却没了消息。

寒假，我回到家，肖刚外婆见到我，躲躲闪闪，欲言又止。过年了，肖刚依然没有消息，也没有来外婆家过年。正月初二，我踏雪走进了肖刚外婆家，给两位老人拜年。我和肖刚相恋三年，但平常只在 QQ 上和电话中相亲相爱。我传统，我低调，没结婚之前，我不愿意张扬我们的爱情，但每年过年，我和肖刚眉来眼去，肖刚外公外婆还是感觉到了，看到我就眉开眼笑。这一天，大过年的，我来给外公外婆拜年（我心里早把他们视为自己的外公外婆），他们客客气气，笑得却有几分牵强。我心中越发不安，忍了又忍，终于忍不住问："肖刚今年怎么没来过年？"

外婆偷偷看一眼门外，叫一声"秀呀"，老泪纵横，压低声音哽咽着说道："秀呀，我知道你和肖刚要好，我不能害你，就跟你说实话吧。我这把老骨头，这一生，只怕再也见不到刚宝了啊！"

肖刚果然出事了！他犯了罪，警察正到处通缉他！

肖刚亡命天涯的消息，是肖刚妈妈打电话告诉外婆的，并叮嘱外婆不要跟任何人提起，只当肖刚死掉了。但外婆不能不告诉我，因为她知道我和肖刚关系不同一般，肖刚如今犯了法，不能再娶我，就不能害我一生。

肖刚出事前只是一名普通公务员，一向兢兢业业，他能犯下什么样的滔天罪行，"不死也得把牢底坐穿"？走私？贩毒？杀人？这一切，似乎都与肖刚扯不上，但我又不能细问二位老人，问也问不出什么来，只能搅动悲伤，像屋子外面的雪花一样铺天盖地。

我索然无味读完了大学。肖刚一直没跟我联系，是怕连累我，还是怕露出蛛丝马迹，被警察逮住？我想不明白。但我对肖刚的爱，并没有因此消退。我甚至想，就算他真的罪大恶极，我可能还是会无怨无悔地爱他。爱情就是这样，有时候，不讲道理，没有原则。

熬到大学毕业，我还是决定，按原计划到深圳去。

临去深圳前，我又去了肖刚外婆家一次。肖刚出事后，外婆开始信佛。我进屋时，外婆正在给菩萨烧香、磕头，口里念念有词。我听不清老人念叨的是什么，但我猜得出来："菩萨保佑肖刚平平安安。"

　　2011年暑假，在肖刚的盛情邀请下，我来深圳玩过一个星期。在小梅沙的一顶帐篷里，肖刚激情澎湃，说我还穿开裆裤的时候，就是他拜过堂的新娘了，今夜，他要做一回真正的新郎。我浑身燥热，左右抵挡，婚姻不是玩"过家家"，我只想把最美好的一刻，保留到真正的洞房花烛夜。肖刚忍无可忍，最后，投身大海，在滚滚波浪里，迸发了他的一腔激情。肖刚消失之后，我心情复杂，无数次想起小梅沙的那一顶帐篷，时而庆幸，我坚守住了自己的女儿身；时而惆怅，肖刚和我相爱一场，连衣袖都没有挥一挥，更没有带走一片云彩，突然下落不明，谁更遗憾？

　　上一次来深圳，远远就看到肖刚在出站口向我挥手；再到深圳，我明知在出站口不可能再看到肖刚，还是禁不住东张西望，寻找那张阳光灿烂的脸。一声叹息，来来往往都是与我无关的人。

　　深圳有我许多师兄师姐，我一到深圳，大家就张罗着帮找工作。我本来并不急着上班，想先到曾和肖刚去过的地方走一走，看能不能收拾一些爱情碎片。第三天，我还沉浸在同学相聚的喧嚣中，一个师兄为我找到了工作，到一家外贸公司做经理助理。在深圳，找一份工作不容易，我就匆匆上班了。

　　我是冲着肖刚来深圳的，但我并没有大张旗鼓寻找肖刚，甚至没同任何人提起过肖刚。毕竟，肖刚是负罪潜逃，很不光彩。肖刚到底因为什么被通缉，我想知道，又怕知道。我只希望，有一天在街上与肖刚劈面相逢，或者，在寂寞的深夜，肖刚悄悄敲响我的门。我更希望，突然接到肖刚的电话，他兴奋地大喊大叫："亲爱的，我是被冤枉的，我终于可以重见天日了！"

　　来深圳的第三年，我认识了马劲松。他是我们公司的一个供应商，我们是在饭桌上认识的。奉经理之命，我频频向他敬酒，喝得他晕头转向，主动把出口中东的皮鞋价钱降了五个点。吃完饭，签完合同，马劲松请我去 K 歌，我拒绝了。在深圳的这几年，不断有男人向我示好，有不如肖刚的，也有比肖刚强的，但在我的眼里，谁也不如肖刚顺眼，谁也不能让我动心。马劲松属于不如肖刚那一种，就算没有肖刚，我也不大可能和他发生什么故事，但恰恰是马劲松，最后成了我的丈夫。

那一天，是我的生日。有肖刚的日子里，我的每一个生日，肖刚都会提着生日蛋糕，从深圳飞到上海，给我送来惊喜。肖刚消失后，世界上还记得我生日的人就只剩我妈了，所以，我不敢再过生日。2015年，马劲松从我们公司的人事档案中知道了我的生日，拎着生日蛋糕，捧着鲜花，早早就来到我们公司门口，满脸憨笑等我下班。我觉得应该和马劲松明明白白说清楚，就和他一起去吃饭。没想到，能喝半斤白酒的我，那天晚上，两杯红酒就喝醉了（后来才知道，马劲松在酒里做了手脚）。半夜醒过来时，我发现自己躺在马劲松的床上。马劲松神采飞扬，说了一句世界上最恶心的话："我没想到你还是一个处女！"

说起来很可笑，很悲哀，我，一个接受过高等教育的现代女性，居然一直死守着贞操观，当我的防线被马劲松突破以后，我没有报警，而是老老实实嫁给了他。

我不可能不把肖刚和马劲松相比较。马劲松不如肖刚帅气、潇洒；马劲松可能比肖刚有钱，却不如肖刚大方；马劲松野蛮霸道，得不到就巧取豪夺；肖刚温文尔雅，该住手时就住手。

比来比去，我越比越沮丧。婚后的马劲松每天按时回家，每周都无怨无悔陪我逛一次商场，每月赚的钱都一五一十交给我，还主动戒了烟戒了酒，只想早日生一个健壮的儿子，过幸福美满的日子。我却没有和马劲松白头偕老的想法，悄悄吃着避孕药。

潜意识里，我还在等着肖刚。哪怕肖刚成了彻头彻尾的江洋大盗，当他骑着黑马，来到我的楼下，吹一声口哨，我依然会飞奔下楼，跟随他远走天涯，不怕千辛万苦，不怕血雨腥风。

不咸不淡过了一年。

2016 年春节，马劲松要陪我回湖南过年。我说我们老家有个风俗，结婚第一年，新姑爷不得在岳父家过年。当然，这是我随口杜撰的风俗。我真实的心思是，不想让肖刚的外公外婆看到，杨秀嫁人了。马劲松又说，那我们回安徽我家过年吧。我说不行，我想我爸我妈，我必须回去。和马劲松在一起，我一直就这样蛮不讲理。

结果，我一个人回了湖南。马劲松送我到站台，火车启动时，他跟着火车跑了很远，嘴里不停地喊着什么，隔着车窗玻璃，我一句也听不见，摆一摆手，就走了。

肖刚他妈和他爸也回湖南来陪老爸老妈过年了。2011 年暑假我到深圳的时候，肖刚带我去过他家一次，他家住在莲花北。2013 年我再到深圳，本来想去看望肖刚父母，也探问一下肖刚的消息，想一想，又想一想，只怕我的到访惹得他爸他妈伤心，就没有去（也是因为记不起他们家具体住在哪一栋哪一套）。

时隔六年，再见肖刚他爸他妈，他们好像苍老了二十岁，笑得有气无力。而肖刚的外公外婆，还不到七十岁，已现风烛残年之势，摇摇欲坠。我们谁也没有提起肖刚，烤了一会儿火，说了几句闲话，我就告辞了。

我是和肖刚他爸他妈一起回的深圳。在火车上，肖刚他妈端详着我，突然一声长叹，流下泪来说："多好的孩子呀，可惜刚儿没福气。"

我心里一寒，问："阿姨，肖刚有消息了？"

肖刚他妈愣一愣，趴在肖刚他爸肩上，哭得浑身哆嗦。"对不起，孩子，我还以为你早就知道了……"

2012 年，肖刚被一辆泥头车撞倒，当场死亡。肖刚爸妈悲恸欲绝，一直不敢告诉老家的外公外婆，只怕老人受此打击有个三长两短，实在瞒不下去时，他们才编出个肖刚负罪潜逃的故事。犯了罪的孩子，也让老人伤心，但人还在，就有盼头，说不定哪一天得遇贵人，还有出头之日；短命的外孙，那是撕心裂肺的绝望啊！

回到深圳，我抱着肖刚的骨灰盒痛哭了一场。

历尽煎熬，日子还得过。我扔掉了避孕药。马劲松，看的时间长了，也就顺眼了。

32．心宽体胖百花开

刘芊芊是我的高中同学，我的护花使者，上学放学，都与我一路同行。刘芊芊长相平平，却一身豪侠之气，一路的野狗和小混混，谁也不敢把我们怎么样。

高中毕业，我考上了武大中文系，刘芊芊因为跑得快，考进了一家体校。

大学毕业，我到深圳一家报社做了记者。刘芊芊给我打电话："哥们，深圳是个好地方呀，给我弄碗饭吃，好吗？"老同学，好朋友，我有什么好说的，就说：来吧，有我吃的就有你喝的。

刘芊芊来的那一天，我去接站，站在出站口东张西望。突然，一个大肉球，笑嘻嘻向我飞奔而来，搂住我大呼小叫。我大吃一惊，叫一声：天啊，刘芊芊咋胖成了这样！高中毕业时，刘芊芊一米六，不足一百斤，标准的芊芊细腰。几年不见，刘芊芊身高还是一米六，却长成了虎背熊腰，体重一百六十斤！

中午，我为刘芊芊接风，她嘻嘻哈哈，喝酒吃肉，全不在乎。我心惊胆战道："芊芊呀芊芊，你愧对'芊芊'二字呀你。"刘芊芊说："嘻嘻，不吃不喝，一生白活。"

刘芊芊是因为追求他们学校的"足球王子"不成心生郁闷，从而爱上吃喝，才成长为"重量级"人物的。失恋让刘芊芊"失态"，却并没有让她成熟起来。

我跑的是房地产线，与一家房地产中介公司老板比较熟，就介绍刘芊芊去做售楼小姐。那老板一见刘芊芊，皱了皱眉头，看我的面子，勉强收下了她。

　　刚上班，刘芊芊租不起房子，就暂时住在我租住的单身公寓里，和我挤在一张床上。她每晚九点才下班，上得楼来，气喘吁吁，疲惫不堪，却一脸丰收在望的喜悦，向我报告，今天又带了几个客户看楼，任何一个客户签了单，她都可以得到一万块以上的佣金。

　　身为房地产记者，我深知目前房地产形势，房价已高到寻常市民难以承受的价位，大家都在观望，盼着房子掉价，最好掉得那些黑心房地产老板统统破产，没有几个人是真心想买房的，不得不硬着头皮买房的当然也有，但这些优质客户资源，都牢牢掌握在经验丰富的业务员手中，哪里轮得到新入行的刘芊芊呢。她带着去看楼的，基本上都是老业务员看不上、没能力、没心思买房的闲人，也就是看着玩玩而已。这些我当然没有跟刘芊芊说，我不忍心让她扫兴。

　　果然，刘芊芊兴致勃勃带客户看了两个月楼，跑烂了一双新皮鞋，一个单也没有签下来。但刘芊芊一点也没有沮丧，依然一脸喜气洋洋，回到家就滔滔不绝向我介绍，她今天带了个怎样有意思的客户看房，如果那客户正好是个帅哥，她说起来就越发眉飞色舞。看刘芊芊对帅哥如此痴迷，我有点心疼，如今流行骨感美人，刘芊芊这么胖，哪位帅哥能看上她呢？我开玩笑说："妖孽，哪天我给你介绍个帅哥吧，收了你。"

　　刘芊芊说："好呀好呀！"

　　刘芊芊马不停蹄带人看房子的时候，我在马不停蹄看男人。今年春天，我的前男友在网上勾搭上一个洋妞，去了美国。我必须尽快找到一个新男朋友，一个必须比前男友更帅、更有钱、更有才的新男朋友。但活跃在身边的单身男人，没有几个符合条件，为此，我在一个交友网站注了册，广泛撒网，重点捕捞。先后见了十来个男人，理想的爱情故事，一见钟情两情相悦的那种却一直没有发生。

一个周末，晚上八点钟，网友"江湖"约我到海上世界酒吧街见面。我和江湖已在微信上聊了近一个月，看过照片，也视频过。江湖长相方方正正，还过得去，开着一家广告公司，也算事业有成，只是年龄大了点：三十一岁，大我八岁。更重要的是，他说话不如我的前男友风趣幽默，与这样的男人生活一辈子，只怕索然无味，所以，我一直没答应他的见面要求，只是不咸不淡地和他聊着。那天晚上，一个金领男人本来说好请我吃饭，却因为临时要接待一个重要客户，取消了约会。我心里正憋着一口气，江湖要见面，就答应了。一答应我就后悔了，和这样一个无趣的男人去泡吧，肯定没意思，想起曾答应要给刘芊芊介绍帅哥，我带上了刘芊芊，"帅哥请喝酒，走！"

不出所料，江湖果然是那种只会傻笑的索然无味的男人。我彻底放弃了江湖，没心没肺地煽动刘芊芊和他拼酒。三杯红酒下去，刘芊芊圆滚滚的脸流光溢彩灿若桃花，甚至无拘无束地哈哈大笑，我突然发现，刘芊芊胖得其实挺有味道。

闲聊间，江湖透露他的广告公司要扩大规模，想租一层八百平方米左右的写字楼。我知道他这是向我显示实力，就微微一笑，没搭腔。没感觉的男人，就算他拥有八千平方米的江山，也不能让我动心。刘芊芊大喜，拍着她广阔的胸脯说道："租写字楼，找哥们我呀！天安数码城就有适合你的写字楼，都是朋友，我不要你一分钱佣金！"我心中暗叹，刘芊芊咋这么实在呢，生意归生意，朋友归朋友（何况还不知道此人到底是不是够朋友），怎么能不要钱呢？

江湖端起酒杯说："呵呵，芊芊真是个热心人，来，敬你一杯。"

其实，江湖要租写字楼，也就是随口说说而已。可刘芊芊当了真，第二天就打电话让江湖去看楼。江湖知道刘芊芊与我关系非同一般，怎么也得去看一看，做个样子。不想，江湖一看就真看上了，那一幢楼里，有好几家江湖早就盯着的目标客户，而且租金也还公道，前一个租户装修的格子间，将就着也能用，不需要怎么收拾就能搬过来。江湖没太犹豫，就签了租房合同。

签好合同，江湖给我打电话，说为感谢刘芊芊的热心帮助，晚上要请我和刘芊芊吃饭。我犹豫片刻，答应下来。到了江湖约定的吃饭时间，我给江湖和刘芊芊分别打电话，说十分抱歉，临时有个采访，晚上的饭局我不能参加了。放下电话，我心中有几分不安，昨晚刘芊芊回家后，和我说起过对江湖的感觉。她喜欢的正是这种沉稳的男人，而江湖喜欢的是我，我就这样把刘芊芊推给江湖，是不是有些不地道？万一，芊芊死心塌地爱上了江湖，而江湖对她三心二意，她会很惨！

我不知道刘芊芊与江湖共进晚餐的具体细节，他们自己只怕也说不清楚，他们俩都喝醉了。晚上十点，刘芊芊还没回来，我就给她打电话，问她在哪。刘芊芊昏头昏脑说不清楚，江湖也昏头昏脑，说不清楚。服务员接过电话，我才知道他们在哪，赶紧打的赶过去，见他们俩相对傻笑，还要喝，我劈手夺下了酒杯。

刘芊芊酒醒后，对我说："我从来没有碰到过喝酒这么实在的男人，两个字，痛快！"

我心中暗叫不妙，刘芊芊真的迷上了这个男人！

　　刘芊芊租出去一层楼，得佣金两万块。拿到佣金的当晚，刘芊芊请我和江湖吃饭。吃完喝完，江湖抢着要买单，刘芊芊指着江湖的鼻子说："江湖你要不给我这个面子，我诅咒你一辈子娶不到老婆！"江湖只好讪讪住手。刘芊芊买完单，拿出那两万块钱，推给江湖说："这是你的，我说过不要一分钱佣金。"江湖再三推让，刘芊芊急了："你要不收下，就是陷我于不仁不义之地，我做鬼都不放过你！"江湖只好收下。江湖是不能让女人吃亏的人，第二天，他给我和刘芊芊每人送了一台苹果笔记本，倒贴了几千元钱。实话实说，江湖真的是个很不错的男人，就看刘芊芊有没有福气得到他了。

　　刘芊芊把江湖送的笔记本抱在怀里，如同抱着梦中情人，一脸陶醉说："我好像越来越喜欢江湖了，我要搞定他！"

　　从此，刘芊芊在热心推销房子的同时，多了一件事，热心向江湖推销自己。

　　谁也想不到，不到半年，刘芊芊居然成了他们公司的王牌售楼小姐，创下了一个月售出十二套房子的纪录。老板喜滋滋让刘芊芊向员工传授营销经验，结果，她说到一半，老板就让她别说了。刘芊芊的经验是两个字：厚道。如实向客户说明房子存在的问题、房子的最低售价，以及卖出房子后，公司能赚多少钱，她自己能拿多少提成，等等。房地产中介的常用手段是连哄带骗，怎么能轻易向客户亮出底牌呢？再说，公司里其他业务员精明能干，一看就是个骗子，刘芊芊的厚道是天生的，谁想装也装不像呀！

　　更让人想不到的是，当我仍然在为寻找理想男朋友而努力的时候，刘芊芊彻底搞定了江湖。上个月，他们结婚了。

　　婚礼上，司仪追问新郎江湖，新娘刘芊芊让他最动心的是什么。

江湖说芊芊最让他动心的是他的新写字楼装修期间，刘芊芊"跟踪服务"，几乎天天光临装修现场，监督指导装修事宜，甚至亲自动手粉刷墙壁，刘芊芊扎着头巾挽着袖子干粗活的样子真漂亮。更让江湖动心的是，芊芊一个月瘦了15斤。而据江湖所知，刘芊芊从来不在乎自己怎样胖，更不会刻意减肥，可她却因为全心全意为客户操劳，累瘦了。江湖就想，娶这个女孩做老婆好，心里踏实，不怕苦，不怕累，不小心累瘦一点，更好！

新娘刘芊芊向我敬酒时，俯在我耳边说："妖孽，哪天我给你介绍个帅哥吧，收了你。"

33. 一脚踢开爱的门

二十世纪八十年代，我爸迷上了《上海滩》，对周润发崇拜得五体投地。我出生时，他毫不犹豫地为我取名邹润发，喻义简单明了，希望我像周润发一样英俊潇洒所向无敌。长大后，我也爱上了周润发，收集了他主演的所有电影、电视剧的 DVD（为了表示对偶像的尊敬，我买的全是正版 DVD）。可是，把周润发琢磨来琢磨去，我并没能成为一个敢想敢干的英雄好汉，我优柔寡断，前怕虎后怕狼。从初二开始，到大学毕业，我暗恋过六个女同学，但我不敢有任何表示，甚至很怕别人看穿我的心思。结果，我眼睁睁看着我暗恋的女生成了别人的女朋友。所以，我的恋爱史，至今还是一片空白。

2014 年，我大学毕业来到深圳，进了我现在供职的这家公司。2015 年，我炒股赚了一些钱，在南头买了一套两室一厅的房子。我买房子的主要目的，是为了方便谈情说爱。但一年过去了，我没有带回一个女孩。我认识的女孩子，只有两种，一种是我不想带回家的，一种是不愿意跟我回家的。

今年春节后，我们公司来了一批新人，其中一个湖北女孩叫艾琳。艾琳不是第一眼美女，就像我们家乡的土酒，你得慢慢喝，慢慢品，才能体会到个中妙处，不知不觉就醉了。艾琳坐在我的对面，我天天面对她的一颦一笑，自然越看越顺眼，越看越喜欢，于是，我又遇到了老问题，我不知道如何开口。

艾琳刚上班那会儿，住在她同学家，她问我哪里有合适的房子租。我的房子有一间一直空着，离公司也不远（我们公司在科技园），两站路，上下班，坐公交也行，走路也行，最合适不过，免费租给她我也愿意。这本来是一个难得的好机会，可我没敢说出口，只怕太冒昧，只怕她一眼看穿我的狼子野心，一口回绝，我就一点机会都没有了。我想谋划一个万全之策，不动声色地把艾琳忽悠进我的房子，可还没等我谋划出来，她在梅林关外租了一间单身公寓。梅林在东，南头在西，从此，下班后我俩就各奔东西。

办公室众目睽睽，上班时间，聊工作之外的话题显然不合适，可不聊工作之外的话题，又如何相互了解，从而进一步深入发展呢？周末，我们一帮同事倒也时常聚会，热热闹闹地吃饭、K歌，也不适合聊太私人化的话题，也有同事在KTV拿着麦克风大声宣布"谨以此歌，献给我心爱的×××"，因此赢得欢呼和爱情。但我不敢这么做，而且，我觉得如此这般对爱情很不严肃。我需要一个环境：只有我和艾琳，我们无所顾忌，无所不谈，由相知到相爱，水到渠成。

我决定主动出击。

于是，某一天早晨，在梅林关外惠鑫公寓的公交站台，艾琳和我"不期而遇"。艾琳一脸惊讶："咦，邹润发，你不是住在南头吗？"

我说："我也在惠鑫公寓租了一间房，南头的房子，我租给一个朋友办公司了。"

南头的房子是我的爱情根据地，我当然不可能租出去。

我本来以为，我住到惠鑫公寓后，天天和艾琳双进双出，一路上应该有说不完的话。可是我错了，我们早晚乘坐的390路公交车，正好是上下班高峰期，车上太拥挤，太嘈杂。我很高兴天天和艾琳拥挤在一起，可我们还是聊不了有意思的话题：声音太低，彼此听不清；声音太高，在公共场所则显得没有修养。所以，一起来来回回的路上，我们基本上也没聊什么。

我想过邀艾琳共进晚餐，可艾琳与其他同事闲谈时说过，她一般不愿意在外面吃饭，怕不卫生，而且她晚上不吃饭，只喝点自己煲的汤汤水水，吃点水果。所以，我不好意思请她吃饭，我觉得最好是我自己会做饭，做几个清淡小菜，煲一个靓汤，然后，请艾琳过来品尝，喝点红酒，听点轻音乐，有了情调，才好调情。于是，我买回菜谱，试着学做菜，学煲汤。曾经有一个女孩，差一点就爱上了我，得知我不会做饭，她黯然离去，她说："我不会做饭，你也不会做饭，我们在一起，吃什么呢？"因此，就算我与艾琳没有结果，我也必须学会做饭。

一个多月，我的厨艺还是没有什么长进。而有一个问题，我不得不正视。每天上下班的公交车里，拥挤在艾琳身边的除了我，还有其他男人。有一些男人，明显不正经，他们借车颠簸之势，故意往艾琳身上蹭，占可耻的小便宜。如果艾琳说一声"讨厌"，或者有一点讨厌的意思，我就可以挺身而出，把不正经者的脸面撕下来踩在脚下。可艾琳似乎全没察觉，只是闭着眼睛听手机音乐，我也只好忍气吞声。让我忍无可忍的是无聊男人的搭讪，更让我痛心的是，艾琳对那些不怀好意的搭讪，从来没有表示过反感。有一天下班，车到香蜜湖，我身边有人下车，我抢占那空出来的座位，让给艾琳坐，坐在靠窗位置的一个白面小生，无视我的敌意，立刻和艾琳搭讪上了。他先问艾琳手上拿的是什么书，然后就夸艾琳读书有品位，接着又夸她皮肤好，然后就邀她明天晚上去听一个大师的讲座。我们要下车时，他还问艾琳要手机号码，艾琳没告诉他，但收下了他的名片，原来那小子是个做直销的。

我受不了艾琳没完没了地被骚扰，更受不了艾琳坦然地接受骚扰，长此以往，说不定就会发生什么意想不到的故事。因此，我果断决定，加快步伐，买车。有了车，艾琳就可以彻底远离骚扰，而且，车里是最好的二人世界，我和艾琳想说啥就可以说啥，想去哪就可以去哪。我越想越兴奋，越想越觉得买车是必须的。

一个星期后，艾琳早上匆匆走出公寓大门时，我开着一辆雪铁龙滑到她面前，冲她摆一摆手："嘿，艾琳。"

艾琳"哇"了一声："邹润发，你开上车越来越像周润发了。"

我笑一笑，很遗憾，我一直没能学会像周润发那样皮笑肉不笑，只能很一般地笑一笑。我说了一句在心里练习了很久的话："做艾琳的司机，无上光荣。"说此话时，我应该下车，为艾琳拉开车门，微微弯腰，左手虚挡住车门上方，右手做出请上车的姿势。可惜，艾琳的一声"哇"，让我忘了下车。

我精心构建的纯二人世界，并不如我想象的那样美妙。我虽然两年前就考了驾照，但只是偶尔借朋友的车过过瘾，所以还算是新手。第一次载艾琳上班，我紧握方向盘的手汗津津的，不时得在裤子上擦一擦。我全心全意开，不敢跟艾琳闲聊，更不敢转头看她一看。等到终于把车开到公司，我就像从梅林关长跑到科技园一般，累得腿发软。

车上坐着心爱的艾琳，当然不能出洋相，更不能出事。为此，我开车在滨海路和北环路练习了几晚，又自告奋勇送朋友去了一回机场，才慢慢找到了感觉，慢慢放松了。上下班的路上，我可以大胆和艾琳聊天了，聊明星八卦，聊公司里的长长短短，甚至聊童年时代的恶作剧，但我还是不知道爱要怎样说出口。

想来想去，我觉得，爱情是人生中最神圣的事情，像这样目视前方开着车，随随便便说出来，有点草率，有点漫不经心，对不起"爱情"二字。表白爱情，应该在一个春暖花开的日子，背靠青山，面朝大海，风吹动我们的头发，顺便也荡开彼此的心扉；或者在一个繁星满天的秋夜，鸣虫低吟，暗香徐来，我们心不在焉数星星，数到牛郎织女星，两双手就顺理成章握在一起……

可是，春暖花开的白天过去了许多个，繁星满天的夜晚也过去了许多个，我还是没敢捅破窗户纸，我依然只是艾琳的同事。

没想到，有一天，我虚掩的门，突然被艾琳一脚踢开。

那一天下午，我买了一束花，去医院探望一个住院的朋友。到了医院，才发现朋友上午已转院去了上海。花没有送出去，我就随手放在车子后座上。

下午下班时，艾琳照例坐我的车回去。她坐进副驾驶位，一眼看到后座上的花，喜滋滋拿过来，抱在怀里说："哎呀，真漂亮，谢谢哦。"

我想过给艾琳送花，却一直没敢送，早知道如此简单，我早就该送的呀！我顺水推舟说："其实，我早就想送了。"

艾琳模仿某电视节目主持人的口吻，歪着头说："哦，为什么没送呢？"

"我……"我左右看一看，就是不敢看艾琳，我发动车子，开出公司院子，"我……我租房，我买车，都是为了你呀，艾琳。"

"为什么呢？"

我口干舌燥，手心出汗，终于说出："因为，艾琳，我爱你。"

"哎呀！"艾琳惊呼一声，"邹润发，我等你这话等了大半年了。

你爱我就早说嘛，吞吞吐吐、绕来绕去干啥呢。白白浪费了大半年房租，嗨！"

34. 美妙的假期

十多天来，阮宏斌手里握着一百万，眼睛一直紧盯着夏莲推荐的一只股票，心情随着那只股票起起落落，一直不敢出手。这一天，阮宏斌盯着的那只股票，早上开盘就涨了五个点。阮宏斌后悔不已，心里算计着，要是昨天收盘时吃进如今已赚了多少钱。算完，他在 QQ 上对夏莲说："郁闷，六万元钱没了。"夏莲回复说："呵呵，老这么优柔寡断，你会后悔一辈子的。"被夏莲一激，阮宏斌出手了，挂了买入单，一个低得离谱的价，从昨天的收盘价下跌五个点才能成交。而从这只股票的走势来看，这是不可能的。

中午，办公室通知，市领导下午要来公司视察，全体员工紧急行动起来搞卫生。阮宏斌写得一手好字，欢迎领导莅临的横幅就由他负责。标语是公司的面子，阮宏斌写得很用心，老总很满意，看完标语频频点头，赏了阮宏斌一支软中华。

忙完标语，已是下午两点半，阮宏斌回到座位上，急忙打开证券交易网。不可能的事情发生了，下午开盘后，大事不妙，阮宏斌盯着的那只股票急剧下挫，跌穿他挂单的价位后，还在继续下跌！阮宏斌进入交易账户，早上挂的单，已于十五分钟前交易成功，亏损两万六千八百元。绿油油的股市大盘，染绿了阮宏斌的脸。

夏莲的 QQ 头像闪动起来，"恭喜你逃过一劫！"阮宏斌回复一个眼泪横飞的表情。"在劫难逃。我十五分钟前进去了，亏损两万六千八百元。"看一眼交易账户，又补上一句，"又跌了，亏损两万八千二百元。"

就在这时，老总陪着市领导一行视察来了。全体同事起立，鼓掌。市领导笑容可掬，边说"同志们辛苦了"，边与各位同志亲切握手。握到阮宏斌时，老总在边上介绍："阮宏斌，策划部的才子，您刚才称赞的字儿就是他写的。"市领导是个书法爱好者，听得老总如此介绍，拍了拍阮宏斌的肩膀说："不错，不错。"顺势在阮宏斌的椅子上坐下，说："小阮今天在策划什么呢？"市领导边说边捏着鼠标乱点，一点，点出了隐藏的证券交易网网页，又一点，点出了夏莲的回复，一个自定义表情，妈妈用鸡毛掸子抽孩子屁股，抽一下，骂一句，"你傻呀你！"

老总、阮宏斌一干人尴尬不已，笑也不是，不笑也不是。市领导依然笑容可掬，开口说："工作节奏太紧张也不好，关注一下金融形势，适当放松，也有必要。"老总连连点头。

市领导再次握了握阮宏斌的手，继续视察其他办公室。老总跟在市领导身后，回过头来冷冰冰地横了阮宏斌一眼。

上班时间炒股票、聊 QQ，本来没什么，大家都在炒，都在聊，谁也不说谁。可是，被市领导当场抓住，那就什么都有得说了。阮宏斌知道，自己惨了。

市领导走后，股市也收盘了。阮宏斌买下的那只股票，绝地反击，以略高于他的买入价收盘，他赚了一千多块。但阮宏斌一点也兴奋不起来，只觉得天要塌了，以他犯下的错误，公司怎么处分他都不过分，开除他都有可能。"我该如何应对呢？"阮宏斌在 QQ 上向夏莲诉苦。夏莲抚慰他几句，上班炒股、聊 QQ，不是什么大不了的事情，不必有太大心理压力，就忙着接待客户，不再回复了。阮宏斌不知道夏莲是真忙还是装忙，心中越发郁闷。

快下班时，阮宏斌又给夏莲 QQ 留言："忙完没？晚上一起吃饭吧。"今晚，阮宏斌很想喝酒。借酒浇一浇心中块垒，借酒和夏莲说一说心里话。

阮宏斌看到 QQ 对话框里，夏莲正在输入，然后恢复平静，然后又正在输入，最后，只回复过来一个字："好。"

阮宏斌在香蜜湖，夏莲在国贸大厦，每一次和夏莲吃饭，开车都得经过拥挤的滨河路。今天照例堵车，阮宏斌一路走走停停，在宝安路口，还差点与一辆日本车追尾。千辛万苦挣扎着来到国贸大厦，阮宏斌给夏莲打电话，她却说："实在抱歉，今晚有应酬，推脱不了，不能一起吃饭了，明天好吗？"阮宏斌还不敢对夏莲说不好，心中虽然极度郁闷，也只能说"好吧"。

夏莲不来，酒还是要喝的。阮宏斌停好车，就近进了一家湘菜馆。

三杯酒下去，百般心酸，涌上心头。

七年前，阮宏斌大学毕业刚到深圳，他爸就死于一场矿难，老板赔偿五十万元。其时，深圳的房价还是两三万元一平方米，阮宏斌很想买一套房子，把受苦受难的母亲接到深圳来享福。可深圳的房价，比山西老家县城的房价，高出十倍，阮宏斌看了十来处房子，看来看去不敢出手，只想房价掉一点。不想，房价一路飙升，普遍涨幅已达三倍以上。这几年，阮宏斌也积攒了一百来万，加上老爸的卖命钱，他还是只够买一套七年前那样的房子，这就等于这些年他白干了。阮宏斌不甘心。

阮宏斌也想过用老爸的卖命钱来投资，又怕商场凶险，血本无归，一直没敢出手。2015 年，股市疯涨，阮宏斌眼见得众朋友炒股炒得笑呵呵，心里一激动，把老爸的卖命钱连同自己积攒的钱，凑齐一百五十万进军股市。不料，阮宏斌一进去股市即崩盘，来回折腾几个回合，还剩一百万，老爸卖命的五十万没了。阮宏斌的房子越发买不成了。

没有房子，阮宏斌的母亲就来不了。没有房子，阮宏斌的爱情也迟迟不来。

七年来，阮宏斌追过几个女孩，均因他没有房子，未能修成正果。去年秋天，阮宏斌开始追夏莲，使尽浑身解数，夏莲还是只把他当普通朋友，不谈爱情只谈房子。没有房子，爱情没有容身之地呀。

没有房子，就没有爱情，就没有底气，阮宏斌只有老老实实做人，诚诚恳恳工作。没想到，如今只怕连工作也保不住了。

一瓶陈年二锅头，没能浇去阮宏斌心中块垒，只是把他喝醉了。

阮宏斌开车刚出停车场，交警就把他拦下了，让他吹泡泡。阮宏斌紧握着交警的手，眼泪汪汪地说："同志，你是我的大救星呀！"

醉酒开车，拘留十五天。一天都不能少。

第二天，警察对酒醒的阮宏斌说可以打电话给家人和单位，告知酒醉被拘留的事。阮宏斌想一想夏莲和老板，把手机交给警察说："我不想告诉任何人，就让我彻底消失半个月吧。"

来深圳这些年，阮宏斌做梦都没有消停过。上涨的房价，下跌的股票，时刻揪着他的心；女友的一颦一笑，老板的一举一动，永远让他琢磨不透。阮宏斌突然觉得，被拘留的半个月其实是一个美妙的假期。

阮宏斌上中学的时候，读过茨威格的《象棋的故事》，说一个被关起来的人如何钻研棋谱，出狱后战胜了世界棋王。阮宏斌觉得坐牢钻研棋谱是再合适不过的事，就央求一个好说话的看守，帮他买来一本《中国象棋绝杀大全》。后来，阮宏斌棋艺突飞猛进，轻取单位中国象棋比赛冠军。这是后话，先不提。

半个月后，阮宏斌拘留期满，办完相关手续，他领回手机一开机，几百条微信呼啸而来。

可读性最强的是夏莲的短信。

1. 昨晚失约，深表歉意。今晚我请客。

2. 生我气了？阮宏斌你不会那么小气吧？

3. 三天没有消息，因为上班炒股票聊 QQ，你被老板关禁闭了？

4. 没有你的"骚扰"，好像有些不习惯了。

5. 单位也在找你，说你好几天没来上班，阮宏斌你可千万别出事呀！

6. 阮宏斌你再跟我玩失踪，我永远不理你！

7. 阮宏斌你是个傻子，一个女孩子，如果愿意接受你的鲜花，愿意跟你出去吃饭、看电影，愿意逛街时把包交给你背着，你们就不是普通朋友了，你没有必要再小心翼翼，过马路时，她会很乐意你牵着她的手。

…………

15. 阮宏斌，如果你还在人世，我不要荣华富贵，不要大房子，我只要你爱我。

读完夏莲的短信，阮宏斌打的直奔国贸大厦。

正是中午下班时分，夏莲站在十字路口，左看看，右看看，她要到马路对面去吃过桥米线。的士停在夏莲身边，阮宏斌夺门而出，抱起夏莲，飞奔到马路对面。

夏莲惊叫一声，骂道："阮宏斌你个死人呀！"

阮宏斌正和夏莲情意绵绵地吃过桥米线，老板来电话："小阮你在哪？小阮，我一直把你当兄弟啦，你上班炒股票、聊 QQ，我都睁只眼闭只眼，你这样不告而辞，不仗义呀，兄弟。"阮宏斌上班炒股票、聊 QQ，在市领导面前丢人现眼，老板本来是要严厉惩处，甚至开除他的。没想到，阮宏斌自动消失后，策划部就像失魂落魄一般，做出的方案，老板一个也看不上。老板这时才发现，阮宏斌原来真的是个才子，还有，那位热爱书法的市领导已打来两次电话，要与小阮切磋书法。老板只以为阮宏斌已跳槽，决定不惜血本也要把他请回来。

下午，阮宏斌回到公司，犹如英雄凯旋，受到隆重欢迎。

热闹过后，阮宏斌回到自己的座位，打开电脑，习惯性登录证券交易网，进入自己的账户，立刻目瞪口呆：半个月前，他买入的那只股票，连续疯涨，一百万已变成二百六十多万！阮宏斌呵呵直乐，决定请那个查获他醉酒开车的交警吃饭，如果不是因为被拘留半个月，以他的炒股风格，有个十来万的赚头，他肯定就喜滋滋跑掉了。

二百六十多万，可以按揭买一套像模像样的房子了，可以把老妈接来深圳了，也可以结婚了。

35. 穿你的鞋走我的路

大学毕业之后，我来到了深圳。我有一个师兄，早我一年毕业，已在深圳站稳脚跟。他还没毕业的时候，我们常在一起踢足球、喝啤酒、谈女人，算得上朋友。所以，我来到深圳后，就住在梅林师兄租住的单身公寓里，他睡床，我睡沙发。平日没什么，周末则有些尴尬。师兄有个女朋友，在龙岗的一家学校做老师，周末就来到梅林和师兄共渡爱河。开始我觉得不好意思，要去外面住旅馆。师兄是个大方的人，他说："马路，你要把我逼成那重色轻友不仁不义之人是吗？你还睡你的沙发，不该看的不看，不该听的不听，就行了。"师兄的女朋友也是大方之人，她说："看到了你装没看到，听到了你装没听到，也行。"于是，我还睡沙发。熄灯后，我立即闭上眼睛，同时，把耳麦塞在耳朵里，听电台午夜谈心节目。可是，我越想入睡越睡不着，师兄和女朋友在床上的动静还是声声入耳。后来，周末我就尽量到其他同学处借宿，或者，通宵上网。

又是一个周末，我在街上东游西荡找工作的时候，看到芙蓉宾馆门口竖着一块牌子："××市深圳同乡会仲夏联谊会下午五点开始，请上三楼。"我正好是××市的。看着时间还早，我在街上游荡了一会儿，挨到五点钟，折回芙蓉宾馆，直接上了三楼。

加入同乡会，需交纳会费五百元，我身上倒是带着五百元钱，可我没舍得交会费。我来这儿只是想碰碰运气，看有没有老乡能为我找一份合适的工作。五百元钱，那比职业介绍所黑得多，所以，我只是在签到处虚晃一枪，没交一分钱就混进了会场。

我很快就庆幸自己没交钱是多么明智。所谓同乡会，实际上是一帮有头有面的老乡凑在一起，互相摆阔，比谁的官大，比谁的钱多，比完之后，就暗暗琢磨，看谁可以让自己官做得更大，钱赚得更多。来这儿找工作，无疑是找没趣，所以，我没说话（也没人愿意听我说话），也没听会长、副会长等有身份的老乡发言，我只是抬头喝酒，低头吃菜。酒是好酒，菜是好菜，不吃不喝，我对不住自己。

吃饱喝足，正想悄悄溜走的时候，一个年轻女孩满面笑容，转到我们这一桌，挨个敬酒、发名片。轮到我时，女孩说："帅哥，没见过你哦，新来的吧？在哪里发财？"我站起身来，含糊其词，和女孩碰杯，一口喝干。女孩嘻嘻一笑，凑近我耳边，用家乡方言说："肯定和我一样，来这儿混吃混喝的，没交钱吧？"

女孩叫付安娜，某证券公司业务经理，她是来同乡会发展客户的。深圳所有的同乡会，都活跃着形形色色的业务员，他们逢人开口笑，过后还掂量着给老乡打电话、发短信，他们永远是同乡会里最不受欢迎的人，客客气气给老乡敬酒，有出息的老乡一般都不会站起身来，也不会一口喝干，所以，付安娜一眼就看出来我是个没出息的老乡。

付安娜不算漂亮，却还顺眼，两颗小虎牙尤其可爱。

今夜，师兄的女朋友又来了，去网吧玩游戏太无聊，我决定和付安娜消磨一晚上。

付安娜和我同岁，又是同一个县的老乡，虽然此前不认识，但有共同熟悉的家乡人和家乡事，所以，我们有得聊。我存心要与她没完没了地聊，自然聊得很努力，因此，我们越聊越火热。我后来才知道，其时付安娜刚与男朋友分手，有一个帅哥陪她聊天，她求之不得。

聊到同乡联谊会结束，我们依然意犹未尽，这正是我需要的效果。离梅林不远的莲花山公园里，有一家茶楼，台子散放在树荫里，有清风明月，蛙鸣虫吟，可以谈天说地，也可以谈情说爱。从芙蓉宾馆出来，我鼓动付安娜去莲花山公园，她犹豫一会儿，答应了。

点了一壶碧螺春，我们开聊。碧螺春的芳香越喝越淡，我们的兴致越聊越高。聊到无话可说，我们就开始动手动脚，打情骂俏，最后我说："让我闻闻你酒醒了没？"就吻住了付安娜。

付安娜的业务开展得还算顺手，在南头供了一套二房一厅的小房子。这个周末，我就"借宿"在付安娜家。我不知道，如果我长期"借宿"，她是否愿意。我没向她提出这个要求。这样，我就像一个吃软饭的男人，我不愿意。

第二个周末，我给付安娜打电话，意欲再次"借宿"。付安娜说她在广州出差，今晚不回家。我没有追究她是不是真的在广州出差，独自到网吧看了一夜电视剧。

第三个周末，我找到了工作，租了一间单身公寓。我正打扫房间，付安娜来电话，问要不要一起吃饭，知道我刚租了房子正在清理，就打车赶了过来，帮我把地板擦得干干净净，又为我买了全套床上用品。收拾完房子，已是半夜，我对付安娜说："留下来为我暖房吧。"她就留了下来。

此后的一年多时间，我和付安娜一直若即若离地来往着。有时候，一个月见四五次，有时候，四五个月见一次。我们的关系，有点复杂，比友谊多一点，因为我们每次见面都上床，比爱情又少一点，因为我们从来不谈情说爱。我们彼此看不上：付安娜不是我心仪的女孩，我理想的老婆，不要如此张扬，不要如此轻率，她应该是春花秋月、行云流水，应该比我小一点；我也不是付安娜中意的男人，付安娜的男人，应该是一个成功人士，相貌堂堂，说一不二，有房有车有锦绣前程。

去年情人节，付安娜在微信上问我："你和哪个美女欢乐今宵？"

当时，我正和东北师大的硕士美女小花猫玩网恋，我们已约好晚上一起斗地主，我要装成不会打牌的菜鸟给她放水，为她积分。我知道付安娜的意思，她要和我一起欢乐今宵，可我更愿意为硕士美女放水积分，于是，我回复说："我在长沙出差，今晚要为老板卖命谈生意。"顺手送上一朵电子玫瑰，祝她情人节快乐。

付安娜发来一张眼泪横飞的表情，说："打倒无情老板，拒绝虚假玫瑰。"

这以后很长一段时间，我一直忙于和小花猫在网上斗地主，装傻为她积分，把她豢养成了"大地主"，而我自己由"大地主"沦落成了"包身工"。

其间，我与付安娜只是偶尔聊聊微信，开开玩笑，再见面，已是大半年以后了。

去年中秋节，同乡会在小梅沙举行中秋联谊会，我又去了，又碰到了付安娜。这一次，我是去寻找商机的。大款老乡依然对我不冷不热，付安娜依然对我热情似火。联谊会没开完，我就和付安娜溜了。下海里游了几个来回，情不自禁，就近找宾馆开了房。

一番折腾后，付安娜趴在我怀里说："明天，我要嫁人了。"说得很平静，就像说明天她要去广州出差一般。

我愣了一愣，呵呵一笑："这么说，我再也没有机会了？"

付安娜不轻不重在我胸脯上咬了一口，半真半假地骂道："我呸！马路你个没心没肺的，霸占本姑娘两年，还好意思说我没给你机会。我还以为你要霸占我一生一世，原来只是玩弄本姑娘，情人节明明在深圳鬼混，竟撒谎说去长沙出差了！"

我摸着被咬得隐隐作痛的心口，一时竟无言以对，半晌，才嗫嚅道："我以为，你一点也不在乎我呢。"

付安娜穿好衣服，哼一声说："你以为自己是白马王子？鬼才在乎你！"打开门头也不回走掉了。

付安娜真的结婚了。我还来不及伤感，小花猫毕业了，来到了深圳。

将近一年的网上预热，让我和小花猫一见如故，爱情大戏即刻开场。

说实话，对付安娜我的确是三心二意的，但对小花猫，我绝对是全力以赴的。为她找工作，我不惜丢脸丢人；为她买衣服，我不惜一掷千金；半夜里她要吃烤生蚝，我可以骑自行车大街小巷到处找。总之，小花猫是我的掌中宝，我对她的爱，那是掏心掏肺，那是汹涌澎湃。

可是，不到两个月，小花猫就毅然弃我而去。她说，对不起，你汹涌的爱快要让我窒息，快要让我崩溃了，我早就忍无可忍了。

痛定思痛，我又想起了付安娜。

我是不是太贪了？比友谊多一点，比爱情少一点，可能是爱情恰到好处的最佳状态。比友谊多一点，促使我们更乐意为对方赴汤蹈火；比爱情少一点，就会给对方划一块自留地，彼此自由自在，就不会把对方当宝贝一样，紧紧捏在手心里，直到捏碎。

迷糊多年，我终于明白，原来，我理想的老婆，就是像付安娜那样的。

你信手拈来又顺手丢掉的，可能正是你寻找的宝贝。

36. 癞蛤蟆的天鹅梦

十六岁那一年，因为和班主任老师打架，我失学了。上不上大学，我已经不是很在乎了，我想走遍天下，尝遍人间酸甜苦辣，然后，当作家，写几部惊世之作，流芳千古。可是，我爸我妈没有钱，有钱也不会让我拿着去游山玩水。

没有钱有胆量，也能浪迹天涯。

离我们家七八里路的小镇上，有一个火车站，我扒上任意一列南来北往的火车，就能去到我向往的远方。我算是有点胆量的人，扒过几回货运列车，坐在煤炭堆上或者木材堆上，让风把我的头发吹得乱七八糟。我去过离家一百多公里的地方，因为没钱吃饭，又饿着肚子扒货车回来了。

有一回，我攒了几元钱，又一次扒上货车，准备跑到更远的地方去看看，却中途被警察当小偷抓住了。我仅有的几元钱也掉了，于是，我灰溜溜地又扒上货车，灰头土脸地回家来了。

原来，流浪并不像小说中说的那么美好，一次次的失败粉碎了我的流浪梦，我不再扒货车闯天下了，只在家乡的田间地头晃荡。我们那儿穷，穷得连野兔都没有一只，偶尔能见到几只田鼠，鼠头鼠脑一蹿而过，一点诗情画意都没有。

十八岁那一年的春天，在开满野花的田野上，我发现了我们家乡最美的风景。那是一个打鱼草的妹子，她那一根甩来甩去的长辫子，就像巫婆挥舞的魔杖，让我神魂颠倒。我甚至有个扯淡的想法，世界上最幸福最浪漫的死法，就是被美丽的妹子用辫子抽死。

那是方圆十里最漂亮的妹子，叫浅浅，住在两里外的一个村子里。

十八岁的我不帅，没钱，只是一个不会种地的农民。但此时我已读了许多小说，尤其是爱情小说，我知道了一个最朴素的真理——爱情面前人人平等。此外，我还会背诵"精诚所至，金石为开"之类的励志名言。最重要的是，十八岁的我不知天高地厚，虽然我买不起一张去外面的世界看一看的火车票，但我却一直莫名其妙地坚信，有一天我一定能成为一个知名的作家！未来的知名作家和方圆十里最漂亮的妹子，那叫郎才女貌、天作之合。

我大大方方写了一封信，看到浅浅远远地过来了，我大大方方迎上去，把信递过去说："浅浅，这里有你一封信。"

浅浅那时刚满十六岁，思想还不太复杂，也不认识我，她把沾染泥土的手在围裙上擦一擦，接过了信，同时说："奇怪，你又不是邮递员，我的信怎么会到你手里？"

我心慌意乱，嘀咕一句"你看一看就不奇怪了"，只怕她明白过来，当面把信丢在地上，甚至掷在我脸上，我赶紧溜了。

浅浅没回信，就像什么事也没发生，依然每天在一望无际的田野上打鱼草。

我又写了一封信，这一次，我没敢当面把信递给她。浅浅的"你又不是邮递员"提醒了我，我跑到小镇上，就像投票选举一样神圣，把信投进了邮箱。信上写了啥我忘记了，无非是十八岁的胡言乱语，你懂的。只有一句记得很清楚："我要是收不到回信，就视为你已默许我继续写信。"

浅浅还是没回信。这也是意料之中的事，爱情不是踢足球，一脚踢出去，能进不能进，立见分晓。

我在第二封信里写上"我要是收不到回信，就视为你已默许我继续写信"，是为自己继续写信埋下的伏笔。我以一天一封信的频率，开始了求爱的漫漫长征。我晚上写好信，第二天一早，就迎着露水越过希望的田野，去镇上发信。我知道，我们那儿一个星期才送一次信，我可以把信攒一个星期才去发，甚至可以把七封信装在一个信封里发，省点邮票。但我还是宁愿每天都去发一次。上天会知道我对爱的虔诚，对待爱情，我不能偷工减料。

邮递员每次来，一次就送给浅浅七封我写的信，很快就成了轰动方圆十里的新闻。在我们家乡，没有尊重别人隐私权的说法，无论是谁的信，任何人只要感兴趣，都可以拆开来看。浅浅，方圆十里最漂亮的妹子，多少人对她感兴趣啊，我的信几乎都不是浅浅第一个拆开的。许多年之后，我才突然明白，十八岁的时候，我是我们村最著名的癞蛤蟆。

浅浅是方圆十里最耀眼的天鹅，每只癞蛤蟆都盯着她，只是，没有哪只蛤蟆有胆叫一声。于是，我成了叫醒春天的第一只癞蛤蟆。

所有人都觉得，我和浅浅不般配。即使浅浅答应，浅浅的父母也不会答应；即使浅浅的父母答应，方圆十里的蛤蟆都不会答应！大家都用怜悯的眼光看着我蹦跶，我完全被浅浅甩来甩去的长辫子抽晕了头，竟然完全不知道自己成了可怜可笑的癞蛤蟆。

在写了几十封信以后，我还是没收到浅浅的回信。

我开始寻找接近浅浅的途径，只有通过日常接触，我才能让浅浅知道，我是一个多么优秀的男人。我突然想起，我有一个小学同学李军就住在浅浅的村子里。于是，我以找李军的名义，走进了浅浅的村子。

李军和浅浅的关系还不错，不太忙的时候，他们常常在一起打扑克。一来二去，我也加入了打扑克的阵营。我时出妙语，让浅浅笑得乐不可支。可是，浅浅不提那些信的事儿，好像她从来没有收到过我的信。我也没追问，就好像我从来没给她写过信一般。这种似是而非的暧昧，其实也挺有意思。

因为常找李军，我和李军成了臭味相投的好朋友。

成了朋友，我才蓦然发现，李军也在暗恋着浅浅！

给浅浅写信，已经成为习惯，所以，我还是接着写，只是没那么勤快了；而且写得有点心虚了，好像我是在挖朋友李军的墙脚一般。好在，浅浅还是没回信，我也不指望她回信了。她若接受我，我会觉得愧对朋友；她若拒绝我，我会觉得愧对自己。所以，就这么不明不白，也好。

这时，冬季征兵开始了。李军兴冲冲来约我一起去当兵。

那时候，当兵是出人头地的重要渠道。我倒是没想过要去当兵，理由说起来很可笑，我怕当了兵限制太多，不能想写什么就写什么，成不了大作家！当李军来约我的时候，我却没怎么犹豫就答应了。理由一是既然朋友乐意去当兵，我不能扫他的兴，我得陪他去；二是两只蛤蟆都盯着浅浅，总得有个了断，双方暂时回避，也许是最好的办法；三是到部队去找一找男人的感觉。

我和李军身体都杠杠的，而且，我有个朋友他爸正好在征兵体检站做主检医生，一些无关紧要的小毛病也可以马虎过关。没想到，李军一上场就掉了链子，他那贼亮贼亮的眼睛，居然是色盲！我朋友他老爸亲自测试，李军瞪大贼亮的眼睛，茫然地紧盯着色盲测试本，愣是把猪看成了羊。我朋友他老爸只好摇摇头说："我要是敢让色盲去当兵，说不定要蹲监狱的。"

第一关，李军就被刷下去了。我倒是一路顺风地过了好几关。可是，我只是个打酱油的，是来陪李军玩的，我要是就这么去当了兵，那算什么呢？

而且……而且，我眼前晃动着浅浅的长辫子，挥之不去。

下一关，测试听力。

体检医生拿着一把音叉一敲，问我："听见没？"

我摇摇头。

体检医生换一把音叉又一敲，问我："听见没？"

我还是摇头。

我朋友他爸过来了，很疑惑："不可能呀，你一点也不像耳聋的人呀。"

我装作没有听到，抱歉地朝他笑一笑。

我朋友他爸说："你要是装聋，那是破坏征兵，武装部要处理你的哦。"

我依然只是抱歉地笑一笑。

有人哭着喊着、请客送礼要往部队钻，有人竟然装聋作哑不想去！不想去又为什么来报名体检呢？朋友他爸想不明白，但还是成全了我，写上了"弱听"两个字。

除了"弱听"，我其他一切正常。比较筛选的时候，我最终因"弱听"被刷下。

我笑嘻嘻回到家里，我爸劈面给了我一耳光，扇得我的左耳嗡嗡响。为了送我去当兵，我爸暗地里给人民武装部部长送了两条烟，我却装聋给他丢脸，他不能不生气。

从那以后，我的左耳一直弱听至今。

更让我羞愧终生的是，有人说，我是怕上边界的老山前线去打仗而当了逃兵。

不久之后，我收到了浅浅的回信，只有一行字："如果你当了兵，我也许会接受你。现在，再见！"

接到浅浅来信的当天夜里，我扒上一列装满木材的夜行货车，到了离家千里的远方。有一次，我三天没吃饭，饿晕在深圳的街头，是一只流浪狗的舌头舔醒了我。那一刻我真的很想家，但理智告诉我，就算饿死在他乡的街头，我也不能这样狼狈不堪地回家去。

如今，我尝遍了人间的酸甜苦辣，偶尔我还会想起浅浅的长辫子，却再也不敢妄想成为流芳千古的作家。我写下我的故事，能让您会心一笑，我就知足了。

37. 爱情修罗场

李月娥回白石铺过年，经媒婆伍大娘安排，在"来一碗"米粉馆里和复员军人刘光明见了一面。李月娥喜欢他那洗得干干净净的旧军装，更喜欢他写在菜单上比三鲜米粉更漂亮的字儿，就和他约定，第二天再见一面。十天后，民政局上班第一天，刘光明和李月娥领取了结婚证。过完春节，还没有过完蜜月，二人就手拉手来到了深圳。

李月娥在梧桐山下的一家电子厂做质检员，刘光明在一家房地产中介公司做业务员。租房太贵，他们就自己动手，利用被城管摧毁的地下养猪场废旧材料，搭了一间铁皮屋。尽管铁皮屋不能完全遮风避雨，在台风来临的夜晚更是雨疏风骤，却依然成了新婚夫妻的温暖小窝。

第二年，李月娥从铁皮屋搬到白石铺，生下了八斤半的儿子，取名刘记。生儿子时，李月娥受尽了做母亲的苦难，差点了结在产床上。刘光明满面愧疚和凄惶，抱着妻子，一眼不眨，听任她把自己的头发揪下一把又一把。

李月娥在家乡培育刘记的日子里，一开始还春光明媚，刘光明每天与她和孩子用微信聊视频，发了工资就立刻用微信转回来，让李月娥心中很踏实。半年后，当刘记可以满地爬着去追逐毛茸茸的小鸡时，从一些自深圳归来的老乡眼里，李月娥察觉出了一丝不应有的东西，一种不安顿时有若蚂蚁从裤管里一步步爬上来。抱着同其父一样不安分的刘记，李月娥伫立在白石铺的落日中，不祥的阴影正如同黄昏后的暮色，得寸进尺。

于是，无情无绪，接连三天的饭菜都做得难以下咽，使刘老木匠疑惑不已。李月娥此时已无心计较公公的脸色，把刘记送回娘家，搂在怀里爱抚了一夜，次日一清早就登上了去深圳的火车。一路上，李月娥看着手机里儿子的照片，想到儿子醒来后哭着满地爬着找妈妈的样子，不禁泪流满面。

一下火车，李月娥直奔梧桐山他们的铁皮小屋。铁皮屋风景依旧，邻居中养鸡的还在养鸡，杀狗的还在杀狗，只是多了一个人。一个女孩，正站在李月娥从前的位置上，叮叮当当地炒猪头肉。

女孩叫安宁，不怎么漂亮，却十分殷勤，一听来人是刘光明的亲戚，立即停下手来倒茶，又快手快脚杀了一个菠萝，直让李月娥吃。李月娥拿起一块菠萝来，又放下了。此刻，她什么都吃不下。她喝了一杯茶，又喝了一杯茶，说："妹子，你眼力真不错。"

安宁抻一抻身上的套裙，说："哪里呢，大姐，淘宝上两百元钱淘来的冒牌货，寒碜死了。"

"可你的男朋友，一点也不寒碜。"

安宁继续张罗着猪头肉，羞涩一笑，指一指石棉瓦墙上龙飞凤舞的《沁园春·雪》的书法作品，说："光明其实也不怎么的，我看中的主要是他的字儿写得有劲。"

李月娥一阵心痛，当年在白石铺"来一碗"米粉馆里，让她怦然心动的也是刘光明的"三鲜米粉"几个字写得有劲啊。

这时有人敲门，李月娥应声把门打开，于是，被人描绘过千百遍的场景，又一次上演。刘光明呆立在门口，表情极像初次开车上路的新司

親愛的愛

机误闯了红灯，被交警截停在路口。李月娥说："表哥，半年不见，你越见精神，越见潇洒了。"

刘光明嗫嚅半晌后说："一路还好吧，怎么也不来个电话发个微信让我接站？"

"不敢太麻烦表哥，我会自己照顾自己，不会走错路丢了人。再说，火车站美女如云，只怕表哥看花了眼，认不出我来了。"

安宁走过来说，站在门口干吗，有话吃过了饭再说吧。

于是，大家开始吃饭。李月娥直夸安宁鱼头豆腐汤做得鲜美，还顺便说到在火车上，一个小偷怎样扒她的钱包，又怎样被她扇了一耳光。

吃过饭，李月娥又喝完一杯乌龙茶，吃掉一块菠萝。闲谈说一别大半年，深圳变化真大，从火车站到此，她一路碰到的全是陌生人。

刘光明的脸色始终没能恢复到正常状态，席间又多喝了几杯酒，益发失去了本色。安宁把他的脸看了又看，伸手揉揉他的头发，问他是不是不舒服。刘光明摇头不语。

李月娥说，可别是在路上中了邪，被迷住了心窍，接着就说起了白石铺某家的孩子因中邪而失魂落魄的样子。安宁不安不宁的，喂刘光明服下两颗感冒灵，扶到床上躺下，为他盖上毛巾被。又把刘光明的脸摩挲了一会儿，在他的前额上轻轻一吻。

李月娥眼看自己的老公被人摆弄，心里如同手中端着的茶越来越凉。她很想把这杯残茶向他们泼过去，并掀翻桌子骂一句"他妈的"，要玩就玩他个落花流水。却终于没有发作，自个儿又斟了一杯茶。

在自己一手构筑的铁皮屋里，李月娥今天成了不速之客，被小三客客气气地安排坐在客位上，换回她客客气气地对不停地给自己夹菜、斟茶、递纸巾和牙签的小三说谢谢。

218

平静地看着安宁像每一个家庭主妇一样为客人忙来忙去，李月娥心中掂量，更不幸的到底是我还是她？

坐等安宁抹完桌子洗好碗，李月娥想和她好好谈一谈，却不知道如何开口，电视剧里出现的类似情节好像全都落了俗套。想了又想，李月娥站起来说："我出去转一转，看一看从前的老朋友老感情还剩下几分。"

走出铁皮屋，李月娥只怕刘光明给她打电话，她现在不想听他说话，就关了手机。

出门朝左拐，经过一家地下屠宰场，从前李月娥天天经过这儿，不觉其臭，每天还来这儿买便宜肉，今天却突然发现那些待宰的猪狗无一不恶心至极，就蹲在路边呕吐起来，把安宁让她吃的喝的全都吐了出来。

在梧桐山下打了几年工，李月娥从来没有上过梧桐山。这天下午，她上了山，坐在山岩上，面对脚下天堂一般的深圳，狠狠哭了一场。

上山下山的路上，李月娥把此前此后的事想了许多许多。冲突是不可避免的，离婚最终也是不可避免的，尽管她一直不愿意这类事情发生，只为了最初相遇时动心的感觉，只为了如今可爱的儿子，可男人一旦变心，十头牛也拉不回来，你哭、你闹、你把头撞在他铜墙铁壁的胸脯上，你比以往温柔十倍百倍，也没用，他只想掐死你的温柔。当你筋疲力尽，就是故事大结局的时候了。

快下班的时候，李月娥来到女报杂志社，找到我说："罗尔，我碰到一件事儿，不知道该怎么办，我可以和你聊一聊吗？"

在一家小餐馆里，我和李月娥一直聊到晚上十点。她平静地和我说着她和刘光明的事儿，就像演员在台上朗读别人的诗文，心潮澎湃，动人处眼角不时还泛泪花，却一直从容地坚持读完。

我一向嘴笨，听完李月娥的故事，不知道该如何安慰她。李月娥反过来安慰我，说她关注我一年多了，让我挺住，让我相信善良相信爱。要告别时，她还抱了抱我，拍了拍我的背。

下雨了，我看着李月娥的背影想，不知道她有没有带雨伞，就见她从背包里掏出一把伞来，不慌不忙撑开，伞面上是一个大大的笑脸。我不再担心，这样强大的女人，无论碰到什么困扰，都不需要任何人告诉她应该怎么办。

在公交车上，李月娥想过许多再次面对刘光明和安宁会有怎么样的可能性。回到梧桐山下的铁皮屋时已近午夜，她骇然发现她和刘光明亲手搭建的铁皮屋，连同周围的屠宰场、养鸡场，已被夷为平地。今天中午，李月娥离开后，推土机开来了，又一次推平了这一片违章建筑。

刘光明孤零零坐在铁皮小屋的废墟上，看到李月娥，他从没完没了的细雨中站起来，抹一把脸上的雨水说："我打不通你的电话，你要是不回来，我会在这里等到死。"

李月娥不说话。

"安宁走了。今天她第一眼就看出了你是谁，她见过你的照片，以为她比你强。看到本人，她才知道自己不如你，让我对你说一声'对不起'和'谢谢'，就走了。"

李月娥不说话。

"真他妈的见鬼，以前我怎么就没发现我老婆原来这么漂亮，无人能敌呢。就算你不能原谅我，要和我离婚，我也要重新把你追回来！"

李月娥不说话。

刘光明又抹去一把脸上的雨水，把李月娥抱起来说："老婆，下午我又租了一间房子，我们回家吧。从今天开始，无论日子如何艰难，我也要让你天天住在像模像样的房子里，再也不住铁皮屋了。"

　　李月娥还是不说话。今天她一直在想如何把老公夺回来，现在，人家主动把老公还给她了，却让她纠结了，自己当初轻易就嫁给了这个男人，要不要这么轻易就原谅他呢？

38. 301 个电话

本故事发生在 2003 年，其时，手机还是寻常人用不起的奢侈品，接听电话也得收费……

茅坪村王小山读高二的时候，他爸爸王大山上山采药，跌下悬崖摔得破烂不堪。赤脚医生刘大麻子一看，一再摇头说："我没办法，县医院只怕也只能治个半死不活。"王大山听了，誓死不去县医院，大喊大叫着说了许多有损医院形象的话，诸如"医院都是要钱不要命的地方""死不要脸活要命"云云。王小山他妈非常清楚，王大山不去医院的主要原因是怕治不好白花了独生儿子王小山的学费啊！

王大山死去活来煎熬了三天三夜，感觉不行了，让妻子打电话叫王小山回来见最后一面。王大山一定要跟儿子强调自己落得如此下场的教训：就是因为没有考上大学没有走出大山啊！所以，你王小山哪怕是上刀山下火海闯地雷阵，也得把大学考上，死也要死在大学里。

电话打到学校，辗转找到班主任，班主任却到处找不到王小山。王小山当时正在校外的一家网吧里全心全意彻夜打游戏。当王小山第二天早上若无其事回到教室时，同学们七嘴八舌地告诉他："王小山你赶快回家吧，你爸病危等着见你最后一面呢。"

王小山跋山涉水，急惶惶赶到家里时，王大山早已咽了气，连同他准备给儿子说的临终遗言，一并咽了下去。看着王大山死不瞑目的样子，王小山哭倒在地。

马马虎虎办完丧事，家里一贫如洗。王小山他妈催他回校上课，王小山说：家里都这样子了，我还上什么学？我还凭什么上学？他妈叹一口气，没说话。王妈妈半身不遂已多年，在这个家里早就说不出响亮的话来了。

王小山就这样不上学了。他一直认为，自己失学的根本原因在于没有一部手机。

如果我有一部手机，那么爸妈随时都可以找到我，那么爸爸一摔伤，我马上就能回家送爸爸去医院，只要救活爸爸，王家的天就永远不会塌！即便救不活爸爸，也不至于连他的临终遗言都听不到，谁能肯定，老爸临终前的三言两语不会改变我的命运呢？

其实，王小山早就不想读书了，他之所以硬着头皮在学校读啊读，那全是为他老爸读的。

王大山当年复读三年也没能考上大学，就给王小山下了死命令："王小山，你就是死也要给我死到大学里去！"但王小山和王大山一样不是读书的料，脑黄金吃过了，没用，脑白金也吃过了，也没用，耳光、拳头甚至棍棒，也一一吃过了，还是没用，王小山的成绩一直位于全班后十名。王小山小时候有一句话闻名茅坪村。他顽皮爬树，王大山说："别爬呀儿子，小心摔着。"王小山回答："摔死了才好，摔死就不用读书了。"

王大山一死，没了拳脚棍棒的压力，也没了学费，王小山自然顺水推舟，高高兴兴不读书了。

王小山辍学第八天，就哼着周杰伦的《双截棍》，走出茅坪村，跟人到深圳打工了。

在五味俱全的火车硬座车厢里,王小山就算计好了,挣下钱,立刻就买一部手机!

但王小山足足苦干一年之后,才得到一部手机。

王小山在竹子林一个转包了三次的建筑工地上做泥水工,包工头是邻村的李援朝。作为老乡,他对王小山还是比较客气的,没有打也没有骂,但在工资的关键问题上却一视同仁,每月只发两百元钱生活费。大伙儿闹过几回,王小山也混在中间起哄。李援朝私下里对王小山掏心掏肺:"山子你咋就这么糊涂?我就是欠天下所有人的钱,也不能欠山子你一分钱啊是不是?你是我的老乡我的兄弟呀!"李援朝是老板,口口声声叫他兄弟,让王小山听着很受用,很感动。工友们闹得起劲时,他还在一边说些"面包会有的,一切都会有的"之类的废话。

但到年底,暂扣的八成工资还是没有发下来,愤怒的建筑工人们挥舞着砌刀,把李援朝团团包围,扬言不发工资就活活砍死他!李援朝跪在地上向四面磕头,说我也是受害者呀,甲方和大老板不给我钱,我也没办法呀!李援朝最后说,各位兄弟请放心,我李援朝就是砸锅卖铁,也要把兄弟们的血汗钱还上!为表示真的要砸锅卖铁,李援朝高高举起手机说:"这手机三千元钱买的,只用了三个月,哪位兄弟要看得上就拿去,只要一千元,从工资里扣除。"

兄弟们面面相觑,大家都是等着钱回家过年的,要手机出那风头做甚?

王小山仿佛听到父亲王大山在天上对他大喊:"山子,你赶快要了吧!你不要我死不甘心呀!"王小山的心激动地跳了又跳,因为常常考察手机店,他对手机行情一清二楚,李援朝的这款手机,的确价值三千元，一千元买下，不亏呀！

见众人都不作声，王小山举起手说："我要了。"

李援朝说到做到，当即退出手机卡，把手机交给王小山，拍拍他的肩膀说："还是小兄弟你有见识，前途无量呀。"

王小山拿到手机，就看了一眼人群中做饭的周腊梅，看看她是否也认为自己是有见识的人。周腊梅只是意义不明地一笑。

王小山果然成了最有见识的人，李援朝当晚从大老板处讨要到工程款，就丢下他的表妹周腊梅，逃之夭夭了。四五十个兄弟，只便宜了王小山，白得一部手机。

众人不依，又是投诉，又是上访，最后还上马路拦车，使交通阻塞了三个小时。有关部门积极协调，本着安定团结的基本原则，每人先发一千元回家过年，余款一经落实到责任人，立刻补发。

王小山没回家过年。拿到一千元钱过年费，他当即买了一张手机卡，预存了两百元钱话费。

李援朝的表妹周腊梅也没回家过年，工友们知道这妹子是李援朝六亲不认的牺牲品，没把她怎么样，依然让她给大家做饭，依然把她当作梦中情人。

周腊梅是工地上第一个知道王小山手机号码的人。他一直觉得周腊梅对自己有点意思，她给他打的肉似乎总比别人多一两块。但王小山没看到她拿本子记下来，心中不免惆怅，拿不准她对自己到底有没有意思了。

王小山还想告诉更多的人他有手机了。但他想了又想，竟然想不起一个有电话或手机的人来，能记得的电话号码，只有"110"，但他没敢打。

　　没有可以打电话的人倒无所谓，有必要的话，王小山可以从自己的同学中选择一个对象，信手按几个键，对着手机自言自语东拉西扯即可。很没有面子的是，他的手机老不响！架子工大老刘，当时他其实也是想要那手机的，只怕李援朝只是说着玩玩，迟疑间就让王小山抢了先。他冷笑着看着王小山不声不响的手机，不时冷言冷语："嗬，原来是个哑巴手机。怪不得只值一千元钱。"说来说去，说得王小山心中忐忑，用工地外杂货店的电话自己给自己拨打了一回，听得铃声响，又一手持话筒，一手持手机，"喂，喂"几声，听得清清楚楚了，才放下心来。

　　大年三十晚，王小山和留在工棚里过年的兄弟合伙买了几斤五花肉，让周腊梅煮了满满一脸盆，就着廉价白酒吃喝起来。吃完喝完又把央视春节晚会看完。电视上闹哄哄不停地拜年，王小山想给妈妈拜年，但想不起邻居王二叔家的电话；想给老师和同学们拜年，又想不起班主任黎老师的电话。王小山心中倒是盼望，哥几个借他的手机给家里打电话拜年，只不给大老刘打，但兄弟们看他得了个便宜手机得意扬扬的，且与大老刘生着气，竟不知不觉对王小山有了三分敌意，谁也不向他借手机，宁愿到杂货店打公用电话。周腊梅是王小山最希望借他电话的人，但她也没有要打电话的意思，电视没看完就睡了。

　　王小山怀揣手机，一夜郁闷，连做梦都没梦到手机响起来。

　　大年初一，王小山不声不响吃完一包方便面，把沾满水泥浆不可能擦亮的皮鞋用破布一擦再擦，看一眼周腊梅紧闭的房门，独自出了门。

　　春节期间，工地外面的杂货店照常营业。守店的老太太似笑非笑地看着王小山。虽然手机不响，王小山依然好心情，冲老太太一笑，滚瓜烂熟背书般说出"阿姨新年好，恭喜发财"。老太太顿时眉开眼笑说："大家发财，大家发财。"

王小山一眼看到店里的"好日子"香烟，图个好彩头，掏出一张二十元钞票要了一包。十元钱一包的烟，老太太高兴，只收王小山八元，要找他十二元。

王小山心里一动，推回老太太找的零钱，"阿姨，你帮我一个忙好不好？"他拿起笔在一张纸片上写下自己的手机号码，"你一天打三次这个电话好吗，响两声就挂，也不浪费你的电话费。"

老太太支吾半晌，答应下来。

王小山走到深南大道上，正准备胡乱登上一辆公交车，车开到哪里就转到哪里，手机第一次响起来。响两下就停了，自然是老太太。王小山对着已经挂掉的手机自言自语说了一通："腊梅新年好。祝你新年身体健康，万事如意，永远青春，永远美丽……永远爱我……"

初一到十五，老太太每天早、中、晚三个电话，王小山每次都对着没接通的手机山里水里说上一通，边说边看周腊梅的反应。周腊梅没什么反应，大老刘等一干兄弟心里却酸溜溜的，愈加看王小山不顺眼。

正月十六，回家过年的工友们陆续返回了，因工头李援朝继续下落不明，众人也不开工，都坐在工棚里面面相觑。王小山的手机又响了，两响之后，王小山按下接听键，正要胡言乱语，手机里却传出兴奋的欢叫："哇，通了！通了！"竟然是个姑娘！

王小山在学校时，暗恋过四五个女同学，现在又暗恋着周腊梅，在网上也能放肆地跟女网友说些双关语，但真正面对面，王小山与姑娘说话的气魄也没有，大老刘他们老跟周腊梅放肆，王小山就从来不敢。如今蓦然间接到姑娘来电，王小山仓促间竟有些手忙脚乱，脸无端地红了。对方继续欢叫："周董，我爱你，我们都爱你！"

原来是打错了！到底是茅坪村出来的王小山，一时转不过弯来，嗯啊半天，结结巴巴地说："你打错电话了，我不是周董，真的不是周董。"

对方一愣，没来由地生气了："你为什么不是周董？你不是周董接什么电话？神经病！"砰地挂了电话。

王小山收了手机，情不自禁拍了自己一个嘴巴，心中暗骂："我他妈的真是神经病，姑娘说我是谁我就是谁呀，为了姑娘，别说做周董，就是做狗仔也行呀。"回头见弟兄们都不解地看着他，周腊梅则看也不看他一眼，王小山突然想刺激一下她，就说："一个神经病傻丫头，非要和我交朋友，我才不理她呢！"

大老刘鼻子里哼一声，说："怕是哪个富婆要包你做鸭吧？"众人一阵哄笑，周腊梅则一声不响出了门。

王小山瞪一眼大老刘，正要发作，手机又响了，也就不再计较，按下接听键。竟然又是一个姑娘，不，好多个姑娘，还是找周董的！众姑娘显然用的是免提功能，齐声叫喊："周董周董我爱你，就像老鼠爱大米！"

周腊梅不在，王小山不怎么慌了，心里念叨一句"这周董真好艳福"，装模作样咳嗽一两声说："慢慢来，慢慢来，让我一个一个爱好不好？"同时，对围在身边的兄弟们挤挤眼。

众姑娘欢呼："哦耶！"却有一个嘀咕一声"不对"，厉声质问："你是谁？"

王小山笑嘻嘻说："我是你们的老公呀。"

"呸！流氓！狗屎！"电话断了。

王小山忽然开窍，"周董"是周杰伦的昵称啊！兴奋地说："她们当我是天王巨星周杰伦呀！"

不容众人惊异，第三个电话又来了。这一回，王小山从容多了，接通电话就先来了一句："你好，我是周杰伦。"

大老刘在一边插嘴："靠！王小山你要是周杰伦，我就是成龙。"

电话里还是一个姑娘，自言自语一句："我就知道网上公布的电话靠不住。"挂了电话。

王小山大怒，冲大老刘扬起手机，当然舍不得砸，只是大声吼道："大老刘，闭上你的臭嘴好不好！"

大老刘举起大巴掌就要掴王小山，众人半真半假地拦住，大老刘也就半推半就住了手，只骂骂咧咧不休："就你王小山那熊样，你要有一根毛像周杰伦，我输你一万元钱！"

"好！我跟你赌！"王小山长得其实还真有三分像周杰伦，还能把周杰伦的歌唱得似是而非，大老刘这一骂，他急了。

众人闲得无聊，只愁没处找乐子，一齐起哄，一场赌博开始了。

众姑娘之所以把王小山误作周杰伦，是因为有人在网上公布了一份名人通讯录，其中就有少女杀手周杰伦的手机号码，只是错了一个数字，错成了王小山的手机号码，造就了这一场为期三天的赌博。

王小山和大老刘约定：要是王小山在 300 个电话内，以周杰伦的名义，把一个女孩召到工地，大老刘就输给王小山一万元钱，并报销其电话费。召不来，王小山电话费自负，并给大老刘磕响头一个（大老刘料定王小山拿不出一万元钱，所以，只要求磕头）。

王小山志在必得，特别申明，已接过的 3 个电话，也算在 300 个之内。同时，他心中暗笑大老刘老土，周杰伦何许人也，振臂一呼，姑娘蜂拥而至啊！我虽然是冒牌周杰伦，但举起周杰伦的大旗，蒙他一个两个傻姑娘，总不在话下吧。

这一场约定，对王小山意义非凡，他要以此向周腊梅证明，自己是一个有本事的人、一个值得爱的人。当然，蒙来的姑娘再漂亮他也不爱，他只爱周腊梅。还有，大老刘不是什么有钱人，赢得的一万元钱，他也不能要，他要把钱摔在大老刘的脸上。

双方定规则期间，王小山的手机一直响个不停，王小山因忙着和大老刘赌气，一一掐断。

规则一定好，王小山接通了电话。居然是一个男人，口口声声叫"杰哥"，说："杰哥，拜托你跟我女朋友说一声'你死了这条心吧'好不好？她说，你要不说这话，她坚决不和我结婚呀。"王小山满口答应。待那男人的女朋友接过电话，就劈头一句"你死了这条心吧"，那女朋友尖叫一声："你不是周董！"就挂了电话。

大老刘冷冷一笑，记上一笔。

王小山本不指望这一个，他之所以同意说那不聪明的话，完全是同情那男人。

下一个电话是一个安全套生产商，想请周杰伦做广告的。王小山说："我不和男人谈生意，让你的女秘书和我谈吧。"对方一笑说："没问题。能不能先请问一下，周先生做电视广告的大概价钱？"王小山说："不能低于10万。"对方不屑地哼哼两声："周杰伦哪有这么不值钱的，我告诉你吧乡巴佬，周杰伦的电视广告费每次不低于500万！"电话再次挂断。

王小山脸一红，倒也没在意。

大老刘又记上一笔。

又是一个姑娘来电话，一开口就问："你真的是周董吗？"王小山说："是啊，如假包换。"

"真的，那你说说他的生日是哪一天？"

"6月8号。"王小山顺口报上自己的生日。

"切——冒牌货，我告诉你吧，周董的生日是1月18日。"

接下去，王小山因为答不对身高、体重、血型、星座、口头禅、毕业学校、最喜爱的颜色、穿什么牌子的内裤等问题，158个姑娘都对冒牌货王小山不同程度地表示轻蔑和愤怒。有一个姑娘在王小山答错周董最喜爱的小吃是什么以后，怒火万丈，甚至扬言要打他，王小山连忙说："你来呀，你来呀，我在深圳。"她又说："懒得打你，你这种蠢货，就让你蠢死吧。"

接第30个电话的时候，王小山预存的200元话费就耗尽了，他倾尽自己所剩的500元，到老太太的杂货店买了充值卡（顺便交代老太太，每天三次电话不要打了）。

接完135个电话的时候，王小山的500元话费又用完了。这时，已是第二天（睡觉时间关机8小时），王小山已对周杰伦的全部情况包括何时断奶的细节都烂熟于胸，任何问题都不可能再难倒他，但他却身无分文了！

王小山急啊，急火攻心，跪倒在地，咚地给大老刘磕了一个响头。大老刘嘻嘻一笑说："你这就服输了，不是还有165个电话没接吗？"王小山说："我死不服输，我只是求你先借我1000元话费，我要是输了，手机是你的了。你要是不要手机，我卖血还你钱！"

大老刘心中一喜，却因为手机被王小山用了 20 多天耿耿于怀，就说："手机已让你用了一个月，这一打就是 300 个电话，哪里还值 1000 块，700 块还差不多。"

王小山一口答应："好！700 块就 700 块！"心中却道，傻子，我最多再打 70 元钱，就要大功告成！

但新充的 700 元钱去了一大半，姑娘还是只闻其声不见其人。王小山心中渐渐慌了，周腊梅这两天一直不在现场，开饭时也不正眼看他，打给他的肉也好像少了一两块，这一场赌博莫名其妙呀！

好像也有好骗的姑娘，不问东问西，一点也不怀疑王小山不是周杰伦，只是欢快热烈地向周董问好，但她们并没有想来深圳亲眼看一看周杰伦的意思。有一个姑娘近在广州，坐车两个小时可到深圳，但当王小山盛情邀请她今晚来深圳参加周杰伦歌迷见面会时，她居然一口回绝了，说是晚上还得上课。

第 288 个电话，一个姑娘在所有的问题都没有难倒王小山以后，要求他唱一唱周杰伦的《双截棍》。王小山大喜，这《双截棍》他平日常唱，足可以假乱真的。但这时一张口，惨了，一连说了两天电话，王小山的喉咙嘶哑得就像一只垂死的公鸭了！姑娘当然毫不留情地挂了电话。

至此，王小山才知道自己输定了。他仿佛看到了周腊梅的冷笑，从此不让他吃饭。

第三天，第 300 个电话，并没有出现奇迹。王小山一说"你好，我是周杰伦"，电话那边的姑娘"哈哈哈"好一阵笑，说："我是周杰伦他妈。"

愿赌服输，王小山接完第 300 个电话，二话不说，双膝跪地，头咚地磕了下去，磕出了血。磕完头，手机又响了。王小山说："我再接一个好不好？"

接通电话，王小山说："对不起，我不是周杰伦。"说完，眼泪刷地流了下来，与额头流下来的血混在一起，煞是凄惨。

电话竟然是周腊梅打来的，她说："山子你傻呀，这话你咋不早说呢？网上好多人说，你是个笨蛋骗子，她们都是逗你玩的呀。"

39. 一失足成千古恨

我爸是农民，我妈也是农民，天生胆小，不敢得罪任何人。两个老实农民，却生了一个很不老实的女儿。我瞧不起我爸我妈看见村干部就讨好地笑，无数次在心中暗暗发誓，长大后我要做个县长，至少也要做个县长夫人，让村干部看见我就点头哈腰。

从初一开始，就不断有男生鬼鬼祟祟给我写情书。这些情书证明了我的美貌，坚定了我出人头地的信心，但我并没有因此飘飘然意乱情迷。我非常清楚，这些自作多情自以为是的小男生，不大可能给我带来幸福人生，我唯有埋头学习，考上一所好大学，毕业以后考上公务员，才能踏上通向县长的金光大道，才能让一辈子不敢挺直腰板的爸爸妈妈扬眉吐气。因此，我对那些激情澎湃的情书，一直不理不睬，掠一眼就顺手撕掉了。

然而，我的梦想之舟还没来得及启航，就莫名其妙地翻船了。

离高考还有三个月的一个周三的中午，我们班的黑板上，出现了一封粉笔写下的情书。是写给我的，"情书"把我们的"爱情"描绘得有声有色，甚至还暗示，我们已经那个了。这当然是一派胡言，只是哪个男生的恶作剧而已，但这种事，解释不清楚，幸灾乐祸的同学宁愿相信那是真的。我一直咬着冷冷的牙，不声不响。我知道，我不能哭，一滴泪都不能流，否则，我就遂了那封情书制造者的愿，成了笑柄。

我的清白，我自己知道，同学不信没什么，老师不信也没什么，让我伤心的是，连我爸也不相信！

　　周末的晚上，我回到家里，想躲进闺房里偷偷哭一场。可我爸看到我进门，二话不说，抬手就给了我一耳光，吼道："你还有脸回来！"

　　如果我家住在城里的高楼上，那一刻我一定一跃而出，跳楼了。可我家只是农村常见的红砖瓦房，两层楼，跳下去也死不了。

　　我呆了一呆，没有哭，平静地对我爸说："我会证明给你看，我到底有没有脸。"说完，我平静地走进厨房，就像走向黑板，要去解一道数学题一般。

　　我妈觉得我的眼神冷冰冰很吓人，就悄悄跟我走进了厨房，见我拿了菜刀要割腕，扑上来夺过菜刀，当地扔在地上，吼道："你想死就先砍了我！"

　　那一夜，我妈只怕我想不开，陪着我睡了一夜，叨叨叨说了很多，但我一句都没有听进去。我下定决心，不能再待在这个地方了。

　　周一早上，我没有回学校。我身穿校服，背着书包（书包里的数学试题集里，夹着从妈妈的箱里摸出来的五百元钱），搭个摩的去了县城火车站，上了去深圳的火车。

　　我爸的那一记耳光，就像铁扇公主的芭蕉扇，把我扇到了千里之外。

　　火车驶过家乡的原野，看着我家屋顶上升起的炊烟，我心中暗暗发誓：这一去，要是不混出个人样子，这个家，我就再也不回来了。

　　此时，我还不满十八岁，不谙人情世故，身无所长，但我像阿基米德一样自信：给我一个支点，我可以撬动地球。当第二天早上在深圳火车站下车时，我也在心里说：深圳，给我一个立足点，我还你一个惊喜。

　　这是我第一次出远门。这以前，我去的最远的地方就是学校所在的县城，吃住不是在学校就是在家里，基本上没见过世面。突然来到中国最繁华的一线城市，我心中难免慌乱，但我看起来就像出生在这个城市里一样，我不东张西望，迎着朝阳不紧不慢地走着，就像我是去上学一般。只是，我不是去上学，我要找工作。

穿着校服去找工作，人家一看就知道我是离家出走的学生，一定不敢收我。

看到一家肯德基，我走了进去。我不是去用餐，我不知道吃一回肯德基需要花多少钱，而且，人们常说这种垃圾食品怎么怎么的，我也并不想吃。我只是想用一用肯德基的洗手间，不知道在哪本杂志上，我读过一篇文章，说深圳的公厕远不如肯德基和麦当劳里的厕所多，找公厕不如找餐厅，整洁干净，还荡漾着油炸食品的香味。

在肯德基的洗手间里，我洗漱一番，换上了妈妈的一条连衣裙。那裙子还是我妈生我之前在上海打工时穿的，生下我之后，就一直压箱子最底层，我离家之前悄悄塞到了书包里。穿上二十年前的连衣裙，我就像灰姑娘辛德瑞拉一样满心欢喜，那些飘香的炸鸡我看也不看，飘然而去。

肯德基边上，是一家中餐厅，门口贴着"招工启示"，我没看具体内容，但那个错别字让我很不爽，就走了进去，对一个服务员说："我找你们经理。"

经理很快就来了，满脸堆笑对我说："小姐您好，请问有什么可以帮到您？"

我说："我看到门口的广告上有一个错别字，怕影响你们的形象，就忍不住要来告诉您。"说着就告诉他，应是"招工启事"，而不是"招工启示"。

经理感激不已，恭维我说："小姐您真棒，您是大学生吧？"

我突然觉得这是个机会，就说："我家贫失学了，来深圳找工作的。"

经理脱口而出："那你来我们酒楼做服务员吧，包吃包住，工资两千。"

我一向非常自信，如果有机会，如果命运之神垂青于我，我可以成为女企业家，也可以成为女政治家。可是，此时我还不满十八岁，在寻常人眼里，我除了年轻，除了漂亮，一无所长，经理看我有点文化，说话也还算大方得体，才当场拍板让我做服务员，我自然不能不识抬举，就答应下来："好吧。"

经理把我交给一个叫刘小阳的女孩，让她带我去领一套工服，我当即换上。刘小阳教了我几个上菜倒酒的基本动作，午餐时间一到，我就开始上岗了。

按说，像我这种新手，得先做端盘子的传菜员，熟悉环境和业务后，才能做服务员，但是那天有两个服务员临时请假，我就顶上去了。

第一次做服务员我并不紧张，但有些程序我不是太熟练。我分汤的时候，没按规定一手轻轻按住玻璃转盘，结果，一位客人无意间一转玻璃转盘，碰倒了一杯酒。刘小阳正好看见，冲过来向客人不断道歉，又转身训斥我："你怎么这么笨呢！你知道这是什么酒吗？人头马路易十三，这一小杯至少值三百元，你去卖一次都卖不了三百元，知道吗？"

从小到大，我被我爸打过，但从来没被人这样辱骂过。一个长得不如我漂亮，肯定也不如我聪明的女人，她凭什么如此践踏我的尊严！上午培训时我就领教过刘小阳的刻薄了，但我一个新人只能忍着，此时，我不愿意再忍了。我掏出三百元钱——我身上最后的三百元钱，放在桌子上，对刘小阳说："客人的酒，我赔。你，必须给我道歉！"

对服务员骄横惯了的刘小阳，没想到我一个刚来的小女孩竟会不给她面子，她怒吼道："我为什么要给一个笨蛋道歉？你算什么东西！"

转动转盘撞翻酒杯的客人站起来，对刘小阳说："第一，酒是我转动转盘撞翻的，不怪这个小妹妹。第二，如果这个小妹妹愿意，从现在开始，她就是我们公司的人了。第三，你要是不道歉，今天我不买单。"

就算是酒楼经理，也不敢随便和客人死扛，刘小阳恨恨地对我说了声对不起。

客人叫唐南阳，是一家装饰公司的小老板，今天是来请甲方关键人物吃饭的，我掀起的突发事件，让他敏锐地感觉到，这是个向甲方关键人物表示自己正直善良的好机会，至少能制造一点就餐的欢乐气氛，所以，他不能轻易放过，接着纠缠道："按我们广东的规矩，你的道歉不够诚恳，至少，得斟一杯茶，双手奉上，说明道歉事由，对方接了你的茶，接受了你的道歉，才能算数。"

看刘小阳几乎要哭起来，我觉得她可怜，就说："算了吧先生，我不喝茶的。"

"小妹妹，对欺负你的人不能心太软，否则，你会吃大亏。"唐南阳说着掏出一张名片递给我说："善良的小妹妹，我现在正式邀请你加盟我们公司。以你的气质和素养，做服务员太委屈你了，来做我的总经理助理吧，你点个头，就立刻上任。"

唐南阳一句"做服务员太委屈你了"，正中我的软肋，我眼泪汪汪，点了点头。

就这样，我从酒楼的服务员一转眼就成了酒楼的客人，似笑非笑坐在唐南阳身边，由领班刘小阳给我上菜、分汤、倒酒。

唐南阳英雄救美的即兴表演，让甲方关键人物对他刮目相看，一个本来很复杂的项目，也于说说笑笑间拍板搞定了。唐南阳因此视我为福星，连敬我三杯酒。然后，我又回敬唐南阳和客人，来来往往，那三百元一杯的什么酒，我前后喝了十来杯。

因为刚到，我跟酒楼还没办入职手续，我只把酒楼的服务员制服脱下来，换上我妈的连衣裙，就坐进唐南阳的车里，跟他走了。

我似乎真的成了唐南阳的福星，自从我做了他的总经理助理，他的生意顺风顺水，半年时间，公司规模就扩大了一倍。

我十八岁生日那一天，唐南阳开着一辆工具车，拉来九百九十九朵玫瑰，当着全公司人的面，半跪在我脚下，献上一枚钻戒，向我求爱！

唐南阳，英俊潇洒，年轻有为，还全心全意爱着我，我没有理由拒绝他。当天晚上，我把身心彻底交给他，由总经理助理升级成了"老板娘"。这以后，我像一只幸福的小母鸡，忙里忙外，公司在我的协助下蒸蒸日上，小家在我的操劳下喜气洋洋。

来深圳一个星期后，我给我妈写了一封没留地址的信，告诉她我不上大学也会过得很好，请她不必担心，不必找我。成为老板娘之后，我给我妈寄了一万元钱，又寄了一张照片，背面写了一行字："妈妈，我过年就回家，勿念。"我一个字也没提我爸。

我的算盘是，过年我和唐南阳一起开车回家，把车直接开到我家的晒谷坪上，让我爸大吃一惊。然而，快过年的时候，出事了。

这天上午，我要去东莞结算一笔工程款，刚出梅林关，甲方给我打电话说老板临时有事外出，工程款改日再结算，我只好掉头返回。回到福华新村我们的家。打开门，眼前的一幕让我目瞪口呆：唐南阳，正和一个妖艳女人在沙发上翻云覆雨，一边欣赏黄色电影！

我的大脑嗡的一片空白，呆愣片刻，我什么也没说，打开衣柜，动手收拾我的衣服。为了事业，为了家庭，我可以不怕苦不怕累，不怕低声下气赔笑脸，不怕喝酒喝到胃出血，但我绝不能容忍爱人的背叛！对我来说，背叛是爱情的地雷，踩上了只有一个结果——同归于尽！

妖艳女人尴尬地穿好衣服，一脸疑惑地看着我，问手忙脚乱的唐南阳："这是你请来的钟点工吗？"

唐南阳劈手给那女人一记耳光，摔出一沓钱，吼道："滚！"

女人仓皇走后，唐南阳从背后抱着我说："老婆，对不起，我只是一时糊涂，你千万别生气。"

我冷冷地掰开他的手说："你已不值得我生气了。"说罢，继续收拾衣服，包括妈妈的连衣裙。跟随唐南阳的第二天，他就给我买了许多衣服，之后，我的连衣裙一次也没穿过，它成了我最珍贵的藏品。

唐南阳继续语无伦次地忏悔，说着说着，痛哭流涕。但眼泪已不能让我猝死的心起死回生，我收拾好属于我的东西（唐南阳送给我的东西，包括求婚钻戒，我都没拿），拖着行李箱，摔门而去。

我拦下一辆的士，司机问我去哪。眼看唐南阳追下楼来，我催促司机开车，随便去哪儿都行，离这儿越远越好。

的士启动后，唐南阳拨打我的手机，我懒得接听，放下车窗玻璃，把手机扔了出去。手机也是唐南阳送我的。

按我越远越好的意思，的士司机把我拉到了蛇口。我在一家宾馆住了几天后，租了一间单身公寓。唐南阳问遍了所有可能知道我下落的人，谁也不知道我在哪。他又给我爱听的一个电台节目打电话，点歌向我道歉，求我回去，但我连歌都没听完，就把收音机关掉了，从此不再听那节目。

凌乱如此，当然也不能回家过年了，我只是又给我妈寄了一万元钱，附言说："不回家过年了，勿念。"

大年三十晚上，全国人民欢度新春的时候，我在宾馆里吃方便面。电视里欢天喜地，我一点感觉都没有，不明白人们为什么那么欢喜。

过完年，我在春风里慢慢有了生气，收拾好破碎的心绪，应聘做了保险业务员。就在这时，我感觉有点不对劲，"老朋友"两个月不来了。

我溜进药店，两眼大海捞针一般在茫茫药海中乱转，想找到早孕试纸。一名中年女店员看出了我的尴尬，问我想买什么。我说："那个，那个，测试纸……"店员神秘一笑："早孕试纸？"我点点头。

在药店店员怜悯的眼光中，我手握早孕纸，像唯恐被人捉奸的偷情者一样急忙溜走。

没错，我怀孕了。

此时，对于爱情，我已心灰意冷，心想一个人孤独过一生，也没什么大不了的。不期而至的孩子，让我有几分慌乱，也有几分欣喜。做未婚妈妈，尤其是做单亲未婚妈妈，辛酸是难免的，但漫长的一生中，能有一个孩子陪我一起走也好。我决定，苦也好，累也好，无论如何，一定得把孩子生下来。

现在回想起来，我心中也许还残留着对唐南阳的爱，期望着有一天我和孩子手拉手逛街时，突然与唐南阳劈面相逢。

那几个月，我所思所想，比前面的十八年加起来都多。

或许是未出生的孩子给我带来的好运，或许是客户看我一个十八岁的姑娘挺着大肚子奔波可怜我，半年时间里，我成了优秀的保险业务员，挣了好几十万。

临盆前一个月，我只怕半夜里出现什么我不能应付的情况，请了一个月嫂照顾我。

我可能是深圳最奇特的孕妇，别的孕妇都是在无数关爱的眼光下，骄傲地挺着肚子晃荡。我却只能独来独往，没有老公陪，也没有父母公婆陪，直到最后一个月，我得捧着肚子走路的时候，去医院做产检，才有一个月嫂跟在我身后拿包包。

临盆那一天，月嫂冒充我妈，在所有需要签字的单子上签了字，医院才准许我进入产房，让我生下了女儿蕾蕾。

那时候，中国实行的还是独生子女政策，大多数的孩子都是在"非常6+1"的模式下成长的，六个大人围着一个孩子团团转，大约只有我的蕾蕾是妈妈一个人拉扯大的。月嫂侍候我坐完月子，为了给蕾蕾的成长多攒一点钱，我就没再请了。

休完产假，我就背着蕾蕾出门跑保险了，公司知道我情况特殊，也只能任由我任性，何况，背着孩子跑保险，往往能收到意想不到的效果。

唐南阳早已从我的生活中彻底消失，他甚至不知道自己已有一个女儿，但女儿开口说出的头两个字，居然是清晰的"爸爸"！那一刻，我泪流满面，蕾蕾，我的女儿，因为妈妈的固执和高傲，这一生，你可能永远也见不到爸爸了。

蕾蕾不仅见不到爸爸，还见不到爷爷奶奶、外公外婆，唐南阳的父母自然不知道，我的骄傲也不允许我告诉父母，我生了个女儿，做了未婚妈妈。我离家出走时暗暗立下的誓言，"不混出个人样就不回家"成了一块我搬不动的石头，横亘在我回家的路上。我不能回家，只能在逢年过节时寄些钱回去，让他们知道女儿还活着。

蕾蕾上幼儿园的时候，看到别的小朋友都有爸爸和妈妈，第一次正式问起了爸爸："妈妈，别的小朋友都有爸爸，为什么蕾蕾没有呢？"

我原以为，当年的伤与痛在我的心中已了无痕迹。当女儿问起爸爸，我才蓦然发觉，怨和恨已在我心中根深蒂固，已于无声无息中开出阴冷的花。我凄然一笑，对蕾蕾说："爸爸在很遥远的地方，等蕾蕾长大了，他就回来了。"其实，唐南阳还在深圳，已拥有一家不大不小的房地产公司，至今未婚。以我对他的了解，他虽然难免花心，但不是个无情无义的人，我若与女儿找上门去，他一定会承担起父亲应尽的责任。但我不想找唐南阳，绝不！哪怕我讨米要饭，卖血卖肾，也要独自把女儿抚养成人，成为天下最优秀的女儿。而这个优秀的女儿，与父亲无关！

为了让蕾蕾成为天下最优秀的女儿，我竭尽所能，送蕾蕾上最好的幼儿园、最好的小学、最好的中学，还送她学钢琴、学绘画、学芭蕾，学习一切优秀女儿应该学会的本领。

蕾蕾很争气，从小学到初中，她的学习成绩一直是班上的前三名，深得老师喜爱，在钢琴、绘画和芭蕾等方面也都有出色表现。

蕾蕾很懂事，小学三年级以后，她再也不问爸爸为什么还不回来。她已经知道这是妈妈不愿意提起的话题。

我怎么也没有想到，我所有的努力，所有的辛酸，有一天将付诸东流。

去年年底的一天，我出事了。在一次扫黄行动中，我被逮了起来。

我不是妓女。但有时候，我不得不用自己的肉体做交易。

保险这行竞争很激烈。为了争取重要客户，为了赚更多的钱培养女儿，关键时刻我只有发动"肉搏战"。现在，如果有人以为这仅仅是我掩饰性饥渴的借口，我也无话可说。

那一晚，一个客户在宾馆开了房，叫我去签合同。客户说这保险他可买可不买，就看我如何说服他了。我不断地说说说、说说说，客户只是笑微微地看着我，最后，他露骨地说世界上最动听的语言，都不如身体语言。我只好就范，由他摆布。

那是一家警方早已盯上的涉黄宾馆，签合同的"最后手续"还没完成，警察扫黄来了。因为不能出示结婚证，我和那客户被扫进了嫖客和妓女堆里。

虽然有点难堪，但我并没有太慌张，我以为我的事情，是可以说清楚的。进派出所前，我给蕾蕾打电话说："妈妈有点事，晚点回来，你别担心，早点睡。"

妈妈不回来，蕾蕾睡不着。她把自己关在卧室里，上网看八卦新闻，等妈妈回家。

午夜十二点，妈妈还没回来，蕾蕾却在本地新闻网上看到了妈妈！不知道是谁用手机拍下了今晚的扫黄行动，抢先发到微信公众号里，被蕾蕾看到了。妈妈在妓女堆里灰头土脸，被人呵斥，妈妈原来是个妓女！

凌晨一点，我终于让警察相信，我不是妓女。警察教育我一通后，让我回家了。

我回到租住的大厦，只见楼下一片混乱。

有个小女孩跳楼了。那是我的女儿，十三岁的蕾蕾！

蕾蕾在微信里给我留下了八个字："妈妈，我是恶心死的！"伴随这八个字的，是一幅今晚扫黄的截屏照片。

生活没有打败我，十三岁的女儿把我打得支离破碎。

春节，我穿着我妈当年的连衣裙，带着女儿的骨灰回家了。我把女儿当成了自己，当年，我干干净净地出去，现在，又干干净净地回来了。

推开家门，我才发现我爸我妈已被离家出走的女儿折磨得没有人样了。我妈眼睛已哭瞎了，我爸也已老眼昏花，半天也没认出我来，哆嗦着问我："你找谁？"

40. 下辈子你要做个好老公

黄天是二月的一个星期一认识符笑萍的。当时，黄天刚到广厦房地产公司，负责编他们的内部刊物《广厦》，兼做总经理马朝贵的助理。那一天，马总经理不在，符笑萍来了。她满面笑容，自我介绍说她是某杂志社记者，与马总经理约好了今天采访他。黄天上大学时，曾是学生记者团团长，一听说来的是与马总有约的记者，感觉就有几分亲切，客客气气请她坐，请她喝茶，又没话找话陪着她东拉西扯。

符笑萍长得端端正正，还算漂亮。但其时黄天眼里只有刚刚分手的前女友燕云，就没有将符笑萍放在眼里。没有想到，此后不久，这女孩将成为他生活中不可忽视的角色，成为他心中永远的爱与痛。

和符笑萍东拉西扯中，黄天发现两人是湖南老乡。黄天并没觉得是老乡又怎么样。在深圳，号称正宗湘菜的大小饭馆遍布大街小巷，一天碰见几个有湖南口音的人，就像每天都要吃饭一样正常。黄天基本上不敢和老乡太热乎，怕一热乎对方就要向他借钱，或者让他帮忙找工作。符笑萍见了老乡却激动不已，仿佛黄天是她昨天丢失的一个钱包。激动过后，符笑萍坦白交代说，其实她不是记者，只是某杂志社的广告业务员，而且，她也没有同马总约好，纯粹是个撞上门来的不速之客。

说着说着，就到了午餐时分，符笑萍说："老乡，我请你吃麦当劳吧。"黄天不太习惯让女士请客，就说："还是我请你吧。"

他们在楼下的麦当劳坐了半个小时。吃罢喝罢，说罢笑罢，黄天觉得符笑萍这女孩也还有点意思，就答应她和马总说说广告的事。

第二天上午，正好讨论一处楼盘的促销计划，黄天就顺便提起了符笑萍供职的那家杂志。马朝贵说他不知道那是家什么杂志，黄天也不知道，就没再多说。

下午，黄天给符笑萍打电话说："真是不好意思，我已尽了十二分努力，马总无论如何也不答应。"符笑萍说："没关系，老乡，你费了心，我还是要感谢你的，晚上我请你看电影吧。"

那段时间黄天正好很无聊。相恋三年的女友燕云，前不久抱着他痛哭一场后，跟一个他特别看不起的男人去了加拿大。他老想着燕云在加拿大和那个男人怎样怎样，自然很没趣，所以，那天晚上，黄天很坦然地和符笑萍看了一场电影，并抢着买了电影票。

看完电影，二人又到一家酒吧坐了坐。七七八八说了许多话，等到无话可说的时候，他们就开始谈情说爱。

和一些时下流行的爱情一样，风花雪月一掠而过，他们一激动，就上了床。

符笑萍已经不是处女了，黄天一点也不觉得意外，也没有太失望。逢场作戏，何必太认真呢。符笑萍却对自己不是处女惴惴不安，她满怀歉意地抚弄着黄天的头发说："你没有得到我的第一次，不介意吗？"

黄天顺口回答："以前的事，我介意它干啥呢？"一说完，他就后悔了：她是不是处女，不论我爱她还是不爱她，我都可以不在意。可是，我不爱她，就不应该说出这种情意绵绵的混账话来！

符笑萍果然感动极了，当时就扑在黄天怀里，泪流满面。

第二天，符笑萍就拎着大包小包，搬到了黄天租住的单身公寓，改口叫黄天为老公,开始洗衣做饭拖地板,忙得有声有色,幸福无比。

黄天看起来过得很惬意,自从来了符笑萍,他裤子永远笔挺,皮鞋永远亮,衬衫不再脏,袜子不再臭,且每天下班后,回到家总有一张笑脸为他绽放,总有一锅煲好的老火靓汤为他飘香。一个月他不声不响就长了五斤。其实,黄天的心情很复杂,听着符笑萍口口声声老公长老公短,他总觉得如喝走了气的啤酒一般不对劲。黄天很清楚,符笑萍很希望他老婆长老婆短,但他无论如何也叫不出口,他先是叫她符笑萍,后来叫她笑萍,叫得干巴巴,没有柔情蜜意,没有锦上添花。两个月前,黄天把燕云叫作"老婆",可符笑萍哪里能跟燕云相提并论,燕云聪明、漂亮,符笑萍差多了,这样的老婆带出去岂不丢尽了我黄天的脸!

有一天,黄天在酒桌上听到了两句话,说的是两种最不幸的人:"炒股炒成了股东,泡妞泡成了老公。"他顿时黯然神伤:我不就是那泡妞泡成了老公的倒霉蛋吗?符笑萍搬过来的那一天,黄天脸上喜气洋洋,心中却暗暗叫苦,他只觉得符笑萍如释重负放下的大包小包,成了捆在他身上的大包袱,而符笑萍对他死心塌地的爱,则像是一条绳子,把那包袱越捆越紧。

在电脑的一个加密文件夹里,黄天记下了自己的隐秘心思:"我是个卑鄙的流氓,之所以卑鄙,是因为我还想心安理得地做流氓。如果,我坦然地对符笑萍说,我只是在'泡'你,其实心里一点也不爱你,我们分手吧,我起码还算得上一个敢做敢当的流氓。可是,我不敢说出'分手'二字,我怕她恨我,怕她知道我是个卑鄙的流氓。我想方设法,挖空心思,只希望符笑萍主动说出:'我们分手吧。'"

黄天想,符笑萍之所以爱他,只是因为他是一个可爱的男人,要想让她不爱他，他就得变成一个不可爱的男人，一个没有出息的男人，让她生气，让她看不起他，最后，让她愤怒地拂袖而去。黄天本来就忙，一个星期有两三天晚上得跟着马朝贵出去应酬，自从他决心变得不可爱以后，就天天应酬，没应酬也"应酬"。没应酬的时候，黄天下班后就吆喝一帮朋友喝酒吹牛打麻将，要么一个人在办公室上网打游戏，要么在街上瞎逛，到深夜十一二点，才摇摇晃晃荡回家来。蜷在床上读书的符笑萍只以为他太忙，他一回来就笑吟吟接过他的包，把他胡乱甩在地上的皮鞋整整齐齐放到鞋柜里。黄天想来想去想不通，符笑萍为什么从来不生气呢？

那一段日子，符笑萍脸上阳光灿烂，她谁的气也不生，好端端走在路上，有人从楼上往下泼水，溅湿了她的新裙子，她也不生气。黄天不回家，符笑萍最初也有点落寞，有点无所事事，后来她报读了夜大——黄天是大学生，她也要读大学好配得上他。夜夜要上课，下课回来还要复习，心里也就充实多了，她似乎一点也没察觉黄天的三心二意。

这一天是个周末，黄天搓麻将搓到了凌晨两点，赢了一千多元钱，一路回家就有点兴致勃勃，走过楼下的一家发廊，出来一个小姐，热情洋溢地拉住他的手："帅哥，进来松松骨嘛。"黄天陪马总应酬，到酒店洗过几回桑拿，这种路边发廊，倒是从来不屑进去，如今被这小姐一拉一扯，突然就来了情绪，嬉皮笑脸问："怎么个松骨法？"小姐嫣然一笑，说："先生想怎么松就怎么松，包你满意啦。"黄天觉得小姐的嫣然一笑，酷似去了加拿大的燕云，心里一动，就任由小姐把他牵进了发廊。

小姐挂在黄天胳膊上，一直把他牵进阁楼上的一间小格子里。躺在那散发着淫荡气息的按摩床上，被小姐乱摸乱捏地挑逗着，想着楼上永不生气的符笑萍此刻不知道在做什么梦，黄天只觉得心里有一种恶作剧成功的快意，就一翻身把小姐压在底下说："还是我来为你松骨吧。"

松骨的关键时刻，有人急惶惶地敲门："快起来快起来，警察来了！"黄天顿时蔫了，赤条条被小姐一把推到床下，一直推进床底，缩手缩脚还没穿好衣服，门就咣的一声被一脚踢开了。一条警棍朝床底一捣："出来！"黄天就乖乖出来了。

与十来个妓女嫖客垂头丧气蹲在派出所的墙角里，很要面子的黄天脸面全无。笔录过后，一张罚款单飘下："罚款五千。"

黄天献上一个极其难看的笑脸说："阿SIR，能不能少罚一点，我身上只有三千多一点。"阿SIR说："你看清楚，这里是派出所，不是可以讨价还价的妓院。打电话叫人送钱来，否则拘留七天！"一拘留就惨了，全世界都会知道黄天是个嫖客！黄天当即掏出手机："好，好。我打电话，我打电话。"

打给谁呢？黄天的铁杆朋友倒是有好几个，都肯帮忙，也不会到处张扬，还有个朋友很有面子，有他出面，说不定五千块罚款都能免掉。可是，黄天一想再想，竟然拨通了符笑萍的手机，他要看看符笑萍到底会不会生气。

这时是凌晨四点，符笑萍显然还没睡着，电话才响一下，她就摁下了接听键，听出是黄天，慌忙问："老公，你在哪？"黄天说："我在××派出所，你带上两千元钱，赶快过来！"符笑萍一惊："什么事什么事啊？"他说："你来了就知道了。"

符笑萍带着钱，气喘吁吁跑到派出所，看到那一屋子不三不四的男男女女，顿时明白是怎么回事，流下泪来。办案的警察接过符笑萍送来的钱，一笑："我抓了一百多个嫖客，第一次见到老婆带钱来赎人。"
说得符笑萍脸上红一阵白一阵。

走出派出所，符笑萍蹲在街边放声痛哭起来，边哭边说："我在家
里为你担惊受怕睡不着，只怕你出事，你却在发廊里干这种下流事。做
了下流事不说，那么多狐朋狗友不叫，为什么要叫我来丢人现眼啊？要
是你眼里根本没有我，为什么不干脆分手呢？"符笑萍终于生气了，也
终于说出"分手"两字了，黄天心里却忽然有点不忍，就这样分手，他
依然是个卑鄙的流氓啊。

黄天掏出纸巾来，擦干了符笑萍脸上的泪说："我冤啊，我什么下
流事都没干，不过是在发廊里洗了个头，让小姐捶了捶背，糊里糊涂就
给逮了，要是我真干了，我也不敢让你来，是不是？"符笑萍止住了
哭："你真的没干下流事儿？"黄天无限委屈地说："真没干。"

符笑萍叹了一口气，把黄天左看右看看了又看说："他们没打你吧？"

被符笑萍挽着胳膊走在黎明的街道上，黄天心里苦笑了一声：黄天
啊黄天，为什么你就不能干干脆脆做个薄情寡义的坏家伙呢？

"嫖娼事件"就像地板上不小心弄上的污迹，被符笑萍信手一擦一
拖，就什么也没有了，仍然光亮如初。符笑萍还像以前一样，兢兢业业
跑广告，老老实实读书，也仍然像平常一样对黄天，把他的衣服烫得笔
挺，皮鞋擦得锃亮。

黄天一时觉得很没趣，就像一个有备而来的武林高手，碰到的对
手却是一个不堪一击的孩子。渐渐地，黄天也不刻意晚归了，其实，他
并不喜欢酒和麻将，他喝酒老醉，打麻将常输，既然符笑萍并不介意他
是不是按时回家，他干吗自己和自己过不去呢？但黄天还是免不了心烦

意乱，心不在焉，结果，他负责的《广厦》杂志出事了，他在卷首里竟将"马朝贵总经理"误写成了"马朝贵总理"，被通报批评。马朝贵大发雷霆，当众指着黄天的鼻子把他臭骂了一通："你他妈的要是想让我下不了台，你先给我滚蛋！"黄天被骂得灰头灰脑，心寒之下，顿生去意，滚就滚吧。

一个"滚就滚吧"突然让黄天豁然开朗，对啊，滚吧，抛下这千头万绪的烦恼，滚出深圳，滚到天涯海角去吧！一个胸无大志、四处漂泊的流浪汉总该让符笑萍死心了吧。黄天越想越兴奋，恨不得即刻就滚。只是，就这样拂袖而去，黄天不甘心，被马朝贵当众辱骂，黄天太不甘心了。他一定要把马朝贵整得灰头土脸的，再扬长而去。

怎样才能让马朝贵灰头土脸？黄天随便一想，就想到了高璐洁身上。这高璐洁本在黄天手下做编辑，写出的文章与她的漂亮极不相称，马朝贵与她"商榷"了几回，就让她做了自己的"贴身秘书"。高璐洁做编辑时，整天对黄天眉开眼笑，一口一个黄老师，还老想与黄天探讨爱情问题，要不是黄天当时正与燕云情深深雨蒙蒙，很可能他就与她深入探讨了。高璐洁做了秘书后，立刻就换上了公事公办的笑容，也不再叫黄天为黄老师，而改叫小黄了（她比黄天小两岁）。黄天本不在意高璐洁怎么笑怎么叫他，可她在马朝贵为"马总理"的事怒火万丈的时候，居然火上浇油，不阴不阳地说："马总，小黄这不是抬举你吗，马总理不是比马总经理威风得多吗？"马朝贵就是在听了这句话以后，才恶狠狠对黄天吼出"滚蛋"二字的。从那一刻起，黄天突然觉得高璐洁不是好东西，越看越不顺眼，终于决定，整整高璐洁！

黄天高大英俊、风度翩翩，且能说会道，他一直自信，搞定一两个女人，就像给马朝贵写发言稿一样简单，轻描淡写就网住了符笑萍即为一例。黄天本来以为，要搞定目空一切的高璐洁可能会麻烦一点，为此，他准备用一个月时间做铺垫，步步为营。没想到，他还没来得及充分准备，机会就来了。

又是一个周末，马朝贵要请一个想买他两层楼的美国客户吃饭，就带上了高璐洁和会说英语的黄天。那美国客户来中国好几年了，深知中国的生意有些是在饭桌上谈成的，练就了一身喝酒的好本领，一喝再喝，当场就把马朝贵喝翻了，高璐洁也喝得满脸云霞，又哭又笑。黄天知道自己酒量有限，喝一阵就跑到洗手间吐一阵，又偷偷吃了好几片醒酒药，喝到最后，反成了屹立不倒的好汉。

吃罢喝罢，马朝贵自然开不得车了，黄天就召了代驾来，把马朝贵和高璐洁一一塞进车内。正要关车门，高璐洁拉住黄天的手不放："送我回家。"黄天只好上了车。

车开到马朝贵为高璐洁租下的别墅，代驾司机很不情愿把马朝贵扶进屋里，扔在沙发上就拂袖而去。高璐洁软软地粘在黄天身上，一进屋就踉踉跄跄直奔卫生间。黄天正要离去，听得高璐洁软软地叫："阿贵，把我的浴衣拿来。"阿贵瘫在沙发上一动不动，早已睡死过去。黄天愣了一愣，就捡起床上的浴衣递进了半开的卫生间，门却突然大开，一丝不挂的高璐洁湿漉漉地吊住了黄天的脖子："阿贵，我要你陪我洗澡嘛。"酒后的高璐洁风情万种，黄天不由得热血沸腾，两天前埋下的仇恨顿时开花结果，就把高璐洁抱着放进了浴缸。

浴缸里高璐洁嗷嗷乱叫，沙发上马朝贵鼾声如雷。黄天兴奋无比，心里想，姓马的要是能亲眼看一看这一幕，就太过瘾了，要是符笑萍也来看一看，就一切都解决了。没想到高璐洁叫着叫着竟叫起了黄天："黄天，黄天，你害得我好苦啊，我心里想的都是你啊！你知道我为什么对你那么狠吗？都是因为我爱你啊！"黄天听着听着就泄了气，摇晃着高璐洁说："你胡说什么啊！"高璐洁紧紧地抱着黄天："我爱你！我爱你！我手头有马朝贵给我的两百万，你带我走吧！"

经过这一番折腾，黄天酒意全无，心里却更加乱糟糟，他不知道说什么好，一言不发，手忙脚乱穿上衣服。高璐洁嘤嘤痛哭起来："你看不起我，你一直都看不起我，你要就这么走了，我就一头撞死！"

黄天刚才还遗憾马朝贵不能清醒过来看一眼，这时却只怕他醒过来。他探出头看马朝贵还在沉睡，才松了一口气，回头低声说："这里不是说话的地方，我们改日再谈好吗？"高璐洁却高声叫道："这里什么话不能说，我当着马朝贵的面也敢说我爱黄天。"

这真是一波未平，一波又起，如果这中间没有早就埋伏在高璐洁心中的"我爱你"，带上高璐洁和马朝贵给她的两百万远走高飞，的确是很痛快的事，但现在，黄天没有半点得手的快感。他只觉得自己像是一个倒霉的小偷，费尽心机撬开一扇牢不可破的门，却发现竟然是自己的家。何况，就这样和高璐洁走了，他还是对不起符笑萍啊。

那天晚上，黄天好言好语，好不容易才让情绪激动的高璐洁平静下来，答应从长计议。木然地坐在回家的出租车里，黄天沮丧不已，一个符笑萍还没打发，又惹上了一个高璐洁，这可如何是好呢？

回到家里，已是凌晨一点，符笑萍听说黄天又陪马总应酬喝酒了，赶紧找出几颗能醒酒护肝的药片，塞在黄天口中。黄天索性装醉，和衣倒在床上。符笑萍默默脱下黄天的衣服，打来一盆热水，从头到脚，一寸一寸把他擦了一遍。黄天心里被擦得暖洋洋的，不由得有点惭愧：傻女孩啊傻女孩，黄天不值得你对他这么好啊。

第二天是星期天，早上八点，有人按门铃，正在厨房做早餐的符笑萍应声开了门，门外站着一个她不认识的女人，她笑脸相迎："请问找谁？"

女人上上下下把符笑萍看了又看，一言不发，拨开她进了屋。女人是高璐洁，她兴奋得一夜睡不着，天一亮就在公司员工通讯录上查得黄天住在哪里，丢下还在沙发上酣睡的马朝贵，开上马朝贵送给她的MINI，兴冲冲找上门来了。她本来想给黄天一个惊喜，没想到，门一开，笑吟吟出来个女人，顿时就像被劈头泼了一盆冷水，一看黄天还幸福地睡在床上，立刻怒火冲天，抢上前一把攥着黄天的胸襟拎起来，指着符笑萍问："这女人是谁？"

睡梦中的黄天蓦然惊醒，一眼看见咬牙切齿的高璐洁，吓了好一跳。这以前，公司同事只听说黄天的女朋友远飞加拿大了，谁也不知道他金屋又藏了一个娇，如今猝不及防被最麻烦的高璐洁一下撞破，他自然不免惊慌失措。小小的慌乱过后，黄天突然又觉得释然，甚至有点高兴，撞破了好啊，这一下两个难缠的女人都死了心，两全其美了，就淡淡一笑，推开高璐洁的手说："当着我老婆的面，别这样拉拉扯扯好不好。"

高璐洁大怒，给了黄天一个大耳光，恨恨地骂道："你这个流氓！你这个畜生！"黄天被打晕了头，骂也不是，打也不是。却见从来没有大声说过一句话的符笑萍蹿上前来，一把揪住高璐洁的头发，一来一回抽了她两个耳光："哪里来的泼妇，大清早跑到我家来撒野！"

高璐洁只以为黄天的老婆此刻一定会又哭又闹与黄天没完没了，没想到她竟然对自己动起手来，又气又恨，打起来又只怕占不到便宜，就倒在地上打起滚来："杀人啦！救命啦！"

正在这时，门被一脚踹开，冲进了马朝贵和司机刘二宝。马朝贵并没有酣睡不醒，眼见得高璐洁大清早鬼鬼祟祟出了门，就招来刘二宝一路跟踪。马朝贵只怕高璐洁给自己戴绿帽子，在送给她的手机里悄悄装了定位软件，时刻掌握着她的一举一动。

一看屋里乱糟糟一团，马朝贵一声断喝："怎么回事？"

正在打滚的高璐洁愣了一愣，随即抱住马朝贵的脚痛哭起来："老公，黄天这流氓昨晚趁你酒醉，竟妄图强奸我，我咽不下这口气，想当着他老婆的面把话讲清楚，没想到他们竟对我下毒手，要杀我灭口！老公，你一定要为我做主啊！"

马朝贵冷冷地听完，掏出一支烟来点着，朝刘二宝摆一摆头，像说"给我倒一杯水"一样轻松地说："给我修理修理这王八蛋。"刘二宝牛高马大，行伍出身，一向只对马朝贵说"到"和"好"。这一回，他什么也没说，把傻呆呆坐在床上的黄天拎起来，一拳打倒在床上，又拎起来，又一拳打倒在床上。

黄天咬着牙一声不出，忽听得符笑萍一声高喊："我和你们拼了！"跑进厨房操起菜刀来，向马朝贵和刘二宝胡乱挥舞。马朝贵大惊失色，抬手一挡，手臂立即中了一刀，拉着高璐洁仓皇而逃；埋头打人的刘二宝反应稍慢，后背连中两刀，惨叫一声，一脚踹倒符笑萍，也夺门而出。

黄天跳下床来，抱起符笑萍："笑萍，你没事吧。"符笑萍一笑，把头靠在黄天胸前说："老公，你没事我就没事。"

不知道哪个邻居拨打了"110"，很快就来了两个警察，问这里为什么又打又杀的。黄天连忙敬烟，说没事没事，我们夫妻俩吵架而已。警察狐疑地看看黄天，又看看符笑萍，抄下二人的身份证号码，走了。

星期天早上的战斗让黄天想通了许多事，有一个女人任劳任怨地爱着你，甚至因为你不惜与人拼命，这样的女人不可爱，世界上还有几个可爱的女人呢？那一天，同居三个月以后，他们第一次正经地谈起了恋爱。

　　黄天有点心虚地说："你二话不说就与人干上了，万一是我有错呢？"符笑萍一边为黄天涂抹着红花油，一边说："我只想好好地爱一个人，管他有没有错，我都爱他。"

　　黄天抚摸着符笑萍大腿上被踢青的皮肤说："也不管他爱不爱你吗？"

　　符笑萍顿了一顿，落下泪来，和着红花油抹在黄天身上说："我也是爱一天算一天，何必强求别人一定爱我呢。"

　　黄天抱着符笑萍亲了一亲："这么好的姑娘，我怎么舍得不爱呢？我们结婚吧，爱就爱他个一生一世。"

　　符笑萍长叹一声："我不敢指望和谁爱上一生一世，你能爱我一年半载，我也就心满意足了。"

　　他们真的不能爱上一生一世了。中午，符笑萍刚把丰盛的午餐摆上餐桌，四名警察就一拥而入，验明正身后就把他们铐了起来。黄天还以为只是早上打架的事，大声嚷道："你们怎么随便铐人呢？"一个警察叫他别啰唆，把他们推上了警车。

　　黄天没事，录了个口供，就放了出来。但符笑萍永远都出不来了，讯问黄天的警察告诉他：符笑萍是个全国通缉的犯罪嫌疑人。去年，有个家伙强暴了她，她一怒之下点火烧了那人的房子，烧死了强奸犯。那天晚上，那人的母亲正巧也在，也给烧死了。也怪，符笑萍犯下这种要命的事，也没换个名字，今天早上，出警的片警登记了你们的身份信息，回所里写出警报告时，把身份证号码输到网上一查，就查出了一个逃犯。

黄天想起自己半年来的所作所为，想起早上符笑萍爱一天算一天的那些话，把头捶了又捶，又赔着笑脸给警察说好话，想见符笑萍最后一面，警察说什么也不让见。

黄天听说，湖南警方第二天要来押解符笑萍回湖南，第二天一早，他就收拾好符笑萍最漂亮的几件衣服，来到派出所门口等候。

黄天把符笑萍的衣服交给湖南警察说："请让符笑萍漂漂亮亮回去。"湖南警察认真检查过黄天带来的衣服，收下了，但不同意黄天见符笑萍，说有什么话他们可以转告。黄天说："这话不能由别人转达，我必须亲自对她说。"

符笑萍穿着黄天给她带来的漂亮衣服走出了派出所，就要上警车的时候，黄天远远地朝她挥手，大声喊："老婆，我爱你！"

符笑萍第一次听黄天喊自己老婆，泪流满面，用戴着手铐的双手频频向黄天飞吻，大喊："黄天，下辈子再见，你一定要做个好老公！"

41. 爱在江湖不怕水

陈汉林能来深圳当保安，是沾了刘恒山的光。

刘恒山与陈汉林是同村老乡，本来是一个偷鸡摸狗、看不出有什么大出息的小混混，三年前去了深圳，一混二混，就做了东南花园的保安队长。这一年春节，刘队长回家过年，身着一套威风的保安制服，走路虎虎生风，还抽着价格不菲的芙蓉王，顿时让父老乡亲刮目相看。陈汉林也想让人刮目相看，就让他妈炖了一只鸡，客客气气请刘恒山吃了——当年刘恒山曾偷吃了陈汉林家一只鸡，被陈妈妈指东骂西狠狠骂了一个月。刘恒山正想有个听话的可靠老乡做手下，也就没有计较陈妈妈当年如何骂得他心惊肉跳，把陈汉林带到了深圳，炒了手下一个看着不顺眼的保安，让陈汉林顶上了。

做保安一个月只有三千元钱，但陈汉林很满足了。在乡下，一亩上等好田种上一年，也不一定能种得出三千元钱。所以，陈汉林对刘恒山很感激，一领到工资，就要请刘恒山抽两包芙蓉王，喝几瓶冰冻啤酒。刘恒山是队长，管着十二个人，每个月可拿到五千元钱。但刘恒山一点也不满足，恨不能一个月拿五万。想当年，刘恒山还是个普通保安员的时候，虽然一个月也只能拿三千元钱，但他抽空偷些自行车、皮鞋什么的，多少能挣些外快；但现在，他是队长了，小区里丢了东西，唯他是问，当然不好再偷东西了，他的前任队长就是因为小区里老丢东西而被炒了鱿鱼的。

　　这一天，陈汉林又请刘恒山喝啤酒。刘恒山吃着喝着，眼睛朝街上的漂亮姑娘看着，突然呵呵一笑，对陈汉林说："老弟，想不想发财？"陈汉林说："嘿嘿，我哪有发财的本事？"刘恒山说："我去，东南花园那些发了财的有几个是真正有本事的？要发财靠的是敢想敢干啦！"

　　刘恒山想到的发财金点子是，共享经济时代，应当与时俱进，他想让陈汉林回老家找几个水灵点的妹子来做"共享美女"，搞一个快乐无限公司，大家快乐大赚钱。

　　陈汉林吃一惊，说："共享美女，不就是卖淫吗？那是要犯法的啊，刘哥！"

　　刘恒山说："咉，明里暗里的共享美女多了去，又有几个犯了法的？"

　　陈汉林不敢得罪刘恒山，嗫嚅半晌，只说："刘哥，你看我笨嘴拙舌的，二十五岁了，还没有女朋友，如何能带得妹子出来？"

　　刘恒山想想也是，陈汉林绝对还是个处男，让他只凭着花言巧语带女孩子出来做共享美女，就像叫他陈汉林下蛋一样不可能，就说："好吧，这事我亲自来办。这几天，你和东南花园那些喜欢找乐子的家伙套套近乎，等共享美女一到，即刻开工。"

　　当天晚上，刘恒山哭丧着对物业管理处主任说，他妈死了（他妈的确死了，五年前就被他气死了），他得回家奔丧去。第二天一早，刘恒山就回了老家。

　　东南花园的住户全都是有头有脸的人，陈汉林一个新来的保安员，还不太爱说话，自然难与他们套上近乎。但刘恒山走后的第三天，陈汉林却与伍建设扯上了关系。伍建设开着一辆奔驰，平日里与保安队的众兄弟一句话也不说的。那一天，伍建设凌晨一点才回来，手里抱着大包小包，锁车门时，顺手把手提包往车顶上一搁，随后就埋头上了楼。陈汉林巡逻至此，见了车顶上搁着的包，也没多想，只想着住户丢了东西，他要负责，刘队长也要负责，捡起那包就按响了伍建设的门铃。保安半夜按门铃，伍建设很不高兴，一见陈汉林送上门来的包，顿时笑得热情洋溢，打开包，满满的全是钱，抓起一沓就往陈汉林手中塞。陈汉林再三推挡，不是不心动，但他不能这样轻轻松松就收了别人的钱。小时候上外婆家拜年，外婆给个红包，他也是要客客气气拉扯几回才收下的，这样才叫懂事的孩子。但伍建设不是外婆，拉扯几回他不要，也就收起来了，说一句："好兄弟，不错，不错，以后有事，尽管找我。"

陈汉林下得楼来，心中不免有点后悔，那一沓至少有一万，顶他三个多月工资啊！我好好地做我的保安，能有什么事找上那伍建设呢？对了，等刘恒山带来共享美女，介绍给他也好！

刘恒山回家，到处放风，说是深圳的阳光酒店委托他招服务员，包吃包住一个月三千八百元。但此时大多数女孩都出外打工了，来报名的大多姿色平平，不符合五星级酒店服务员的标准，一连挑了四五天，只挑中了邻村的何小玫。刘恒山想，太多了未必能摆平，就先带上这一个试试行情吧。

何小玫二十岁，长得清秀端庄。陈汉林一见之下，不由得红了脸，不敢乱看，心里想，这刘恒山真是个人才，这么标致的姑娘，怎么说带来就带来了呢？还是带来做共享美女的！可怜那何小玫，还真以为是阳光酒店要她来做服务员呢，红扑扑的脸对着陈汉林笑得阳光灿烂，学着港台电视剧的腔调说："汉林哥，以后请多多关照哦，OK？"让陈汉林酸得有点心慌意乱。

刘恒山与陈汉林同住一间宿舍，何小玫来的这一天，刘恒山说：

"汉林，今天你上晚班吧，我去别处住去，小玫明天才上班，宿舍今晚就让给她吧。"陈汉林就上晚班了，还高高兴兴地把自己的床收拾得干干净净，他只想让漂亮的女孩睡在自己干干净净的床上。

这一晚，陈汉林不停地在小区巡逻，任何不三不四的人也别想混进小区来，却不知道什么时候，不三不四的刘恒山溜回了宿舍。

第二天早上八点，陈汉林下班了，顺便买了热腾腾的豆浆和油条，提回宿舍。刚到门口，刘恒山打着心满意足的呵欠出来了。陈汉林心里一惊，赶紧进去了。

何小玫正趴在陈汉林的床上哭，见陈汉林进来，拉拉被子，挡住了床单上的血迹说："汉林哥，对不起，弄脏了你的床。你说刘恒山真的会娶我吗？"

陈汉林沉默半晌，叹了一口气说："我不知道。"何小玫顿时放声大哭起来，咬牙切齿地说："他刘恒山要是敢骗我，我就死给他看！"

一直在外面听着的刘恒山踢门进来，劈手就给了何小玫一个耳光："你死给我看啊，我要你全家都死给我看！"

陈汉林看不下去，出去了。巡逻一夜，他困得要死，到别的宿舍，胡乱找一张床，胡乱睡下了。迷迷糊糊地尽做白日梦，梦见何小玫做了他的新娘，梦见他把刘恒山杀了，自己嘣的一声吃了枪子。

陈汉林"啊"的一声惊醒过来，已是下午四点。刘恒山坐在床边，往陈汉林嘴里塞进一支芙蓉王："那妹子我已经摆平了，今晚就让给你吧。明晚，我们的快乐无限公司就开工，客户你去找吧。我是队长，这种事儿，我不好出面的。得了钱我俩五五开。"

陈汉林不声不响回到宿舍，何小玫披头散发咚地跪在他面前："汉林哥，你是个好人，我在深圳一个熟人也没有，跑也无处跑，只有你能救我了！我给你做牛做马都愿意，给我找个工作吧，我来时花了刘恒山一千元钱，还了钱我就什么也不欠他的了。"说着，把头直在陈汉林的脚背上磕。

陈汉林木木地坐着，想着刚才的白日梦里何小玫怎样成了他的新娘，心烦意乱，一支接一支地抽烟。陈汉林知道刘恒山伤天害理犯了法，但刘恒山于自己有恩，不想把他怎么样，更不想像梦里那样把他杀了，恶有恶报，由他去吧。只是，这可怜的漂亮妹子怎么办呢？

想过来想过去，陈汉林想到了伍建设。对了，伍建设不是说有事可以找他吗？

傍晚，陈汉林带着何小玫，又一次按响了伍建设的门铃。伍建设很客气："小陈，来来来，坐坐坐。这是你女朋友？好漂亮哦。"陈汉林红了脸，不知道怎么开口，支吾一阵说："她是我表妹，来找工作的。"伍建设大手一挥说："没问题，去我的夜总会做服务员吧。要不你也去吧，也做保安。你在这边工资多少？三千？我给你五千吧，你表妹也五千。今晚就上班。"

陈汉林大喜。伍建设能给他五千块工资，东南花园的半个月工资他也不想要了，也懒得和刘恒山说。当下回宿舍收拾衣服，又随手把刘恒山的一包芙蓉王装进兜里，与何小玫坐上伍总的奔驰，去了他的夜总会。车出东南花园时，陈汉林看见刘恒山正在对众保安兄弟训话，心里乐开了花，呵呵呵，老子从此再也不听你胡言乱语了。

伍建设的欢乐今宵夜总会位于市中心的繁华地带。陈汉林穿着现成的保安制服，下了车往门口一站，就上班了。何小玫跟着伍总进到里面，化了化妆，换了身红艳艳的旗袍出来，也站在门口，成了迎宾的咨客。

淡妆和红艳艳的旗袍遮掩了何小玫脸上的忧郁，她立马就光彩照人了。出出进进的客人把何小玫看了又看，何小玫还没有学会另一个咨客小姐的"迎客笑"，只是红着脸点头，别是一番娇媚。陈汉林看得呆了，好一个水灵灵的妹子，便宜刘恒山那畜生了。何小玫见陈汉林老看她，轻轻一笑说："汉林哥，谢谢你呵。"这一笑，把陈汉林心里笑得摇摇晃晃。

一直到凌晨两点才下班，陈汉林和何小玫新到，还没有安排宿舍，就临时住在夜总会的包房里，每人一间。等人都走完了，何小玫来到陈汉林的房间说："汉林哥，把衣服脱了吧。"

陈汉林一惊，心跳漏了两拍说："干什么？"何小玫说："我给你洗洗。"

何小玫哗啦哗啦洗完澡，穿着件睡衣，又哗啦哗啦洗起两人的衣服来。陈汉林被那哗啦啦的声音搞得翻来覆去睡不着，就光着膀子去了洗手间，一眼就看到了正洗衣的何小玫睡衣里隐约的曲线，顿时兴奋起来，从后面抱住了她。何小玫大惊，急忙挣脱却挣不开。陈汉林犹豫片刻，说一声"对不起"，放开了何小玫。

第二天，陈汉林和何小玫都各自有了宿舍。

三五天之后，何小玫就像睡醒的小猫一般活蹦乱跳起来，欢歌笑语，很快与同事和客人打成了一片。伍建设很开心，对陈汉林说："小陈，你这表妹真不错，是我们夜总会的开心果啊。"何小玫就由此得了"开心果"的美名。

何小玫可以同任何一个人玩笑，老板伍建设也常常中了她圈套，哭笑不得。她只跟陈汉林客客气气，虽然每天依然给他洗衣服。陈汉林每天看着她同别人欢天喜地，心想插他一句两句嘴，却插不进去，只好讪讪地退下来。在大家笑得前俯后仰时,陈汉林也悄悄地笑一笑,笑得心里酸溜溜的。他们的村子相隔也就五六里地,这么漂亮可人的妹子,为什么他在家时就没有发现呢,却被那刘恒山骗了出来做共享美女!

陈汉林心中偶尔还想起何小玫成了自己的新娘的梦,但有那刘恒山在中间噎着,也就没敢认真想。他陈汉林要真娶了何小玫,被刘恒山一宣扬,那他不成了笑话吗?就只把何小玫当妹妹一般呵护着,有那不正经的客人对她疯言疯语、动手动脚,他就上前去晃晃,让客人自己觉得无趣。

一天晚上,一个香港客人喝醉了酒,一把搂住何小玫:"开心果,今晚陪大哥开开心吧。"何小玫挣脱开去:"大哥,你开心了,我男朋友要不开心的。"那人从钱包中抽出一千元港币拍在迎宾台上说:"开心果啊开心果,你太不懂事了,陪男朋友开心是白开心啦。过来,让大哥亲一个,只要大哥开心了,这钱就是你的。"说着,又搂住了何小玫,把酒气熏天的嘴往前凑,一咬,咬着了一条木棍。是旁边的陈汉林把手中的警棍伸过来了!他说:"对不起,先生,里面能让你开心的小姐多的是,请不要妨碍何小姐的工作。"

那人大怒:"你是什么东西,叫你老板来!"

何小玫嫣然一笑说:"对不起,大哥,他就是我男朋友。"

那人这才打个哈哈:"不好意思,不好意思。"走了。

何小玫悄悄在陈汉林脸上吻了一吻,轻轻说:"汉林哥,谢谢你。"

陈汉林心里热乎乎的,要不是那该死的刘恒山,能得到何小玫做女朋友,那是我的福气啊。

却说那刘恒山,见陈汉林和何小玫双双失踪,一开始,很是心慌了一阵，只怕那憨宝陈汉林带了何小玫去报案，告他一个强奸、强迫妇女卖淫罪。三五天没动静，十天半月了还是没动静，才突然想起来，不对，陈汉林把自己的东西全收拾了，定是带着那何小玫上别处打工去了，心里把陈汉林恨得要死。他辛辛苦苦来来回回，花了一千多元钱，却让那憨宝白捡了个便宜。此后，他见了老乡就宣扬，陈汉林如何不仗义，拐跑了他的女朋友，还偷走了他一千多元钱，女朋友他是不要了，反正也玩了，但钱无论如何也要追还的，十倍追还！

恨恨地过了大半年。圣诞节这天晚上，刘恒山无聊，上街闲逛看美女。逛过欢乐今宵门前，见那门口站着的咨客有几分姿色，忍不住多看了一眼。一看再看，激动起来，那不是何小玫吗？就上前掀起何小玫圣诞帽上的小辫子，头一摇一摆，左右打量："耶，耶，耶，这不是何小玫何小姐吗？你也太狠心了吧，不声不响，一去大半年，大哥我想你想得好辛苦啊！"

何小玫见是刘恒山，一愣，脸白了，骂道："流氓，你想干什么！"

刘恒山嬉皮笑脸："俗话说，一夜夫妻百日恩，你咋就如此翻脸无情呢？再说，你还欠我钱！"

陈汉林刚才进里面巡场了，出来正好听见刘恒山这话，喝一声："刘恒山，你不要脸！"

刘恒山嘿嘿一笑："我是不要脸，我要钱！你们得赔偿我的经济损失和精神损失费，一万块，拿来！"

陈汉林又急又气，憋红了脸，憋出一句："我去你的！"

刘恒山不急不气："好，好，好，几月不见，你小子有出息了，抖起来了，不知道我是谁了。你看清楚了，我是你老子，知道吗？要是没有我，你还在家里自个儿玩小弟弟，知道吗？你偷了我的人，也就算了，还要偷我的钱，太过分了吧。"说着，突然变脸，左右开弓，狠狠打了陈汉林两个耳光，骂一句："忘恩负义的王八蛋！"

陈汉林大叫一声："我跟你拼了！"揪住刘恒山，一阵乱打。

伍建设听见响动，出来一看，见二人滚在地上，扭作一团，招呼其他保安把刘恒山摁住了，踢了几脚，边踢边骂："哪里来的杂种，竟敢在我的地头撒野。"接着，打电话报了警。

第二天傍晚，警察打来电话说："先生，你立功了！昨晚你抓住的那家伙是个惯偷，偷了好多汽车，只怕要关十年八年了。"原来，刘恒山的快乐无限公司开不成，赚不了共享美女的钱，就改行偷汽车了。

伍建设很兴奋，大叫："陈汉林！陈汉林！"陈汉林就在他办公室外面的大厅里，却不见答应。何小玫闯了进来："伍总，伍总，汉林哥听不见了！"伍总出去一看，见陈汉林傻呆呆地坐着，叫喊着说："陈汉林，昨晚和你打架的那个家伙是个贼，要判刑了，你听见了吗？"陈汉林不知所云地一笑："伍总，我没事，很快就会好的。"

何小玫哭了起来，抱着陈汉林大喊："汉林哥，我爱你！我爱你！你听见了吗？"陈汉林又是一笑："没那么严重，很快就好了。"

伍建设当即开车和何小玫一起把陈汉林送到医院。医生仔细检查一番，说不出所以然，只是说，人失聪的原因很复杂，现在还很难确诊，先静养一段时间，再来复查，尽量避免在嘈杂场合久待，否则，可能很麻烦很麻烦。

夜总会那地方当然嘈杂，不能待了。从医院出来，伍总就对何小玫说："你陪陈汉林回老家吧，好好养一养，过了年再回来，这段时间你俩的工资照发。就算陈汉林真的听不见了，我也要他。有这样的实在人在身边，心里踏实。"

　　当天晚上，何小玫陪着陈汉林上了回家的火车。何小玫把伍建设"心里踏实"的话想了又想，一开始，她对想占她便宜的陈汉林的确没太大好感，但后来看多了花言巧语的人，再看那忠厚的陈汉林，也就慢慢地和伍总一样，觉得心里踏实了。只是，想到自己是被刘恒山糟蹋过的人，何小玫就感觉对不住陈汉林。有时候，何小玫甚至想，要是汉林哥病他一场，落下点小残疾什么的，她就可以大大方方地爱他一场了。没想到，还真的"心想事成"了，陈汉林被刘恒山打聋了，无论她怎样说"我爱你"，陈汉林也听不见了。

　　在回家的火车上，何小玫凑在陈汉林耳边，说了好多遍"汉林哥，我爱你，我要嫁给你"。陈汉林只是朝她点头微笑。

　　陈汉林带着何小玫一下火车，就碰到一群同村的大嫂大妈。陈汉林穿着保安制服，但他并没有像刘恒山一样被人刮目相看，一个大嫂酸溜溜地说："哎哟，是汉林兄弟啊，发财回来了？"陈汉林听不到他们说的啥，想当然地听成了"这女孩是谁啊"，指着何小玫说："我女朋友，何家院子的小玫。"

　　陈汉林"拐骗"刘恒山女朋友的事，大家早就从刘恒山的电话里知道了，就有点鄙夷，说："哎哟，何小玫是你的女朋友啊，我们还以为是刘恒山的女朋友呢。"陈汉林还是听不见，说："我们是回家来结婚的。"那大嫂又说："恭喜恭喜，什么时候请我们喝喜酒呀？"陈汉林说："什么时候回深圳啊？过完年吧。"大家这才发现，陈汉林竟然聋了。一转背就议论起来：汉林好好的一个孩子，怎么就聋了耳朵呢？这何小玫也真是个好心人，汉林耳朵聋了，还愿意跟着他，难得啦！

　　等那群大嫂大妈走远，陈汉林搂过何小玫说："小玫，嫁给我吧，你要是不觉得委屈，就点个头。"何小玫眼里早已是泪光闪闪，把头抵在陈汉林的胸脯上，一下一下地点着。

陈汉林他爸他妈见儿子耳朵坏了，急得唉声叹气；再看那花朵一般、一心一意要嫁给陈汉林的何小玫，心里也就松了一口气。过了年儿子就二十六岁了，就算耳朵不坏，这么端正的妹子也不一定看得上他啊。

第三天，陈汉林和何小玫就到民政局把婚结了。陈汉林耳朵聋了，所有的风言风语他全都听不见了，也就不怕了。

其实，也没有谁风言风语。那天晚上，全村老少都喜气洋洋来陈汉林家闹洞房了，谁也没有说三道四。几个大妈还向何小玫和她娘家人直夸陈汉林，说他聪明、心好，将来定然有出息。言外之意是，何小玫嫁给陈汉林，绝对不会亏。

何小玫当然不觉得亏，虽然陈汉林耳朵听不见了，但何小玫一点也没有觉得不方便，毕竟在一起待得久了，心有灵犀一点通，他们并没有太大的沟通障碍。蜜月里，依然柔情蜜意。

快快乐乐过完春节，小两口又快快乐乐挤上了去深圳的火车。何小玫只想好好打工、好好攒点钱，无论如何，也要把老公的耳朵治好。

火车上满是去南方打工的人，连座位底下都有人钻了进去。陈汉林左冲右突，总算在车门边找到了一块空地，把棉衣脱下铺好，让何小玫舒舒服服坐下。他则撑开双手，挡住拥挤的人群，不让他们挤着小玫。何小玫心中不忍，挪挪身子，让陈汉林也坐下。陈汉林摇摇头说："我谁都可以亏待，就是不能亏待我老婆。"女人都爱听这话，何小玫就幸福地把脸在陈汉林腿上蹭了蹭。

站了一两个小时，陈汉林尿急，就去了洗手间。一身轻松地出来，却见何小玫脸红红地在一旁站着，两个不干不净的年轻人坐在他的棉衣上，嘴里不干不净地说着："小姐，别客气，一起挤挤吧，出门在外，大家互相照顾、互相温暖嘛。"陈汉林大怒，上前把其中一人的一条腿踢了一踢，喝道："什么混账东西，谁跟你互相照顾，起来！"

两个年轻人站了起来，攥住陈汉林的胸襟："你是什么混账东西？我今天偏要照顾照顾你！"抬手就要扇陈汉林耳光。陈汉林到底是学过几招的保安，抓住扇过来的手，腿一顶，就把那家伙顶趴了；顺手又把另一个家伙抓住，撂倒在他的同伴身上，一脚踩住说："还要不要照顾？"两人齐声说："大哥，不敢了，不敢了。"爬起来走了。

何小玫一把抱住陈汉林："老公，你好棒耶。"陈汉林说："马马虎虎，马马虎虎。"何小玫突然又大叫一声："老公，你耳朵好了耶！"

陈汉林愣了一愣说："嘿，真的好了，我一急，就好了。"

何小玫抱着陈汉林笑出了眼泪。

陈汉林与何小玫如今依然在欢乐今宵夜总会打工，依然相亲相爱着。

幸福的何小玫永远也不会知道，其实，陈汉林的耳朵从来就没有聋过。他当初之所以要装耳聋，只是想吓吓刘恒山而已。他想刘恒山只打了他两个耳光，就被伍总送进派出所，心里肯定要不平衡，如果他陈汉林的耳朵被打坏了，他当然就无话可说了。陈汉林没想到，刘恒山原来是个偷车贼，要判刑了，不可能来找他麻烦了。更没想到，何小玫一急，就说出了"我爱你"，而且一说再说，显然是真爱他——要是他一直听得见，她肯定是一直说不出口的。陈汉林索性就一装到底了，他一个耳聋的废人，乡亲们哪还好意思说，陈汉林拐了别人的女朋友做老婆呢？

陈汉林本来想永远听不见算了，他越来越觉得这是件很有意思的事情，因为他想听见的总能听得见，不想听见的永远也听不见，比如老婆的唠叨。不料，在火车上被两个小痞子一急，突然就"好了"。

42. 人渣是怎样炼成的

我上高二的时候，我妹上初二。和我一样，我妹也喜欢在周末把同学带到家里来。那也是一个周末，我妹带来了肖美丽。一开始，我并没有太在意，谁会在意一个叽叽喳喳的初二女生呢。我妈是个养鸡专业户，无论家里来了大客小客，总要高高兴兴杀掉一只鸡。那一天，我妈也杀了一只鸡，她手持白晃晃的刀子，熟门熟路地往鸡脖子上一抹，然后，信手往地上一扔。那只小母鸡被割断了脖子，仍然垂死挣扎地乱蹦乱跳，蹦到了肖美丽脚下。肖美丽尖叫一声，跳了起来，不管三七二十一，抱住了我，脸红得就像小母鸡洒满一地的鲜血。我立刻就对她刮目相看了，爱上了她。

当然，肖美丽不可能立刻就爱上我。也许，一生一世都不可能爱上我。肖美丽，她是肖伯阳肖镇长的女儿，怎么可能把一个农民的儿子放在眼里呢？我很清楚，她当时抱住我，就像一个溺水的人抱住一段烂木头一样。

其实，我并没觉得肖伯阳肖镇长怎么了不起，自从我见过他对县里来的一个什么人摇头摆尾以后，我就放心了。要是我考上大学，要是我做了一个比镇长大一点点的官，他肖伯阳还不是也得对我摇头摆尾，他肖伯阳的女儿自然也要对我眉来眼去了。

可惜，我这人不太聪明，没能考上大学；比镇长还大的官，自然也做不成了。

就在我要放弃暗恋肖美丽的时候，部队来征兵了。虽然我不够聪明，但我身体特棒，顺利通过了体检。在我们乡下，考不上大学，当兵也是一条好出路，我们村就有人当兵当到了团长、师长。且不说团长、师长，即使我混上个连长、营长，要爱他一个肖美丽，也是绰绰有余了。

但我最后却没能穿上军装，肖镇长暗中做下手脚，让他的一个有狐臭的内弟顶替我去了部队。那一刻，我恨死了肖伯阳，也坚决不爱肖美丽了，我决定报复肖伯阳。

当时到深圳打工是一条出路，打得好了，也能出人头地、无限风光。

说起来很丢人，深圳让许多人发了财，还让很多人成了人才，却偏偏让我成了坏蛋。

我一直跟我爸我妈和我那些勤劳善良的乡亲说，我在深圳做的是硬邦邦的钢材生意。而其实，很惭愧，我，刘志刚，是个吃软饭的，是个江湖上的皮条客。

做皮条客之前，我出入于各体面的酒楼、歌舞厅之间，干些收购啤酒瓶和易拉罐的事，只能一毛两毛地赚点小钱。相对于在这些场合里衣冠楚楚、一掷千金的男男女女来说，我是根本没有面子可言的。

拉皮条是从认识袁方开始的。袁方是伊人KTV的坐台小姐。那一天，我迟到伊人一步，让人抢先收走了啤酒瓶和易拉罐。特别没劲，我便索性破罐子破摔，干脆再花他百把元钱，要上一扎啤酒，为自己浇浇晦气。

我是个穷光蛋，可我从不自暴自弃，我的西装也就一百多块的地摊货，但一尘不染，而且，还算笔挺，加上我举手投足深受周润发的熏陶，花花绿绿的灯光下，猛一看，还像个人物。因此，我刚一坐定，坐台的袁方便凑了上来，一见如故地叫我"大佬"。我朝她皮笑肉不笑地一笑，她立刻坐了下来，自个儿叫来吃的、喝的。

我们东拉西扯，厮混了半夜。

曲终人散之际，袁方说："大佬，与你在一起真开心，如你多给点小费，我可以陪你玩通宵。"

我早有准备，作大惊失色状："有没有搞错，谁给谁小费啊，你是干吗的？"

袁方脸上妩媚的笑容即刻消失得无影无踪，放开我的手说："你以为我是干吗的？我是专陪男人玩乐赚钱的。"

我呸的一声吐掉口中咀嚼着的香口胶，黑老大一般哈哈一笑，用大拇指点着自己的鼻子说："你知道我是谁吗？我是鸭，专陪女人玩乐赚钱的鸭！"

我是从香港电影中知道什么是鸭的，信手搪塞，居然把袁方敷衍住了。她傻傻地瞪圆眼睛，对着我这个还算好看的鸭看了又看，突然就嘻嘻嘻笑弯了腰。

袁方这天晚上没挣到一分钱，还不得不掏钱买自己的那份酒水单（我是算好了身上的钱叫的啤酒，自然没有多余的钱为她买单了），结果，连打的回住处的钱都没有了，只好由我用驮啤酒瓶、易拉罐的破烂自行车把她驮回去。

鸭是不可能骑破烂自行车的。袁方很快就知道，我并不是漂荡江湖的鸭，而是个收破烂的。但她也没有太计较，仍然一笑再笑，还把自己让我白睡了一夜。事后，她说："看你人还蛮伶俐，拉皮条应该是把好手吧？"

拉皮条就是为妓女拉嫖客。我很快就证明了自己的确是个可以笑傲江湖的皮条客。

第二天我就为袁方找到了一个客户，是我当初做包装工的制衣厂老板。我在深圳前后进过五个工厂，没哪个工厂老板不酷爱此道的。十天之内，我就领着愁眉苦脸、装成失学女大学生的袁方，依次把她送到了五个老板的床上。

我每为袁方拉来一个客户，可与袁方分成，一些大方的客户还会给我小费，一般可获利一百元左右，这远远胜过收破烂，我辛辛苦苦收来的啤酒瓶、易拉罐，每一个能赚一毛钱就相当不错了。

就在我计划着大干一场时，袁方出事了。那一天，袁方瞒着我私下接客，结果被逮了起来，劳教了。好在我不贪图近水楼台，没与袁方住到一起，才没被顺便抓起来。

袁方被抓，我不得不另外物色、培养自己的搭档。

在这一行，要找搭档并不简单。深圳这地方，遍地是漂漂亮亮的打工妹，略略用心，找一个马马虎虎的女朋友并不难。难的是让她心甘情愿和你合伙做皮肉生意，弄不好，她一个电话，你就得被抓起来，得一个强迫妇女卖淫罪。因此，大部分皮条客的搭档是靠得住的老乡，知根知底。

想来想去，我想到了肖美丽。要不是肖伯阳做手脚，我何至于有今日？去年我回家过春节，在火车站碰到了肖美丽。我正要朝她笑一笑，她居然没认出我来，一昂头就走过去了，让我好几天都笑不出来。肖美丽尽管还算美丽，却和我一样，不十分聪明，我没考上大学，她也没考上大学，好在她有个做镇长的爸爸，才在县城的一家商场做了营业员。

一个生意并不太好的商场营业员，凭什么竟认不出我来呢？当年，她可是往我怀里钻过啊！

我当机立断，登上了回家的火车。

在县城一下车，我顾不上回家，怀着十分激动的心情，直奔肖美丽而去。

肖美丽仍然在卖烟卖酒，仍然美丽。想着我就要把美丽的肖美丽骗到深圳，我多少有些遗憾。但我在柜台外站了好半晌，她却一直埋头于一本什么破书中，眼皮也懒得朝我翻一翻，我就不再遗憾了，这样不知好歹的野桃花，就插到牛粪上也不算埋没了！我敲一敲柜台玻璃，指着那六十八元一包的软中华。肖美丽很不耐烦地抬起头，这一次，她认出了我，愣一愣，给我递上烟，同时说："哎哟，刚哥，从深圳发财回来了？"每次回家，我都要听无数此类酸溜溜的话，好在我从来不在乎，今天就更加不在乎了。我弹出一支烟，顿一顿，轻描淡写地说："也没怎么发财，不过是抽惯了这烟而已。"其实，我是第一次买这烟。

当晚，我住在县委招待所。第二天，我又去向肖美丽买了一包软中华。肖美丽已经笑得满面春风了，还主动和我谈起了我正读大二的妹妹。

我第三次向肖美丽买烟时，是下班时分了，我说："请你吃饭，敢去吗？"肖美丽装模作样犹豫片刻后说："有什么不敢的？"吃完饭，我又说："敢去跳舞吗？"肖美丽就又跟我去了舞厅。跳着跳着，我附在她耳边说，"多年前我就爱上了你，我这次是冲你回来的，你知道吗？"自从行走江湖以后，我就一句实在话也不说了，但天地良心，这一句是百分百的实在话。我说着就吻了吻她的耳垂。肖美丽的脸刷地红了，推开我说不跳了。

但肖美丽并不是真生气，她是从小说中学到这般的。我知道有戏了。送她回家的路上，我说："美丽，跟我去深圳吧，我肯定能让你美丽一生。"肖美丽支支吾吾地说："我得问问我爸。"

第二天，我去了肖美丽家。聪明一世的肖镇长一点也不知道，当年，他那有狐臭的内弟挤下来的人就是我；更不知道恭恭敬敬站在他面前的是一个皮条客；他只以为我是她女儿找到的如意郎君。肖伯阳抽着我的软中华，听我谈着我的钢材生意，笑眯眯地称赞我年轻有为，敢闯敢干，是全镇青年的好榜样。同时表示，美丽跟着我，哪怕是天涯海角，他也一百个放心。犹豫不决的肖美丽被她老爸这么一说，终于铁了心，要跟我下海看一看（商场效益不佳，已经两个月不发工资了）。

几天后，我带着美丽的姑娘肖美丽喜滋滋地重返深圳。一路上，我一直想着一个问题，一直没想通：我真心实意地暗恋了肖美丽好多年，一直只想娶她做老婆，却一直不敢说爱，连多看她一眼也不敢；如今，我是要把肖美丽带出来的，为什么我就有勇有谋了，三言两语就把她哄得团团转了呢？

一回到我在下沙租住的农民房，我就抱起肖美丽，把她放到了床上。肖美丽任我吻，任我亲，但死死抓紧裤头坚决不松手，小脸又红又白，结结巴巴地说："其实我是个很传统的女孩，不到新婚之夜，是不能做那事的。"

我心中暗喜，要真是处女，以此等成色，价值起码一万元。我高高兴兴住了手，高高兴兴像个正人君子一样睡在了地板上。

因为来回奔跑，因为要让肖美丽和她爸确信我是个大款，我有限的积蓄已花得所剩无几，一点也不像个发了财的钢材商人了。但我相信，有了肖美丽这一棵摇钱树，我很快就能收回投资，丰衣足食，财源滚滚。那天晚上，我做了一个又一个美梦。

第二天一早，我还在做江湖美梦的时候，肖美丽就悄悄起床了，悄悄煲好了稀饭，悄悄煎好了鸡蛋，然后，轻轻地唤我："刚哥，该起来了。"

我来深圳三四年了，还从来没有谁为我做过早餐呢。我心里顿时暖洋洋的，口里却说："干吗呢，我本来想好，我们一起出去吃早茶的。"我还真是这么想的，豁出我最后的几个钱，好好慰劳肖美丽一番，然后，开工。

肖美丽一边为我挤牙膏、倒洗脸水，一边看看这简陋的农民房，叹一口气说："刚哥，我们还在创业期，没必要大手大脚的。"

看来，这肖美丽不像我想象的那么好蒙，她已经看出我们还在创业期了。不过，她这话还是十分有水平，到底是肖镇长的女儿。此前，我也认识过几个江湖女孩，想的都是吃香的喝辣的，有谁想过为我省钱呢？如果我不是江湖上的皮条客，我肯定要被她感动的。

没想到，感动的是肖美丽。她说："刚哥，谢谢你昨晚没动我，我好感动，也好高兴，虽然你并不像我想象的那么成功，但有你这样的修养、这样的毅力，还有什么办不到的事呢？"

应该说，那一刻，我还是有一点感动的，像肖美丽这等全面发展的女人，是很适合做老婆的，这充分说明我当年还是有眼光的。可是，江湖皮条客是不能婆婆妈妈、儿女情长的，何况我也没有本钱谈情说爱了，我身上连一百元钱都没有了，还没有交房租和水电费！何况，赚惯了皮条客这种轻松钱，那种收啤酒瓶、易拉罐，一毛两毛的钱，我早已不放在眼里了。所以，一吃完早餐，我就出门拉客去了。肖美丽还以为我是去与人谈钢材生意，含情脉脉地一直站在阳台上目送我。

肖美丽说得没错，还真没有什么我办不到的事。打了一轮电话，我就找到了一个理想的客户，是一个暴发户，新开了一家皮鞋厂，正想找一个大姑娘开市大吉。我摊出一溜肖美丽的美丽照片，对方立刻就眉开眼笑了。我开出 12888 元的价格，他二话不说，就一口答应了。我心里直后悔，为什么不开价 18888 呢？

我兴冲冲地回到下沙，喜气洋洋地对肖美丽说："美丽美丽，我谈好了一笔大生意，至少可赚十二万，今晚你陪我去签合同吧。"

肖美丽比我还高兴，足足花了一个小时，把自己打扮得就像新娘子。看着美艳无比的肖美丽，我真是舍不得啊！可是，我怎么能三心二意呢！

那人早就在龙凤大酒店等着我们了，肖美丽一登场，他立刻就眼里只有肖美丽了。肖美丽悄悄对我说："这人是个色鬼。"但她表面上仍顾全大局，举止得体，与那人有说有笑、杯来盏往……

吃着喝着，肖美丽就不行了，趴下了。趴下以前，她还十分抱歉地对我说："刚哥，对不起啊，我太不能喝了……"说得我很有点过意不去。其实，肖美丽还是能喝几杯的，放了安眠药的酒自然例外了。

说实话，我把迷迷糊糊的肖美丽交给那人时，心中不大好受。自己从前心心念念暗恋着的姑娘，自己千辛万苦搞定了的好端端的美人儿，却信手就以 12888 元钱卖掉了，那感觉绝不仅仅是心痛而已。

肖美丽赤条条醒过来时，一眼看到色狼正心满意足地穿裤子，立刻又哭又闹，吓得对方落荒而逃。

我坐在外间抽烟，早就设计好了事后的对策。那人一出来，我便冲了进去，咚地跪在肖美丽脚下。肖美丽扯过一条枕巾，一边抽我，一边骂我是猪狗不如的畜生，骂自己瞎了眼。抽着哭着骂着，拖过电话就要拨 110。我赶紧抱住了她，声泪俱下地背出了在心里操练了好几遍的台词："美丽美丽，我是畜生，我是王八蛋。可我也是被人坑了啊，赔了三百多万，还欠下那人十二万。他说，要么你陪他一晚，十二万全免了；要么立马还钱，否则就砍了我的右手。我是走投无路才出此下策的啊！你怎么骂我、怎么打我，我都心甘情愿，但你千万千万别报警啊，报了警，我千刀万剐都无所谓，可你的清白，你老爸的一世英名，全都毁了啊！"说到这里，我刷地抽出一把水果刀来，塞在她手中："你要是实在想不通，就杀了我吧，死在我爱的人手下，我死也瞑目了。"

我在一本什么书上见过，女人最不禁哄，最见不得男人的眼泪。果然，我如此这般一表演，肖美丽慢慢地就不声不响了，水果刀当地掉在地上。

12888 元在深圳算不得什么钱，我给肖美丽买了一部手机，买了几套衣服，又打了几回麻将，就所剩无几了。肖美丽已经原谅我了，还笑吟吟地给她爸打电话报了平安。看着我不停地为她买东西，她又为我打算盘了，她说："刚哥，你刚做亏了生意，手头也紧，何必要给我买这些东西呢？"我说："美丽，生意人的形象最重要，可以省吃省喝，绝不能省行头的。"这也算是实在话，只是，我指的生意不是钢材生意，而是皮肉生意。

整整一个星期，我没有做生意，天天陪着肖美丽玩。普通皮条客调理搭档的手段简单粗暴，不服就打，或叫来一帮五大三粗的江湖好汉侮辱她。我不愿意如此不文明、如此没档次，我要做一个有情有义的皮条客，我要让肖美丽慢慢明白，商场就要拼命。但肖美丽就是不开窍，有时候我试图让她与左邻右舍的小姐们打打麻将，受点江湖熏陶，她对那些小姐看都不看，还不止一次表示：做女人做到这个地步，还不如一头撞死。说得我心惊肉跳。

我的楼上楼下住的全是皮条客，有人慢慢地看不起我了："拉皮条又不是请客吃饭，哪能像你这样斯斯文文，干不了就别干，别坏了江湖规矩！"形势逼人，我不得不开工了，况且，再不开工，我就没有钱吃饭了。

那一晚，一个客人看中了肖美丽，愿以两千元包夜，客人看起来是老了点，嘴角还老流涎水，可他出的价钱还算公道。

又一个关键时刻来到了。我装出忧心忡忡的样子，茶饭不思。肖美丽上钩了，问我："刚哥，有什么烦恼事吗？"我重重地叹了一口气说："美丽，说实话，我现在元气大伤，要想东山再起，只怕不可能了。今天倒是有一个起死回生的机会，一个客户愿意给我一笔大单，可是，那家伙也是个色鬼，也看上了你。我怎么能再犯浑呢？我就是一败涂地、一辈子要饭，也不能再委屈你啊。"

肖美丽沉吟半晌，下定了决心说："刚哥，做生意就要抓住每一个机会，让我见见那个客户吧，也许我们可以干干净净做一笔生意的。"

我兴高采烈领来了那个人，一再叮嘱，需步步为营，慢慢来。那个人一直答应"知道知道"，可他一进屋就不知道了，抱着肖美丽就乱拱乱啃。那一刻，肖美丽突然看清了我的本来面目，抬手给了那个人一耳光，号叫着夺门而出。

在走廊上打麻将的王金龙、刘火生正好看到了这一幕，这两个我最瞧不起的老皮条客，朝我摇着头笑得阴阳怪气。我觉得我的江湖地位正在一点点崩溃！我怒火万丈，撕下此前一直努力维持的绅士面具，冲上前揪住肖美丽的头发，揪回房里，拳打脚踢，边打边骂。打骂中，我暴露了真实身份。肖美丽不哭不叫，一声不响，任我吼、任我打，眼睛木木地看着我。我突然有点心慌意乱，底气不足地甩出一句江湖经常用到的话："要是你不怕你老爸暴死街头，不怕家破人亡，你就去报警吧。"又回过头对那目瞪口呆的客人说："对不起，老板，让你受惊了，现在，你想怎么上就怎么上吧。"肖美丽突然呸了我一脸。

客人说一句"算了算了"，掉头就走，我只好客客气气把他送下楼。

目睹我修理肖美丽的王金龙拍拍我的肩膀说："老弟，你总算扬眉吐气了一回，女人不听话就揍，一揍就灵。你等着看吧，从此她肯定服服帖帖了。"但我很清楚，我的皮条客生涯只怕要到此结束了。肖美丽绝不是打得服的人，一旦她明白，我不过是虚张声势，根本不可能把她和她爸怎么样，我肯定要死在她手中。我还是趁早洗手，退出江湖，仍然收啤酒瓶、易拉罐去吧。

但我已来不及洗手了。

我无情无绪回到房里，肖美丽正好打完一个电话，她看我一眼又一眼，突然落下泪来说："刘志刚，我刚才打过 110 了，你要逃还来得及，好好做人去吧。"

我愣了一愣，突然竟心生敢做敢当的江湖豪气，我怎么能在女人眼皮底下落荒而逃呢？抓就抓吧，这种不三不四的日子我也过够了，就让我早早得到报应，重新做人吧。我也突然生了怜香惜玉之心，抱着肖美丽，流下了真正的眼泪说："对不起，美丽，是我害了你，也是你老爸害了你。"停一停，又说："美丽，也许你不相信，我是因为爱你才这么干的啊，只因为得不到你，才想毁掉你的啊。"这种时候，酸溜溜胡说什么爱情，也许有人要冷笑着不相信，但我觉得，我的的确确是那时才发现，我是一直深爱着肖美丽的。

但我已没有时间把这份江湖上的爱说个清清楚楚了，警察一拥而来了。我和王金龙、刘火生等一干皮条客统统落网。

尾声：

我因为引诱妇女卖淫罪（肖美丽的供词中，没说我强迫），被判刑两年。

入狱不久，我碰到了因贪污罪入狱的肖伯阳，他被判了五年。从前满面红光的肖镇长，已像我爷爷一样苍老，一点也不威风了，还尽受狱友欺侮（在监狱里，贪污犯和强奸犯一样，被人蔑视和欺侮）。我突然觉得我曾经刻骨仇恨的肖伯阳其实很可怜，所以，我处处照顾着他，当然，这里面也有对肖美丽的愧疚。肖伯阳一直以为我也是因为经济犯罪进来的，对我的照顾很是感激，在我要被释放的前一天，还一再交代，出去后，关照关照肖美丽姐弟俩（肖美丽她妈早死了）。

我当然愿意关照肖美丽，如果她愿意的话，我甚至愿意关照她一辈子。

肖美丽还住在深圳下沙，还住在我以前租住的那一幢农民房里。我没有想到，当年宁死不做鸡的肖美丽，现在沦落江湖，明明白白做了鸡。因为她爸坐牢了，她失去了经济来源。我终于找到肖美丽时，她笑嘻嘻地说："刚哥，想上我吗？老熟人，给你打个折吧，两百块。"

43. 爱你是我的本能

　　美女李欢风尘仆仆来到海上花酒楼时，领班旷美云看她很不顺眼，只当她是某个服务员的老乡，很不客气地问："你找谁？"

　　李欢瞥一眼旷美云说："吃饭。"

　　旷美云虽然很不喜欢那一瞥，脸上却立刻堆满笑容说："小姐，您几位？"

　　李欢就一个人，点了一菜一汤：香辣蟹、花旗参竹丝鸡汤。

　　李欢把蟹壳里的每一丝肉都剔出来，吃掉，把鸡汤喝得一滴不剩，然后，招手让旷美云过来说："对不起，我钱包丢了。怎么办呢？"

　　旷美云很高兴，高兴自己看人没有走眼。她哼了一声说："我说嘛，一看你就不像是吃得起这碗饭的人。"

　　此时，已是下午两点，食客散尽，服务员、厨师、保安员放松了紧绷的神经，都围过来看热闹，看经理胡三强如何处理吃霸王餐的美女。

　　胡三强看一眼点菜单说："美女，你总共消费了 218 元。要是你不买单，会非常麻烦的。"

　　李欢说："不会太麻烦吧，我可以端盘子、洗碗、扫地，抵偿欠债。"

　　胡三强呵呵一笑说："只怕没那么简单，朱哥的规矩不是这样。"

　　李欢问："朱哥的规矩？怎么说？"

　　胡三强板着脸说："朱哥专管吃霸王餐的事儿，他的规矩是胆敢在本酒楼吃霸王餐者，男人送去做鸭，女人送去做鸡。"

围观众人好一阵哄笑。

酒楼里发生新鲜事儿，旷美云总不忘第一时间通知厨师杨东明。旷美云在传菜小窗口向杨东明一招手，他就穿着油腻腻的围裙出来了。

厨师杨东明挤进人圈，一声惊呼："李欢，怎么是你？"

李欢一见杨东明，叫一声东明哥，就像打开了水龙头，眼泪哗啦啦地流。

杨东明和李欢，有故事。

六年前，杨东明高考落榜，正无情无绪，一眼看见打鱼草的村花李欢，心头顿时怦怦乱跳，当即确定了人生目标：娶李欢做老婆。杨东明因此放弃了复读考大学的计划，开始给李欢写情书。杨东明家境平平，别无所长，只有作文得到过老师的肯定，他坚信，只要他坚持不懈给李欢写情书，写满一百封，一定能赢得李欢的芳心。但杨东明的情书写到第六十八封的时候，李欢去了哈尔滨的姨父家。据说，姨父在哈尔滨为李欢找好了男朋友，她不会再回来了。杨东明顿时心灰意冷，就没再接着给李欢写信——写了也不知道往哪儿寄，转而南下深圳打工了。整整六年，杨东明没有李欢的任何消息，那不了了之的"初恋"，最初还多少有点酸涩，慢慢地就了无痕迹，偶尔想起来，只觉得好玩好笑。李欢是村里万众瞩目的美女，杨东明稀松平常，写几封肉麻兮兮的情书，就想与她百年好合，那是异想天开呀。没想到，六年无影无踪，李欢突然从天而降，降到深圳，降到了杨东明面前。

李欢一身灰溜溜的牛仔服，一脸憔悴，仍然扎着两根当年在家打鱼草时的大辫子，看起来有三分土气，土气中却透出几分非同一般的光芒，把杨东明照耀得心慌意乱。

杨东明掏出五元钱一包的白沙烟，边给围观的男人递烟，边说：

"兄弟姐妹们，这是我的表妹李欢，请多多关照。她点的菜，我买单，我买单。"

胡三强没接杨东明敬的烟，掏出自己的芙蓉王，点上一支说："杨东明，你表妹长势喜人，小心被人抢收哦。"说着，为自己的幽默哈哈大笑起来。

杨东明呵呵憨笑着，拉着李欢进了一间无人的包房。

在包房里，李欢轻描淡写，说了说她这些年的经历。头几年，她在姨父家中干点杂活，相当于保姆；前年，她结了婚；去年，她生了个儿子；今年，因为丈夫发现她珍藏着六十八封旧情书，和她离了婚。

六十八封旧情书！杨东明一怔："是我写的那些信？你还一直保留着？"

"杨东明你别太紧张，我不是来追究你的责任的。我来深圳找工作，弄丢了钱包，也许我们真有缘分，误打误撞，竟撞到了表哥你，谢谢你还愿意认我做表妹。"李欢说到此处，眼中泪光闪闪，"其实，你要能把我当老乡，帮我找一份工作，我就感激不尽了。"

杨东明答应尽力而为，就带着李欢来到经理办公室，点头哈腰，塞给胡三强一包芙蓉王，请胡经理收留李欢做服务员。

"不是假烟吧？"胡三强嗅一嗅杨东明递上的烟，"杨东明，这么漂亮的表妹，你舍得让她做服务员？只怕不出一个月，就让人泡走了。"

杨东明还是嘿嘿憨笑，李欢接过话头说："胡经理您抬举我了，我们农村姑娘，风里雨里长大的，不怕泡的。"

胡三强郑重其事把李欢看了又看，拍着杨东明的肩膀说："杨东明，你表妹越看越有味道，连我都有点情不自禁了，我能不能泡她试一试？"

杨东明一本正经地说："胡经理您是酒楼领导，怎么能打手下服务员的主意呢？这种玩笑不能开的，让老板知道，只怕要不高兴的。"

胡三强一愣，狐疑地盯一眼杨东明说："老板从来不到酒楼来，却对酒楼的事儿知道得清清楚楚，杨东明，莫非你是老板在酒楼的卧底？"

杨东明嗫嚅道："老板找卧底，也得找一个像胡经理您一样精明能干的吧。"

胡三强哈哈一笑说："倒也是，李欢表妹这种，才像是做卧底的。"

"谢谢胡经理夸奖。"李欢说，"我们农村人，直来直去，做不成曲里拐弯的卧底，若有冲撞胡经理之处，还望您多包涵。"

胡三强似笑非笑，正要说点什么，桌上的电话响了。他拿起电话，叫一声"朱哥"，一边挥手，让杨东明带李欢去办入职手续。

李欢身无分文，酒楼包吃包住，但一应日常生活用品，得自己解决。杨东明就取了一千元钱，到附近的商场给李欢买了全套床上用品，看一看李欢身上灰溜溜的牛仔服，越看越不顺眼，又给她买了一件连衣裙。李欢当场就喜滋滋换上了连衣裙，顿时光彩照人，走在街上，引来无数目光。如果说六年前李欢是一朵含苞欲放的鲜花，现在她就是一枚熟得恰到好处的果子。

整个酒楼，只有旷美云明白李欢绝不是杨东明真正的表妹。旷美云莫名其妙地暗恋着厨师杨东明，只是杨东明太憨，一直浑然不觉。杨东明看到李欢的第一眼，眼睛里是什么东西失而复得的狂喜，那不是表哥表妹之间应有的眼神，别人没注意到，旷美云却看得清清楚楚。后来，旷美云看杨东明带着李欢慌里慌张进包房，接着又为李欢跑前跑后忙碌，买这买那，还给她买了条连衣裙，心中顿生醋意。

旷美云是李欢的直接上司，下午，她给李欢做岗前培训时，一直没有好脸色，说话也夹枪带棒的。杨东明看着李欢受欺负，也不好说什么，只能忍气吞声，长吁短叹。

傍晚六点，食客陆续而至，厨师和楼面服务员各就各位，杨东明在厨房里干得热火朝天，也就顾不上李欢了。

杨东明正忙时，四个黑西装、小平头的年轻男人嬉笑而至。众服务员见了，客客气气道一声"朱哥好"。朱哥等人进了南岳厅，几个女服务员在门外你推我、我推你，谁也不愿意进去服务。旷美云一指李欢："你，今晚就负责南岳厅吧。"

李欢中午已从胡经理口中听说过朱哥的规矩，又眼见得众服务员互相推诿，知道这一定是不好待候的客人，就说："新人不是只负责服务大堂客人吗？"

旷美云板下脸说："新人不能对客人挑三拣四，知道吗？进去！"

杨东明从厨房的传菜窗口看见这一幕，心里为李欢着急，却也奈何不得。

新服务员李欢不得不服从安排，还自己找台阶下："本想不去，却又好奇，很想知道他们到底是怎样难待候的客人，吓得各位美女花容失色。"

李欢进入南岳厅，大大方方一笑说："欢迎各位老板光临海上花酒楼。"

朱哥紧盯着李欢说："小妹，你不认识我？"

李欢一边倒茶一边说："对不起，我第一天来酒楼上班，谁都不认识。"

朱哥跷起大拇指，指着自己的鼻子说："小妹，你谁都可以不认识，但不能不认识朱门哥哥。告诉你，海上花是朱门哥哥我罩着的，在这里，谁敢欺负你，你告诉朱哥我！"

李欢说："要是朱哥你欺负我呢？"

朱门拍拍李欢的手背说："朱哥我是护花使者，我只会保护你、爱护你，怎么可能欺负你呢。"

李欢抽回手说："我告诉你，你要是敢欺负我，我姨父会让你死得很难看的。"

坐在朱门右手边的一个胖子问："你姨父是谁？"

"对不起，一般人我不告诉他。"李欢说完，转身去厨房下单了。

李欢来到厨房，杨东明悄悄对李欢说："那姓朱的是个混混，常来酒楼白吃白喝，谁也奈何他不得，你要小心了。"

李欢不解："为什么？几个小流氓而已，为什么你们一个个吓得胆战心惊？"

杨东明急得手乱摇："李欢你咋还是这不信邪的脾气呢，这里水深着呢，你可千万别由着性子乱来呀。"

李欢说："走着瞧吧。"

李欢端着两个冷盘回到南岳厅时，朱门说："小妹，我可不是一般人哦，告诉我，你姨父是谁？"说着，右手在李欢的屁股上拍了一下。这一拍，朱门一声惨叫："哎哟！"

李欢刚才经杨东明一警告，悄悄在裤子后面放了一枚图钉，钉尖朝外，只等着小流氓毛手毛脚。李欢看着朱门流血的手掌，夸张地"哎呀"一声说："朱哥，对不起，忘了告诉你，我这个农村姑娘，浑身长刺，碰不得的！"

一年多了，朱门一直是海上花酒楼的保护伞，保证江湖中人不来海上花酒楼捣乱，他每个星期来此免费吃喝一顿，海上花酒楼上至经理，下至服务员，见了朱门全都客客气气、战战兢兢。如今，一个新来的服务员，不动声色就让朱哥见了血，朱哥太没有面子了。

朱门笑吟吟的，用舌头舔一舔手掌中的血迹，噗的一声吐到地板上。

跟随朱哥的小平头都知道，朱哥要发作了。

就在这时，杨东明托着一盘菜进来了，笑嘻嘻对朱门说："知道朱哥光临，我自己掏钱，请朱哥尝一尝海上花的当家菜——蔬香三文鱼。"放好菜，杨东明又指着李欢说："朱哥，这是我表妹，今天刚上岗，有服务不周之处，还望朱哥多指导。"

朱门学范伟演小品的腔调，对着李欢"哎呀呀，哎呀呀"一阵，说："原来是杨大厨的表妹呀，怎么好意思让你侍候呢，快快上座，朱门我敬你一杯。"

杨东明双手直摇说："服务员上班不可喝酒，请朱哥多包涵，多包涵。"

无论朱门如何坚持，李欢终是不喝酒，也懒得搭理他们的挑逗，一言不发，只是来往传菜。朱门的几个小弟，对李欢先还有几分轻慢，经朱门一番呵斥，也恭敬起来，都像绅士般彬彬有礼了。杨东明看看没事，敬了一圈酒，回厨房去了。

吃完喝完，朱门吩咐李欢买单。李欢按了一会儿计算器，把杨东明奉送的蔬香三文鱼也算了进去，说："多谢，1888 元。"

朱门的小兄弟很吃惊，在海上花酒楼，一年多了，朱门从来没买过单的！朱门横一眼小兄弟，优雅地掏出皮夹子，数出 2000 元来，交给李欢："不用找了，多出的是小妹你的小费。"

胡三强正在收银台坐镇，一见李欢拿着朱门给的钱来买单，赶紧接过钱，来到南岳厅，满脸堆笑："朱哥，咋回事儿？是不是这新来的妹子不懂规矩，惹您生气了？"

朱门拍着胡三强的肩膀，指着李欢说："这是我妹子，全中国最懂规矩的人，你，还有海上花酒楼的所有人，最好别惹我妹子生气。"说着，冲李欢笑一笑，夸张地一鞠躬："有机会，还请小妹多赐教。"一挥手，率众兄弟走了。

海上花酒楼奔走相告：全酒楼一年多都奈何不得的黑道大哥，让一个第一天上班的女服务员搞定了！

不是因为杨东明的面子，也不是因为李欢姨父的面子，而是因为李欢太漂亮。要博得一个漂亮姑娘的好感，做君子当然比做流氓好。

胡三强满脸赔笑，一直把朱门一行送出门、送上车，回转身，胡三强抹去一脸笑容，把李欢叫到经理办公室。

一个刚来深圳的女孩，一个服务员，本应低眉顺眼，低调做人，可是李欢居然让一向横着走路的黑道人物变成了正人君子，她到底是个什么样的人？想起朱门"最好别惹我妹子生气"的话，胡三强觉得，李欢很有可能是流窜到深圳的江湖太妹，顿时对李欢客气了三分，请她坐，请她喝茶。李欢坦然地坐着，坦然地喝着茶，笑吟吟地看着胡三强。

胡三强点燃一支烟，又把烟盒朝李欢扬一扬，江湖太妹一般都会抽烟喝酒。李欢摇摇手："我不抽烟，胡经理你不是把我当黑道大姐大了吧？"

"呵呵，李欢你轻松就摆平了朱门，还真有大姐大的潜质。"

"哪里，我只是一个不懂规矩的服务员，若有服务不周之处，还望胡经理能放我一马，不要扣我的奖金。"

胡三强手指敲击着桌面，上下左右打量李欢，她身上的确没有江湖的味道，难道是老板的人？胡三强在海上花酒楼做了一年多经理，却从来没见到过酒楼老板，有事需要老板拍板的时候，老板总会及时给胡三强打电话，指示应该如何如何。胡三强记下老板的手机号码，试着拨打过几回，总是关机。老板人不在酒楼，却又好像无处不在，对这儿每天发生的事儿了如指掌。老板当然也知道朱门吃霸王餐的事儿，并一直在努力想办法摆平朱门，莫非李欢就是老板派来摆平朱门的人？

"我对朱门很了解，对女人，他从来不客气。"胡三强摁灭烟头，"他为什么唯独对你刮目相看，恭敬有加呢？"

李欢嘻嘻一笑说："我知道，他是怕我姨父会让他死得很难看。"

胡三强："哦，你姨父是做什么的？什么时候让我认识一下嘛。"

李欢："嘻嘻，你最好别认识我姨父，他去世了。"

胡三强："呵呵，那你姨父怎样让朱门死得很难看呢？"

李欢："我姨父生前很爱很爱我，他临终前对我说，谁要敢欺负我，做鬼也不放过他。"

胡三强彻底明白了，本以为李欢很有来头，原来只是个很傻很天真的憨傻丫头！胡三强哈哈一笑，站起身来，走到李欢面前说："呵呵，你姨父真伟大啊！我且欺负你一下，试试你姨父的法力如何。"说着，伸手在李欢脸上摸了一把。

李欢抬手就扇了胡三强一个耳光，说："我姨父肯定就这样给你一耳光！"

这一耳光把胡三强扇得恼羞成怒，他叫一声"那我就好好地欺负欺负你吧"，抓住李欢的双手，把她压倒在沙发上，乱啃乱亲。

李欢手脚动弹不得，急了，在胡三强亲她时，把他的嘴咬了一口，咬得胡三强越发癫狂。

就在这时，总经理办公室反锁的门开了，厨师杨东明走进来，把手中拎着的锅铲拍在胡三强后脑勺上。

胡三强跳将起来，指着杨东明的鼻子吼道："你敢打我？"

杨东明说："我为什么不能打你？"

胡三强一眼看到杨东明左手里的钥匙，又吼道："你为什么有我办公室的钥匙？"

杨东明说："我为什么不能有这儿的钥匙？"

"你！"胡三强一指杨东明，回身又一指从沙发上爬起来的李欢，"还有你，被开除了，马上给我滚！"

杨东明冷笑一声，坐到大班台后的大班椅上，一扫厨师卑微的形象，掏出手机，按了一串号码，胡三强的手机响了。杨东明看也不看胡三强，对着手机装腔作势变成另一种声音，说："胡三强，你仗势猥亵女员工，被解雇了，马上给我结账走人！"

胡三强看一眼手机显示的号码，又看一眼此刻像老板一样张牙舞爪的厨师，睁大眼睛说："杨东明，你，是海上花酒楼老板？"

杨东明点上一支烟，点的还是五元钱一包的白沙烟，却抽出了非同一般的气势，他冲着天花板喷出一口烟："不像吗？"

"你他妈的还真不像。"胡三强再三打量杨东明，突然哈哈大笑，"杨东明，就凭你这熊样，也配做老板？没我胡三强，你等着喝西北风吧！"说完，他掏出经理办公室钥匙，往杨东明面前一丢，扬长而去。

李欢"哦耶"一声，欢呼雀跃说："东明哥，你当老板的样子帅呆了，当年我为什么就没有发现你又帅又酷呢？我后悔呀，后悔得肠子都要打结了。"

"其实，"杨东明淡然一笑说，"其实我不是老板，甚至都没有见过老板。胡三强猜对了，我只是老板在酒楼的卧底，他每个月另给我两千元钱，让我向他汇报酒楼动态，关键时刻我可以代表老板采取措施而已。"

李欢愕然："什么意思？"

"我也说不清什么意思。"杨东明心烦忧意乱地掐灭烟头，"好像是老板不方便亲自出面管理酒楼，又不放心把酒楼交给胡三强，就让我暗中监视胡三强，并由我以老板的身份用电话控制胡三强。"

李欢嘻嘻一笑说："听起来你们像在演谍战片一般。"

杨东明没接腔，不断地按电话重拨键，嘀咕道："差不多一个月联系不上老板了，我又一时冲动把经理给炒掉了，下一步该怎么办呢？"

李欢听出点眉目来了，就说："既然你有权力炒掉经理，也有权力任命经理吧。你看看我，可行？我让旷美云欺负好半天了，当上经理也欺负她去！"

"你？"杨东明眼中掠过一丝惊喜，"以你的聪明，做个酒楼经理应该没问题。可你才干了半天服务员，没有酒楼管理经验呀。旷美云，倒可以考虑。"

"哼，你和旷美云关系不一般吧！"李欢顿时拉下脸来，"至少比我们之间的关系复杂得多。"

杨东明一声叹息："李欢，过去的事儿，咱先不说好吗？我这会儿正乱糟糟不知所措呢。"

"为什么不说呢？除了过去的事儿，我们还有什么呢？"李欢眼中的火焰黯淡下去，"对不起，我明白了，我一个拖着孩子的离婚女人，一个穷女人，不配和你一个大老板，一起回首从前了。"

"我不是这个意思，"杨东明急得双手乱摇，"我真的不是这个意思！"

"你就是这个意思！"李欢大吼一声，突然泪流满面，"明明是老板，却故意装成可怜巴巴的厨师，你不就是想气我当年瞎了眼吗！"说着，气冲冲摔门而出。

李欢从经理室一头撞出来，和趴在门边偷听的旷美云撞了个满怀。

杨东明和李欢的微妙关系，让旷美云心里很不舒服，有机会她就想踩李欢一下。但当李欢被胡三强叫到经理室，里面还传出了不应有的动静，旷美云急了，急忙忙到厨房叫来了杨东明。旷美云先是提心吊胆远远地看着，只怕杨东明吃亏，看到胡经理气急败坏冲门而出，她松了一口气，杨东明赢了！看杨东明和李欢迟迟不出来，旷美云又不安了，正要趴在门边偷听一二，就被李欢撞上了。

为掩饰尴尬，旷美云板着脸呵斥："毛毛躁躁，撞了客人要扣分的，知道吗？"

李欢对着旷美云鞠了一躬说："对不起，旷经理。"

旷美云愣了一下，骂道："咦，你这丫头，骂人咋这么毒呢？你才是经理，你祖宗十八代都是经理！"

杨东明开门出来，对旷美云说："我是海上花酒楼老板的全权代表，刚才胡三强被我开除了，在新的经理到位之前，旷美云你暂行经理之职吧。"

旷美云吃惊地瞪大眼睛说："为什么是我？为什么你自己不做经理？"

"我考虑过了，"杨东明说，"我更适合在厨房做菜，不适合做经理。就这么定了吧，各就各位。"

晚上八点，海上花酒楼生意正兴隆的时候，八个乞丐昂首来到海上花酒楼。偶尔也有资历深一点的乞丐到海上花乞讨，但从不进门，给十元钱也就打发了。这八个乞丐却不顾保安拦阻，鱼贯进入，选定大厅中央醒目的八号台，坐下来，对着服务员大呼小叫："点菜！点菜！"

代理经理不到半小时的旷美云找到杨东明说："肯定是胡三强捣的鬼，要不要报警？"

李欢插话说："不能报警。万一人家是来正常消费的呢？"

杨东明说："也不能强行赶走。给他们上菜吧，要是他们不买单，就算在我头上好了。"

"杨东明你太爱买单了。"旷美云咬一下嘴唇说，"不行，我们不能让胡三强的阴谋得逞！看我的吧，这一桌客人，我亲自侍候。"

在满堂食客惊诧的目光中，旷美云脸上挂着服务员标准的微笑，施施然来到八号台前说："各位大侠光临海上花，我作为本酒楼经理，不胜荣幸。我先和各位大侠合个影，记录下这激动人心的时刻吧。"说着就把自己的手机交给李欢，让她帮着拍照。

李欢边拍照边想，旷美云这是要留下证据吧，对付一帮乞丐，留下再多证据又能怎么样呢？

接下来，旷美云为乞丐们安排菜单，全是大鱼大肉，乞丐吃得兴高采烈。上一道菜，旷美云就喜滋滋拍一张照片。

众乞丐在海上花酒楼热热闹闹吃喝之时，一条微博也开始热热闹闹在网上疯转："丐帮八大长老，欢聚海上花酒楼！"

只在电影电视和武侠小说中出现过的丐帮惊现深圳酒楼，顿时轰动网络世界。

有人点评"八大长老"风采，有赞的，有踩的，有搞笑的。

有人点评服务员的笑容，有人点评菜的品相，还有人趁机骂天骂地煽风点火。

近在深圳的丐帮粉丝则纷纷赶到非著名酒楼海上花，一睹丐帮长老风采。来了不能白来，看了不能白看，就呼朋唤友吃点喝点。于是，在晚市高峰过去之后，海上花又掀起了新一轮高潮。

闻风而至的还有记者。

当各路人马相继聚集海上花，杨东明才明白旷美云玩了什么花招，不由得和李欢相视一笑说："看来，这旷美云还真是块做经理的料。这是花钱都买不到的广告呀。"

李欢酸溜溜地说："更是块做老婆的料，赶紧追吧。"

"八大长老"一见来了记者，就有些不自然，不再大块吃肉、大碗喝酒，也不再哈哈大笑了。

记者问："你们，就是丐帮'八大长老'？"

带队的老乞丐说："不敢，不敢，我们只是找不到工作的人，走投无路，才讨一口吃的。"

带队的记者是个明白人，第一眼就看出，这只是一帮真正的乞丐，丐帮长老，纯属网上扯淡，瞎起哄。但既然来了，就不能不查个水落石出，就再问："你们点了这一桌吃的喝的，有钱买单吗？"

老乞丐喃喃说："有人说，到时候自然会有人买单。"

记者呵呵一笑，朝围观众人说："你们中间，谁是给他们买单的人？"

"我！"没想到记者话音刚落，居然有七八个人举起手，愿意给八个乞丐买单。

老乞丐一惊，连忙站起来，朝众人拱手："谢谢深圳人民，谢谢深圳人民。"

旷美云两眼含泪，对着电视台记者的镜头说："谢谢大家。我是海上花酒楼经理，这一帮叔叔伯伯明显是受人蒙骗而来。不管是谁，来到海上花就是最尊贵的客人。我宣布，他们今晚吃的喝的全部免单。"

众人一齐鼓掌，事情圆满解决。

此事儿在网上影响太大，惊动了警察，警察必须对公众有个交代。为调查事情真相，警察询问了众乞丐，原来始作俑者是胡三强。因为扰乱公共秩序，造成不良影响，胡三强被治安拘留七天。这是后话。

海上花酒楼不做夜宵，晚市的客人，喝酒喝到十点多，一看服务员一个个无精打采打哈欠，也就不好意思再喝了。所以，海上花十一点不到就打烊了。

凌晨一点，杨东明正在美梦中神游，枕头下的手机突然滴一声，来了短信。杨东明迷迷糊糊摸到手机，摸索到短信阅读键，一按，顿时彻头彻尾醒来了。是旷美云来的短信："李欢下班后没回宿舍，到现在还没回来，你给她买的新被子还没打开呢。"

旷美云下班回到女员工宿舍，看李欢没回来，第一天当经理旗开得胜的喜悦顿时化为乌有。旷美云只以为李欢和杨东明在一起，冒牌表哥表妹在一起能干啥呢，旷美云不敢想，一想就心疼，洗澡时，眼泪突然就哗啦啦流下来了。洗完澡，旷美云没办法不想那一对"表哥表妹"，怎么也睡不着，就悄悄下床，溜到男宿舍那边。贴近窗边一听，杨东明正和一个厨师讨论家常菜回锅肉的学问呢！旷美云放心了。

回到女宿舍，一看李欢空荡荡的床，旷美云又不放心了。她越想越觉得不对劲，越想越觉得应该告诉杨东明，憋到凌晨一点，就给他发了一条短信。

杨东明一跃下床，回了一条短信："怎么回事？我马上到。"

不多久，旷美云开门出来说："要是我夜不归宿，你肯定没这么着急吧？"

"别扯那没用的！"杨东明低吼道，"李欢肯定出事了，我们必须找到她！"

旷美云觉得，李欢应该是跟其他"表哥"约会去了。她告诉杨东明，多少有点幸灾乐祸的意思，说话也就很随便："一看李欢就是个老江湖，不可能被人拐卖吧。"

"李欢第一天到深圳，除了我，在深圳她没有任何其他认识的人，她不见了，一定是出事了！"说到这里，杨东明一顿脚，"你是经理，丢了人你要负责任！"

旷美云这才感觉此事非同小可，两人不约而同地想到一个人：朱门！

朱门色胆包天，还吃了李欢的哑巴亏，以他的性格，不可能放过美女李欢。

杨东明一直在研究怎样才能扳倒朱门，知道他的手机，还知道他住哪。杨东明拨通朱门的手机，劈头就说："朱门你不要乱来！"

朱门那边愣了片刻说："靠，杨大厨，你说话怎么像我死去的老爸一样啊。我正在想，怎么和你的漂亮表妹乱来呢，哈哈哈。"说着那边传来一声女人的尖叫。

那明明是李欢在尖叫。

"朱门！"杨东明怒吼，"你要是敢动李欢，我一定杀了你！"

"哎呀呀，世道真乱了，连杨大厨都敢杀人了，我好怕呀，妹妹。"那边又传来李欢的连声尖叫。

杨东明恶狠狠掐掉电话，回宿舍拿了一把剔骨尖刀，冲下楼去。

旷美云在后面大叫："杨东明，你等等我！"

杨东明头也不回说："男人的事儿，女人别掺和。"

旷美云追下楼，杨东明已拦下一辆的士，直奔朱门的住处。

　　杨东明打的来到朱门租住的民房，听到屋里乱七八糟的声音，心如刀绞，飞起一脚踹开门。

　　这是一套三室一厅的民居，朱门正在客厅里和人打麻将，怀里搂着一个女人——不是李欢！

　　杨东明用剔骨尖刀一指朱门，喝道："李欢呢？"

　　朱门怀里的女人尖叫一声。杨东明一愣，电话里听到的似乎是这女人的声音。

　　杨东明一愣神之际，一平头手执铁棒，劈头向他挥来，杨东明用刀一架，剔骨刀落地。

　　朱门抢前一步，抓过剔骨刀，一脚踢倒杨东明，脚踏在他胸口上，剔骨刀抵住他的喉咙，叫道："你个花痴娘娘腔，也配跟我玩刀子！"

　　杨东明挣扎着说："谁敢动李欢，我跟谁拼命！"

　　朱门用剔骨刀面拍拍杨东明的脸，学着杨东明的腔调说："谁不让我动李欢，我跟谁拼命。"

　　就在这时，跟踪而来的旷美云冲进屋来，扑在杨东明身上说："要杀杨东明，就先杀我吧！"

　　朱门"咦"一声，指头抬起旷美云的下巴说："杨大厨，你艳福还不浅呀，居然有女人要为你献身呢。哈哈哈，我好感动呀。"朱门一边说着，一边用剔骨刀挑开了旷美云的衣服，还一边对手下几个平头惊叹，"哎呀呀，平日里咋就没注意这旷小姐呢，其实蛮耐看的呢。先关上门，朱门我对女人不动刀子，动棍子，呵呵。"

　　一个平头刚关上门，门又被一脚踢开了，平头被挤压在门后"哎哟"惨叫。

　　冲进来的是警察。

旷美云进屋之前，先报了警。

警察在屋子里搜出管制砍刀四把，仿64式手枪一把。

朱门一伙当即被铐上了。

杨东明说："他们还绑架了我们的服务员李欢。"

警察搜遍屋子，没找到李欢。

朱门冲杨东明唾了一口，咬牙切齿说："他妈的，老子闯荡江湖多年，没想到竟毁在你这花痴手中。什么狗屁李欢，老子还没来得及打她的主意，连她的一根毛都没见着呀。警官，我比窦娥还冤呀我！"

尾声：

朱门的确很冤，杨东明大闹朱家帮的时候，李欢正睡在一家五星级酒店里，梦游英伦三岛。

李欢的姨父是海上花酒楼的老板，一个多月前去世了。姨父无儿无女，就把海上花酒楼和上千万的家产留给了李欢。

李欢来深圳是想把酒楼卖掉，然后去英国读书。因为爱玩，她扮成了付不起饭钱的灰姑娘，到自己的酒楼吃霸王餐，却巧遇当年的追求者杨东明。见多了风度翩翩、吟花弄月的白马王子，蓦然见到如老家的山泉水一般朴实的杨东明，李欢有一种莫名的感动，就继续扮演灰姑娘，还把自己扮成了带着孩子的离婚女人。杨东明和李欢的距离已越来越远，李欢当然不可能为之动情，她只想借此体验一下恋爱的感觉。没想到，伴随恋爱感觉而来的还有黑恶势力、好色经理，不一而足。

李欢晚上本来也想体验一把住集体宿舍的感觉，但她怕自己睡不着有黑眼圈，就悄悄住回了酒店。

如今这年代，让人感动的事儿越来越难得一见了。李欢第二天听说杨东明为她与黑帮大哥拼命的事儿，再也装不下去了，想着此生可能再也找不到像杨东明这么爱自己的人，李欢抱着杨东明哭得稀里哗啦。哭完之后，李欢把旷美云的手交到杨东明的手里说："好好珍惜这个女孩，人一生很难碰到一个能为自己舍命的人。"

几天后，李欢飞去了英国。海上花酒楼她没卖，有杨东明和旷美云这样靠得住的人为她打理，她放心。